# हड़ताली मोड़

(कहानी-संग्रह)

# हड़ताली मोड़

रामधारी सिंह दिवाकर

वाणी प्रकाशन ग्रुप

भारतीय ज्ञानपीठ

वाणी प्रकाशन : भारतीय ज्ञानपीठ की पुस्तकों के एकमात्र प्रकाशक एवं वितरक

लोकोदय ग्रन्थमाला : ग्रन्थांक 1205

दूसरा संस्करण : 2019
तीसरा संस्करण : 2025

वाणी प्रकाशन : भारतीय ज्ञानपीठ की पुस्तकों के एकमात्र प्रकाशक एवं वितरक

**वाणी प्रकाशन**

4695, 21-ए, दरियागंज, नयी दिल्ली-110 002
दूरभाष : 011-23273167, 23275710
ईमेल : sales@vaniprakashan.in
www.vaniprakashan.com

**ISBN : 978-93-7112-274-0**

**मूल्य : ₹ 395**

**हड़ताली मोड़**
*(कहानी-संग्रह)*
**रामधारी सिंह दिवाकर**



HARTALI MOD
*(Short-stories)*
by Ramdhari Singh Diwakar

आवरण : अजय कुमार शर्मा

मुद्रक : आर. टेक ऑफ़सेट प्रिंटर्स, दिल्ली-110 032

# अनुक्रम

# आईने में समय

बाबू चन्द्रदेव सिंह ने हवेली कही जानेवाली अपनी बूढ़ी खपरैल और उसी उम्र के दलान को आगे की पुलिया से मुड़कर देखा। फिर बीच से टूटी हुई पुलिया को गौर से देखने लगे। बरसात के महीनों में डिस्ट्रिक्ट बोर्ड के जमाने की बनी यह पुलिया किसी काम की नहीं रह जाती है। ईंटों की बनी है, लेकिन बीच का भाग जर्जर हो गया है। इधर कुछ वर्षों से बारिश के महीनों में बाँस की चंचरी बिछा दी जाती है, तभी सड़क तक जाना-आना हो पाता है। इस रजपुताही में यह समस्या बस उनकी और उनके पड़ोस के चार-पाँच गोतिया-दियादों की है। बाकी परिवारों को पुलिया की जरूरत नहीं है। वे सब पुलिया पार के वाशिन्दे हैं।

पिछले पाँच-छह वर्षों से बीडीओ को कितनी ही अर्जियाँ दी गयीं। ग्राम पंचायत से लेकर जिला परिषद् के अध्यक्ष तक बाबू चन्द्रदेव सिंह ने पैरवी पहुँचायी, लेकिन घर के सामने की यह पुलिया नहीं बनी। अब पता चला है कि ग्राम पंचायत में ऐसे ही कार्यों के लिए 'फंड' आया है। लेकिन बाबू चन्द्रदेव सिंह की दिक्कत यह है कि मुखिया के दुआर पर जाएँ कैसे! मुखिया के पद पर है राम सहेली देवी! एक तो औरत, दूसरे धानुक खवास!

लेकिन मुखियाइन से बिना मिले पुलिया बननेवाली है नहीं। बीडीओ ने भी कहा है कि ग्राम पंचायत बनाएगी, मुखिया से मिलिए। पुलिया अब इतनी जर्जर हो चली है कि इस बार बाँस की चंचरी भी काम नहीं करेगी। लिहाजा, बाबू चन्द्रदेव सिंह ने मुखियाइन से मिलने की हिम्मत की। उनके पुरोहित पंडित जगदम्बी झा ने प्रोत्साहित किया, ''क्या हर्ज है जजमान! छठ व्रत में दौरा-सूप की आवश्यकता होती है तो डोम-धरकार के यहाँ जाते हैं कि नहीं? कहिए तो मैं भी चलता हूँ आपके साथ!''

पचहत्तर-छिहत्तर साल के बूढ़े बाबू चन्द्रदेव सिंह को खवास टोली की तरफ जाते हुए ऐसा महसूस हो रहा था जैसे अपने ही गर्त में डूबने ज़ा रहे हों। बहुत साल

पहले चढ़ती जवानी में वे खवास टोली की तरफ जाते थे। इस घर की तरफ भी जाते थे। तब तबीयत रंगीन थी और इरादे के निशाने पर होती थी सुखदेवा माय!...तब सुखदेवा का जन्म भी नहीं हुआ था। कितनी बार सुखदेवा माय के घर में...अपनी हवेली के आगेवाली गोहाल के अँधेरे-एकान्त कोने में...।

लेकिन समय का फेर। आज सुखदेवा माय की बहू मुखियाइन है ग्राम पंचायत की। सरकार ने सवर्णों को रसातल में पहुँचा दिया। मान-मरजाद खत्म हो गयी। अब तो राड़-सोलकन वर्ग का नवतुरिया छौंड़ा प्रणाम भी नहीं करता। बस कुछ बूढ़-पुरनियाँ लोग हैं जो मिलने पर मन से या बेमन से 'परनाम बाबू साहेब' कहते हैं। सरकार ने नया कानून बना दिया। अति पिछड़ों को ग्राम पंचायत-चुनाव में आरक्षण मिल गया।

बाबू चन्द्रदेव सिंह ने आज के समय को या खुद को धिक्कारा—बज्जर भी गिरना था तो इसी ग्राम पंचायत पर! शुरू में दो बार बड़े भैया बाबू श्रीदेव सिंह मुखिया बने थे। तब यह पुलिया टूटी हुई नहीं थी। अब जबकि राड़-सोलकन की बहुरिया मुखियाइन बनी है तभी बज्जर गिरा है रजपुताही पर! मगर दूसरा उपाय भी तो नहीं है। अन्तर्द्वन्द्वों और आत्मदया की कई दुर्लंघ्य पुलियों को पार करते हुए बाबू चन्द्रदेव सिंह मुखियाइन रामसहेली देवी के द्वार पर पहुँच ही गये आखिर।

वैशाख महीने की उमस भरी सुबह। आस-पास के टोलों के चार-पाँच लोग फूस के छोटे-से दलान में एक लँगड़ी बेंच पर बैठे बतिया रहे थे। किसी बूढ़े ने बाबू साहब को प्रणाम किया, 'परनाम मालिक!' मालिक सम्बोधन सुनकर बाबू चन्द्रदेव सिंह के बूढ़े शरीर की थोड़ी झुकी हुई रीढ़ तन गयी, "के हो!.... सजीवन?" "जी, मालिक! सजीवन! मलाहटोली का!" बाकी जो चार लोग थे उनमें तीन को पहचानते थे बाबू साहब। एक नवतुरिया लड़का अपरिचित था। उन चारों ने बस इतना भर सम्मान दिखाया कि बाबू साहब को बैठने के लिए बेंच खाली कर दी और उधर एक खाट पर किसी तरह बैठ गये। लँगड़ी बेंच थी जिसके दो ही पौवे सही-सलामत थे, बाकी दो पौवों की जगह ईंटें लगी हुई थीं। बाबू चन्द्रदेव सिंह ने बेंच का मुआयना किया। सामने खाली कुर्सी भी थी। बाबू साहब कुर्सी पर बैठने ही वाले थे कि सामने खड़े नवतुरिया लड़के ने टोक दिया, "उस कुर्सी पर मत बैठिए। मुखियाइन जी बैठती हैं उस पर।"

बाबू साहब के मन पर पता नहीं क्या बीती। वे ठिठुआये से सामने की बेंच पर बैठ गये। उनको लगा वे बाबू चन्द्रदेव सिंह नहीं है। उनकी काया में कोई और है जिसको खवासिन की कुर्सी से उठा दिया गया है।

मुखियाइन रामसहेली देवी के इंटर में पढ़ने वाले बेटे सकलदेव ने बाबू चन्द्रदेव

सिंह को दलान में बैठे देखा। वह अन्दर आँगन में गया। माँ रोटियाँ सेंक रही थी। उसने दादी से कहा, ''दादी, रजपुताही के चन्द्रदेव सिंह आये हैं।'' दादी ने बहू से यह बात कही और मूढ़े से उठती हुई अपनी साड़ी ठीक करने लगी। अँगिया को दाएँ-बाएँ, ऊपर-नीचे देखा-परखा और अपने झुरमुट जैसे ठूँठ खिचड़ी बालों को उँगलियों से सँवारती बाहर दरवाजे पर आ गयी।

दलान में लँगड़ी बेंच पर बैठे हुए थे बाबू चन्द्रदेव सिंह। दादी जो इस वक्त सुखदेवा माय थी, एकटक देखती रही बाबू साहब को। दोनों ही एक-दूसरे को देखते रहे—निःशब्द...। उस देखने में अपने-अपने हिस्से का उनका अपना एक जुड़ा हुआ अतीत था जो कहीं गिरह बनकर अटका पड़ा था। बाबू साहब को शायद याद आ रहा था सुखदेवा माय का यह घर...अपनी हवेली के आगे की गोहाल का सूना-एकान्त कोना! सुखदेवा माय को भी हवेली में झाड़ू-बुहारू, लिपाई-पुताई, बर्तन-बासन के अलावा वह सब-कुछ याद आ रहा था जो बाबू चन्द्रदेव सिंह के हिस्से का था।

इतने क्षणों बाद सुखदेवा माय को याद आया कि बाबू चन्द्रदेव सिंह बेंच पर बैठे हुए हैं। उसने पोते से कहा, 'रे सकलदेव, मालिक के लिए कुर्सी ले आओ आँगन से।' सकलदेव आँगन से एक पुरानी-सी कुर्सी ले आया। कुर्सी पर बैठते हुए बाबू चन्द्रदेव सिंह सामने खड़े लड़के और खाट पर बैठे टोले के लोगों की तरफ देखते हुए मानो कह रहे थे, 'एक तुम लोग हो और एक यह है मुखियाइन की सास, सुखदेव की माँ, सकलदेव की दादी! कितनी इज्जत दे रही है, देखो!'

मुखियाइन रामसहेली तैयार होकर बाहर निकली कोई तीस-चालीस मिनट बाद। बाबू साहब ने रामसहेली की तरफ इस उम्मीद से देखा कि प्रणाम करेगी, लेकिन मुखियाइन की प्रत्याशा थी—बाबू साहब ही प्रणाम करेंगे। अपनी कुर्सी पर बैठती हुई रामसहेली ने बाबू साहब से कहा, ''आप तो बाबू साहेब कभी आये नहीं हमारे दुआर पर!....'' बाबू साहब ने अपना जवाब अपने मन में रख लिया और सुखदेवा माय के सूखे-झुर्रीदार चेहरे की तरफ देखते हुए मुस्कराए—आता था यहाँ! आता था।....बाबू साहब की धँसी-निष्प्रभ आँखों में चमक आ गयी थी जिसे सिर्फ सुखदेवा माय ने ही देखा, परखा और अनुभव किया।

बाबू साहेब मुखियाइन की तरफ देखते हुए बोले, ''मेरे घर के सामने वह जो टूटी हुई पुलिया है...बरसात के पहले बन जाती तो...। बहुत दिक्कत होती है बरसात के महीनों में। सुना है, 'फंड' आया है।'' ''हाँ, मिला है फंड! आप ऐसा करिए कि एगो दरखास लिखकर दीजिए। अपने टोले के आठ-दस लोगों के हस्ताक्षर भी उस पर ले लीजिएगा। समिति के सामने हम रखेंगे।'' सुखदेवा

माय ने बहू की तरफ हँसते हुए देखा और बोली, ‘‘हाँ कनियाँ, एकदम जल्दी से बन जाए के चाही! मालिक हवन (हैं)।’’ मुखियाइन रामसहेली हँसने लगी, ‘‘हवन नै माँजी, रहलन (थे) कहिए।’’

मुखियाइन के इस काल-निर्णय पर उसका बेटा सकलदेव ठिठिया कर हँसा। बाकी लोग भी हँसने लगे। सुखदेवा माय आँचल से चेहरे को इस तरह ढँकने लगी जैसे नयी-नवेली दुल्हन हो। वह देखना चाहती थी पुराने आईने में अपना समय, क्योंकि नये आईने में दिखने वाला यह समय उसकी बहू का था।

# विसंगत

दिन के तीसरे पहर जब बड़े-से दरवाजे पर शामियाना तन चुका था और कुर्सियाँ वगैरह सजाई जा रही थीं, तभी देखा कि सामने कुएँ के पास एक बैंडपार्टी आयी है। भतीजे से पूछा, "रे अजय, तिलक-फलदान में बैंडपार्टी का क्या काम है?" अजय ने हथेली सिर पर रखते हुए कहा, "ओफ! आ गया बिजुलिया बैंडपार्टी लेकर! लेकिन इसको कहा किसने यहाँ आने के लिए?" मैंने पूछा, "कौन बिजुलिया! किसकी बात कर रहे हो?"

अजय झुँझलाया हुआ था। बोला, "चमरटोली है न, उसी टोले का है बिजुलिया।" अपने अतीत में कुछ खोजते हुए मैंने पूछा, "घटरा मोची का बेटा?" "हाँ-हाँ, वही। आप जानते हैं?" अजय के इस सवाल पर मैं हँसने लगा, "खूब जानता हूँ। पहले ढोल बजाता था।" मैं प्रसन्न हो रहा था कि बड़े भैया आ गये। अजय की तरफ देखते ही पूछने लगे, "ई बिजुलिया बैंडपार्टी को कौन बुलाकर ले आया?" पूछताछ होने लगी तो बन्दे काका का नाम आया। बन्दे काका को आँगन से बुलाया गया। उन्होंने मिमियाने के स्वर में कहा, "हम बुलाए नहीं हैं। सिर्फ बोले थे कि महेन्दर का तिलक है आज।"

यह पहेली मैं समझ नहीं पा रहा था। कहना चाहता था कि बिजुलिया अपने गाँव-समाज का है। नामी ढोलिया रह चुका है। अब इसकी बैंडपार्टी हो गयी है तो बजाने दीजिए घंटा-आध घंटा। अजय मेरा चेहरा पढ़ रहा था। वह समझ गया कि मैं नाराज हो रहा हूँ। भनक शायद कुएँ के पास खड़े बिजुलिया को लग गयी थी। बैंडमास्टर बिजुलिया हाथ में क्लैरिनेट लिए मेरे पास आया। पूरे यूनिफॉर्म में था, फिर भी मैंने पहचान लिया। ठिगना-सा युवक! काला भभूक। चौदह-पन्द्रह साल बाद मैं देख रहा था बिजुलिया को। क्लैरिनेट को दोनों हथेलियों से पकड़ उसने मुझे प्रणाम किया, "परनाम भायजी!" बैंडमास्टर बिजुलिया में मैं ढोलिया बिजुलिया को ढूँढ़ रहा था। दाँत निपोरते हुए बिजुलिया आरजू-मिन्नत करने लगा, "मोका देल जाय भायजी!" मैंने पूछा, "क्या मौका!" "इहे...बजाबे के मोका!" मैंने मुस्कराते हुए

कहा, "हाँ-हाँ, बजाओ।" इसी बीच बन्दे काका बोले, "कुछ माँगेगा नहीं, बस भरपेट खाना खिला देना है।"

कुएँ के पास से अपनी 'बिजली बैंडपार्टी' के बैनर के साथ बिजुलिया शामियाने के करीब आया तो देखा, घटरा मोची भी हैं बैंडपार्टी में। नीले साटन के कोट-पैंट में वे पहचान में नहीं आ रहे थे। नंगे पैर थे। गर्दन में ड्रम लटकाए वे दरअसल अपना ही हास्यास्पद व्यंग्य चित्र लग रहे थे। पाँच या छह लोग थे बैंडपार्टी में। बिजुलिया जो मुड़ा-तुड़ा पैंट-कोट पहने हुए था, वह उसके ठिगने कद के हिसाब से बड़ा था। साटन के झोलंगा कोट में दोनों कन्धों पर झालरें लगी हुई थीं—मुर्गे के कलंगी-जैसी। पैरों में दुरंगे फीतों वाली घिसी हवाई चप्पलें थी। एक बूढ़ा जो नारियल के फल जितना बड़ा झुनझुना पकड़े हुए था उसे भी मैंने पहचान लिया। वे घटरा के बड़े भाई हजारी मोची थे। बैंडपार्टी के कलाकार अपना-अपना बाजा ठोंक-ठाँक करने लगे। मैं वर्षों पहले घटरा मोची की ढोल-पिपही वाली बजनियाँ पार्टी पर सोच रहा था। गाँव में बस एक यही बजनियाँ पार्टी थी जो शादी-उपनयन-मुंडन-छेदन से लेकर श्मशान तक जाती थी। घटरा मोची पिपही (शहनाई) बजाते थे। संगत करते थे उनके बड़े भाई हजारी मोची। तब छोटा लड़का था बिजुलिया। पहले खुरदुक बाजा बजाता था, बाद में ढोल बजाने लगा। लोग मन्त्रमुग्ध उसका नाच देखते थे। गाँव की कैथटोली के एक विवाह-समारोह में तो उसने नाच-नाच कर ऐसा ढोल बजाया कि बरातियों ने नोटों की माला पहना दी। घटरा मोची की ढोल-पिपही वाली 'पार्टी', बाद में बिजुलिया के कारण ही लोकप्रिय हुई। घटरा मोची की पिपही समय के लिहाज से काफी पीछे चल रही थी, हालाँकि उनकी बजायी मंगल-धुनें मुझे प्रिय लगती थीं। बड़े तन्मय भाव से वे विवाह की विधियों की धुनें बजाते थे। मुझे याद है, वे एक खास मंगल-धुन बड़े तन्मय भाव से बजाते थे; 'सीताजी के होयतै बियाह कि आँगन-घर सुहावन लागे हे...।' जमाना बहुत आगे निकल चुका था, लेकिन वे अभी तक 'गाये जा गीत मिलन के तू अपनी लगन के...' पर अटके हुए थे। लोग नयी-नयी धुनें सुनना चाह रहे थे, मगर वे वही लोकगीत दस-पन्द्रह वर्षों से बजा रहे थे 'भोर भेलै हे पिया भिनसरबा भैले हे।' 'मन डोले मेरा तन डोले' फिल्मी गीत लगभग आठ-दस साल बाद उनकी पिपही में जगह पा सका।

इस वक्त जब अपने बेटे की बिजली बैंडपार्टी में घटरा मोची तुड़ा-मुड़ा बेडौल-सा यूनिफॉर्म पहले और गले में ड्रम लिए शामियाने के सामने खड़े थे, मुझे उनकी पिपही वाली धुनें याद आ रही थीं।

अब बिजली बैंडपार्टी बजाने के लिए सन्नद्ध हो चुकी थी। बजनियों के गोल घेरे में क्लैरिनेट थामे बिजुलिया बजायी जाने वाली धुन का इशारे से डाइरेक्शन दे

रहा था। वन-टू-थ्री...! और धुन बजने लगी। आभास हुआ कि 'बहारों फूल बरसाओ...' गाने की धुन बजाने की कोशिश हो रही है। बजाने वाले प्राणपण से गाने की धुन को पकड़ने की कोशिश कर रहे थे। क्लैरिनेट बजाने वाले बिजुलिया के गले की नसें पतली डोरियों की तरह उभर आयी थीं और गड्ढों में धँसी आँखों में लहू उतर आया था। सबसे भारी बाजा बजाने वाले 'कलाकार' के गाल बरसाती पीले मेंढक की स्वरतन्त्रियों की तरह फूल-पिचक रहे थे। उसके बाजे से भों-भों की ऐसी आवाज निकल रही थी जैसे बछड़े के लिए गाय 'डकर' रही हो। सारे 'कलाकार' धुन बजाते हुए बेहद दयनीय लग रहे थे। किसी तरह गाने की धुन बजी। फूँककर बाजे बजाने वाले तीनों कलाकार बुरी तरह हाँफ रहे थे। बिजुलिया ने हाँफते हुए मुझसे कहा, "ठीक से प्रैटिस नै हो सका है भाय जी!"

अजय ने हँसते हुए मेरी तरफ देखा, "तीन-चार साल से 'प्रैटिस' कर रहा है बिजुलिया।" 'प्रैक्टिस' को अजय ने 'प्रैटिस' कर दरअसल बिजुलिया की बैंडपार्टी का कारुणिक उपहास किया था।

उस समय ढोल बजाने की अपनी अदाकारी में लाजवाब बिजुलिया मुझे याद आ रहा था। कभी एक ही दिन गाँव में दो शादियों का संयोग हो जाता तो पहले आने के लिए बिजुलिया की खुशामद होने लगती थी।

बिजुलिया एक और धुन बजाना चाहता था, लेकिन लोगों ने मना कर दिया। मुझे उस पर दया आ रही थी। पूछा, "ढोल बजाने में तुम्हारा इतना नाम था बिजली, फिर उसको छोड़ क्यों दिया?" बिजुलिया के चेहरे पर जैसे साँझ की स्याही उतर आयी। रुआँसा होकर बोला, "अब ढोल-पिपही को कौन पूछता है भायजी! बियाह-उपलैन सब में लोग अँग्रेजी बाजा बजवाते हैं। मरनी-हरनी में भी मुरदघट्टी तक अँग्रेजी बाजा! पूछिए न अजय बाबू से! दियादी के दादा जी मरे थे तो फारबिसगंज से अँग्रेजी बाजा आया था कि नहीं!"

बात बढ़ाने की मुझमें हिम्मत नहीं थी। अजय से मैंने कहा, "इन लोगों को खिला दो।" बन्दे काका बगल में ही बैठे थे। बोले, "हाँ, खिला दो भरपेट। यही करार हुआ था।" घंटे भर बाद जब बिजुलिया बैंडपार्टी के साथ जाने लगा तो अपने परिवार के लोगों की नाराज़गी झेलते हुए मैंने बिजुलिया के हाथ में सौ-सौ के पाँच नोट रख दिये। बिजुलिया की आँखें भर आयीं। रुँधी हुई आवाज़ में उसने इतना भर कहा, "अपन गाम से हमारे बैंडपार्टी को ई पहिल बकसीस है भायजी! पहिल बकसीस...।"

# छोटा दुख, बड़ा दुख

उसके फ्लैट में हर चीज एकदम करीने से सजी हुई थी। बुकसेल्फ में किताबें इतने व्यवस्थित ढंग से रखी हुई थीं कि लगता था ये कभी पढ़ने के लिए निकाली नहीं जातीं, बस दिखाने के लिए हैं। ड्राइंगरूम में प्लास्टिक के फूल-पौधे थे जिनमें कुछ पीतल के कलशों में रोपे हुए से प्रतीत होते थे।

"यह सूरजमुखी है, लेकिन लगता नहीं है कि नकली है।" एक फूल को छूते हुए मैंने कहा। अविनाश हँसने लगा। उसकी हँसी में यह बात शायद छिपी हुई थी कि देखो, मैंने भ्रम में डाल दिया न! "यह फूल अहमदाबाद से लाया हूँ।" उसके इस कथन में अहमदाबाद एक जगह का नाम भर नहीं था, उसका लक्ष्यार्थ यह था कि अहमदाबाद में उसका बेटा कलेक्टर है—आई.ए.एस. अफसर।

मैं प्लास्टिक के फूलों को निहारता रहा और स्वगत कथन-सा करता रहा, 'नकली फूल हैं, मगर देखिए, एकदम असली—जैसे लगते हैं।' सोफे से उठकर मैं बुकसेल्फ में सजी किताबें देखने लगा। कैथरिन मैंसफिल्ड, विक्रम सेठ, अरुन्धती राय, कमला दास, झुम्पा लाहिड़ी आदि कई अँग्रेजी-लेखकों की किताबें थीं। हिन्दी वाले रैक में गुरुदत्त, रामकुमार 'भ्रमर', नरेन्द्र कोहली, हिटलर की जीवनी आदि किताबों के साथ अटल बिहारी वाजपेयी की 'इक्यावन कविताएँ' भी थीं।

"जीवन में तुम बहुत सफल रहे अविनाश। सब-कुछ मिल गया तुमको।" मेरी बात पर अविनाश को गर्व हुआ। मुस्कराता हुआ वह मेरी तरफ देखने लगा। भाभी जी इस बीच नमकीन और कुछ मिठाइयाँ मेज पर रख गयी थीं।

अविनाश मेरा साथी है। इंटर से लेकर एम.ए. तक हम दोनों साथ-साथ रहे। एक ही इलाके के हैं, इस कारण हम दोनों में आत्मीयता रही है। एम.ए. करने के बाद मैं इंटरस्तरीय विद्यालय में शिक्षक हुआ और अविनाश अपने लगातार अच्छे रिजल्ट के कारण राजधानी के विश्वविद्यालय में प्राध्यापक हो गया। इधर दो-ढाई साल पहले अपनी आसन्न सेवानिवृत्ति पर सोच कर मैंने इस बड़े शहर में स्थानान्तरण

करा लिया है। अविनाश से इधर मैं लगातार मिलता रहा। लम्बे समय के अन्तराल ने जो आत्मीयता को धुँधला कर रखा था, वह धुँधलापन मिट गया है।

"तुम तो भाग्यवान हो अविनाश। बड़ा बेटा अमेरिका में इंजीनियर, छोटा बेटा आई.ए.एस. अफसर। बेटी एम्स में डॉक्टर। मुझे देखो कि मैं वहीं-का-वहीं हूँ। बेटा भी बेकार बैठा है। शादी के लिए एक बेटी पड़ी है। अब रिटायर होने को हूँ और इस उम्र में छोटा-सा मकान बनवा रहा हूँ हाउसिंग बोर्ड से कर्ज लेकर।" किसी बड़े आदमी की तरह अविनाश मेरी बातें सुनता रहा। कुछ ही क्षणों में जाने क्या हुआ कि उसको आवाज कमजोर पड़ गयी। बोला, "मकान बनाकर क्या होगा?...." उसके बोलने में एक विचित्र किस्म की निराशावादी फिलॉसोफी थी। मैंने उसके आई.ए.एस. बेटे के विषय में पूछा तो उसने बताया कि पिछले महीने वह और उसकी पत्नी अहमदाबाद से लौटे हैं। बेटे ने एलाइड सर्विस की किसी दक्षिण भारतीय लड़की से शादी कर ली है। दोनों की अपनी-अपनी नौकरी है। समय नहीं है बेटा-बहू के पास। लिहाजा वह और उसकी पत्नी दस-ग्यारह दिन अहमदाबाद में रहकर दिल्ली चले गये बेटी के पास। आठ दिन बेटी के घर रहे। दामाद भी डॉक्टर हैं। दोनों अपने-अपने जॉब में व्यस्त।" अमेरिका क्यों नहीं चले जाते बेटे के पास? मेरे पूछने पर अविनाश कहने लगा, "गये थे हम दोनों पिछले साल। तीन महीने में लौट आये। असल में किसी के पास फुर्सत नहीं है।" उसके चेहरे पर जो प्रसन्नता की आभा पहले थी, अब लुप्त हो चुकी थी।

अविनाश के पास अकूत सम्पत्ति है। प्रदेश की इस राजधानी में उसने बीस लाख में यह फ्लैट खरीदा है। शहर में जमीन के तीन-तीन प्लॉट हैं जिनकी कीमत पचास लाख से भी ज्यादा होगी। पति-पत्नी दोनों नौकरी में थे। दोनों को अच्छी पेंशन मिलती है। गैच्युटी, पी.एफ., एल.आई.सी. वगैरह के पैसे तो बैंक में जमा हैं ही। कार है, ड्राइवर है, घरेलू नौकर है। कोई अभाव नहीं है।

मैंने पूछा, "तुम्हारा समय आखिर कटता कैसे है? कोई समस्या तो है नहीं तुम्हारे सामने!" "कट जाता है। दरअसल कोई काम रहता नहीं है।" मैंने इसमें जोड़ दिया, "और कोई लाइबिलिटी भी नहीं है।"

"हाँ, सबसे निवृत्त हो चुका हूँ। एकदम मुक्त!" मैंने गौर किया उसके मुक्त होने में 'मुक्ति'— जैसा आभास नहीं था।

"और तुम?" मुस्कराते हुए वह मेरी तरफ देखने लगा। उसके इस देखने में शायद व्यंग्य था।

"अरे क्या पूछते हो। दायित्वों से लदा हुआ हूँ। एक बेटी की शादी की, दूसरी अभी पड़ी है। कहीं घर भी नहीं है। हाउसिंग बोर्ड से कर्ज लेकर मकान बनवा रहा हूँ। बेटे को अभी तक कोई नौकरी नहीं मिली है।" मेरी बात पर अविनाश को शायद

दया आयी होगी, लेकिन मेरे बोलने में दयनीयता—जैसा भाव नहीं था। "इतनी समस्याएँ हैं अविनाश कि कभी-कभी पूरी रात सो नहीं पाता हूँ। सोचने में ही रात कट जाती है।"

"नींद तो मुझे भी नहीं आती। कभी-कभी पूरी रात आँखों में काट लेता हूँ। सुबह होती है और सोचने लगता हूँ कि आज क्या-क्या काम है। काम कुछ होता नहीं, फिर भी सोचता हूँ। दिन में भी रात की अधूरी नींद पूरी नहीं होती।" अविनाश जिस समय यह बोल रहा था, मैंने गौर किया उसकी आवाज उनींदी-सी थी— थोड़ी भर्रायी हुई! विशृंखल और कमजोर। मैंने ढाढस बँधाने के लिए कहा, "दरअसल, तुम्हारे पास चिन्ता करने के लिए कुछ है ही नहीं। एकदम सन्तुष्ट और भार-मुक्त हो गये हो।" अविनाश मुस्कराया, "नहीं चिन्ता करने के लिए तो बहुत-कुछ है, बल्कि इसी चिन्ता के कारण तो ठीक से नींद नहीं आती।"

मैंने कहा, "तुम तो बेमतलब चिन्ता में रहते हो अविनाश। तुम्हारे जैसे भाग्यवान कितने हैं। बेटे-बेटी सब इतने अच्छे ओहदों पर पहुँचे। तुम्हारे पास इतना बड़ा फ्लैट बैंक में लाखों रुपये। जमीन के कई प्लॉट।..." अविनाश ने लम्बी उबासी ली, गोया थका हुआ हो या रात में जगने के कारण अनमना हो। भाभी जी की लायी हुई चाय मैंने पी ली थी, लेकिन उसकी चाय मेज पर पड़ी हुई थी। मैंने कहा, "चाय ठंडी हो रही है।" उसने हूँ-ऊँ-ऊँ कहा, लेकिन सोफे पर लेटा रहा।

मैं उठकर खड़ा हो गया, "ईंट-भट्ठे वाले से बात करनी है। चलता हूँ।" अविनाश और उसकी पत्नी नीचे तक मुझे छोड़ने आये। दोनों गेट के पास खड़े रहे। मैंने मुड़ कर देखा, दोनों उसी तरह खड़े थे। शायद सोच रहे हों कि क्या करें! गेट के आगे रिक्शे पर बैठते हुए मैं सोच रहा था कि बहुत सुख या बहुत निश्चिन्तता भी अपने आप में बड़ा दुख है। मुझे लगा, मेरा दुख उनके दुख से छोटा है।

# वहाँ एक नदी थी

परायी-जैसी आँखों से माई इस पूरे आयोजन को देख रही थीं। बड़े बेटे सुनील की इंजीनियर बेटी अन्नो की शादी के बाद यह आयोजन किया गया है। क्या कहते हैं उसको.....? गाँव से आयी माई नहीं जानतीं कि क्या होता है रिसेप्शन! छोटे बेटे अनिल और छोटी बहू के साथ अन्नो की शादी में आयी हैं माई। शादी चार दिन पहले हुई और अब यह रिसेप्शन!

दिल्ली के एक छोर का यह कॉटेज। पता नहीं क्या होता है कॉटेज! गाँव के मिडिल स्कूल में शिक्षक बेटा अनिल भी नहीं जानता कि यह कॉटेज क्या होता है। सामने भव्य पंडाल बनाया गया है। अन्नो का छोटा भाई बबलू बता रहा था कि पाँच लाख रुपये पंडाल बनाने में खर्च हुए हैं।

पाँच लाख?.....माई की बूढ़ी आँखें आश्चर्य से फैल गयी थीं। बबलू को हँसी आयी थी। इनकम टैक्स कमिश्नर पिता ने तो कम-से-कम खर्च किया है अन्नो की शादी में।

माई अन्नो की शादी के समानान्तर उसके पिता सुनील की शादी की याद करने लगी थीं। बैलगाड़ी पर गयी थी बारात। दुल्हा बना सुनील हाथी पर बैठकर गया था। साथ में ढोलिया-बजनियाँ थे गाँव की चमरटोली के! यहाँ अन्नो की शादी के ताम-झाम देखकर तो माई को लगता है, जैसे कोई स्वप्नलोक हो!

इस रिसेप्शन पार्टी में खास-खास लोगों को ही बुलाया गया है। दुल्हा-दुलहिन सुसज्जित मंच पर बैठे हैं। बगल में प्रेजेंटेशन का अम्बार लगा हुआ है। दो-दो वीडियो कैमरों से रिकार्डिंग हो रही है। पॉप म्यूजिक के कैसेट बज रहे हैं। मह-मह कर रहा है पूरा वातावरण! माई छोटी बहू और छोटे बेटे अनिल के साथ एक कोने में बैठी देख रही हैं पूरा आयोजन। खिलाने के लिए पाँच स्टॉल हैं सुनहरी छतरी वाले। किसी बड़े होटल को खिलाने की व्यवस्था का भार दिया गया है। नीले यूनिफॉर्म और लाल पगड़ी वाले बेयरे तैनात हैं। अद्‌भुत व्यवस्था! माई चकित हैं। उनको बार-बार गाँव में अपने घर में हुई शादियों की याद आ रही है।

लेकिन इस रिसेप्शन पार्टी में माई को एक भी आदमी ऐसा नहीं दिख रहा है जो लगे कि अपने 'माटी-पानी' या अपने 'देस-कोस' का हो। यह शानदार व्यवस्था... इसी कारण उनको अपना-सा नहीं लग रहा है। बाहर अनगिनत कारें खड़ी हैं और पूरे माहौल पर आभिजात्य का आतंक-सा है। कम-से-कम माई को और साथ आये बहू-बेटे को तो ऐसा ही लग रहा है। लड़के-लड़कियाँ, मर्द-औरतें सब-के-सब जैसे अपनी देश-दुनिया के नहीं, टी.वी. के पर्दे की दुनिया के लोग हों।

स्टॉलों पर लोगों को खिलाने का कार्यक्रम शुरू हो चुका था। अभी थोड़ा ही समय बीता था कि सामने वाले स्टॉल पर कुछ अस्वाभाविक-सी हलचल महसूस हुई माई को। छिट-फुट भीड़ के बीच माई ने देखा कि एक देहाती किस्म के आदमी को तीन-चार लोग धक्के देकर बाहर निकाल रहे हैं। सुनील भी पहुँच गया है वहाँ।

—चोरी करने आया होगा।

—रे तू कैसे घुस आया?

—निकालो साले को!

—पुलिस के हवाले करो।.....

असल में अन्नो की शादी की रात इसी 'कॉटेज' से गहनों की एक मंजूषा चोरी चली गयी थी। तभी से बौखलाया हुआ है सुनील।

वह बेचारा-सा देहाती आदमी धक्के खाता बाहर निकल रहा था। उसके हाथ से प्लेट छीन लिया गया था। वह कुछ बोलना चाहता था, लेकिन उसको बोलने नहीं दिया जा रहा था। माई इस दृश्य को देखकर आयोजन की स्वप्नलोक जैसी दुनिया से बाहर निकल आयीं। कुर्सी से उठकर वे खड़ी हो गयीं और देखने लगीं उस व्यक्ति को जिसको धक्के देता एक गार्ड इधर ही ला रहा था। पच्चीस-तीस की उम्र का वह व्यक्ति बीमार-जैसा दिख रहा था। माई ने धक्के खाते उस व्यक्ति को रोका लांछित-अपमानित होने के कारण वह सिर गड़ाये माई के सामने खड़ा हो गया था।

''भूखे हो क्या बेटा?''

''नहीं माँ जी! भूखा नहीं हूँ।''

''तो फिर काहे आ गये भोज में? जानते नहीं थे कि यहाँ नहीं आना चाहिए?''

''जानता था माँ जी।''

''तो फिर...? कहाँ के रहने वाले हो?''

''जी माँ जी, आपके ही गाँव का हूँ कोकापुर का!...'' उस अधेड़-जैसे युवक ने माई को कुछ ऐसी नजरों से देखा कि माई सकुचा गयीं।

''मेरे गाँव का? कोकापुर?...'' माई चकित-स्तम्भित-सी उसे देखती रहीं।

''जी माँ जी। कोका नदी के उस पार मलाहटोली है न!...सौदागर मलाह को तो जानती होंगी!''

''माई एकाएक इस भव्य आयोजन की मायावी दुनिया से निकल कर बाहर आ गयीं, ''अरे, तुम दीनानाथ के भाई हो?''

''जी माँ जी......।''

माई ने उसको अपनी बगल की कुर्सी पर बिठाया। कहने लगीं, ''कोका नदी के उस पार मलाहटोली! लेकिन नदी तो सूख गयी। अब तो पानी की जगह रेत-ही-रेत है।''

''हाँ माँ जी। रेत-ही-रेत है।''

''लेकिन थी एक नदी!''

''नदी सूख गयी, इसीलिए न गाँव छोड़ना पड़ा। नदी थी तो बरसात के महीनों में पानी आता था। बाढ़ आती थी। नावें चलती थीं। रोपनी-डोभनी होती थी। अब तो बालू-ही-बालू है। कुछ उपज होती नहीं। क्या करता गाँव में!''

''तो यहाँ दिल्ली में क्या करते हो?''

''मजदूरी करता हूँ माँ जी। बिल्डिंग का काम होता है न! उसी में लेबर का काम करता हूँ। पहले पंजाब कमाता था।''

''तुम्हारा नाम क्या है बेटा!''

''रामफल।''

माई की बगल में बैठी छोटी बहू और छोटा बेटा अनिल रामफल को एकटक देखे जा रहे थे। अपने गाँव का आदमी!.....अपने 'देस-कोस' का अपना आदमी। लोग धक्के देकर निकाल रहे थे इसको!

बबलू हड़बड़ी में बगल से निकल रहा था। माई ने मुस्कराते हुए कहा बबलू से, ''बबलू, देखो! तुम लोग चोर कह रहे थे न इसको! धक्के देकर निकाल रहे थे। जानते हो बबलू, यह आदमी अपने गाँव का है।''

बबलू व्यस्त था और हड़बड़ी में था। उसने बेरुखी से कहा, ''दादी जी, यहाँ दिल्ली में आपको अपने गाँव के सैकड़ों लोग मिल जाएँगे। आप नहीं जानती हैं इन लोगों को। चोर-उचक्के सब बिहार से आते हैं। दिल्ली को गन्दा करते हैं। इज्जतदार बिहारियों को बदनाम करते हैं...।'' बोलता हुआ बबलू चला गया। माई नहीं कह पायीं कि इस रामफल नाम के मजदूर का बाप सौदागर अपना 'खनुआँ' मलाह था। साल में पाँच मन अनाज 'खन' के रूप में दिया जाता था उसको। बरसात के महीनों में सुनील को नदी पार स्कूल जाना पड़ता था। सौदागर सुनील को नाव से नदी पार करवाता था।

—अब तो वह नदी ही सूख गयी। रेत-ही-रेत है नदी में।

माई ने क्षमा याचना की मुद्रा में रामफल से कहा, ''बुरा मत मानना बेटा। किसी ने तुमको पहचाना नहीं, इसलिए...। लेकिन बेटा, तुमको मालूम कैसे हुआ कि यहाँ अन्नो की शादी के बाद...क्या कहते हैं उसको?'' अनिल ने माई को शब्द दे दिया-''रिसेप्शन।''

''हाँ, वही।'' माई लजा-सी गयीं।

रामफल अब सहज हो गया था। मुस्कराता हुआ कहने लगा, ''अपने गाँव के बगल का कस्बा है न फारबिसगंज। वहाँ एक हैं जायसवाल जी। यहाँ दिल्ली में रेडीमेड कपड़ों का कारोबार है उनका। सुनील बाबू के साथी हैं। मैं जाता रहता हूँ जायसवाल जी के यहाँ। मेरा ममेरा भाई उनके यहाँ नौकर है। उन्होंने ही कहा कि सुनील बाबू की बेटी की शादी है। शादी में तो आ नहीं पाया माँ जी। सोचा कि आज चलते हैं, गाँव-समाज के लोगों से 'भेंट-मुलकात' भी हो जाएगी।''

''तो हो गयी भेंट?'' माई ने हँसते हुए पूछा तो जवाब में रामफल जोर से हँसा। उसकी हँसी देख अनिल और छोटी बहू भी हँसने लगे।

अनिल इस बीच रामफल के लिए प्लेट में खाना ले आया था। माई कहने लगीं, ''खाओ बेटा खाओ। बुरा मत मानना। किसी ने पहचाना नहीं न! इसलिए.....।''

''लौटना भी है माँ जी। दूर से आया हूँ—शकरपुर से। आने में इक्कीस रुपये लग गये। उतना ही लगेगा लौटने में।''

'चिन्ता मत करो' बोलती हुई माई ने अनिल से कहा, ''रे अनिल, दे इसको पचास रुपये।'' अनिल पॉकेट में नोट तलाशने लगा।

कि तभी माई ने देखा, सुनील कुछ लोगों के साथ झपटता हुआ इसी तरफ आ रहा है। माई कुर्सी से उठकर खड़ी हो गयीं। उन्हीं के साथ छोटी बहू और अनिल भी खड़े हो गये। तीनों ने एकदम अनजाने ही ऐसा घेरा बना लिया जिस घेरे में खाना खाता हुआ रामफल दिखाई नहीं पड़ रहा था।

# आतंक

सूखी नदी का बलुआही कछार मेरी आँखों में गर्म रेत की तरह गड़ रहा था। अपने मित्र अभिषेक के साथ उस सुनसान-से 'चौर' में खड़ा मैं दूर पक्की सड़क के किनारे पेड़ों की सघन पंक्ति को देखता रहा। पेड़ों की पंक्ति सफेद कागज पर गाढ़ी नीली स्याही की लकीर-जैसी दिख रही थी।

मुम्बई में अपनी सहकर्मी अभिषेक की बहन की शादी में उसके गाँव आया हूँ। यह गाँव अभिषेक का गाँव है और मेरे चचेरे भाई के मामा का भी गाँव है। मैट्रिकुलेशन में पढ़ता था तब दो-तीन बार यहाँ आया था। लेकिन तब की बात दूसरी थी। अब तो मामा छोटन सिंह का नाम लेते ही कितने अर्थ और मन्तव्य निकलने लगते हैं, इसे मैं अच्छी तरह समझ गया हूँ—सिर्फ एक दिन में ही।

आज सुबह मामा के घर पहुँचा हूँ। कोई एक किलोमीटर दूर अभिषेक का टोला है। मुम्बई की जिन्दगी से ऊबा मेरा चित्त एकान्त खोजता था! और टाल-क्षेत्र के इस रेतीले दायरे-से ज्यादा एकान्त भला कहाँ मिल सकता था! मामा ने मेरे साथ एक बॉडीगार्ड लगा दिया था। मुझे बड़ा अजीब लगा था यह मामा से कहा भी, लेकिन उन्होंने इसका कोई स्पष्टीकरण नहीं दिया। हाँ, बड़े मामा ने जरूर संकेत किया, "तुम नहीं समझोगे अविनाश! दुश्मन कम नहीं हैं हम लोगों के! सम्राट शुक्ला का गैंग है, बौधू गोप का गैंग है। सब 'ताक' में रहते हैं। तुम्हारे साथ कहीं कुछ हो गया तो खून की नदी बह जाएगी।"

सुबह से ही दहशत में हूँ कि यह टाल-क्षेत्र कौन-सी दुनिया है! अपने लोकतान्त्रिक देश के मानचित्र में यह कहीं है भी या नहीं! अखबारों, पत्र-पत्रिकाओं, टी.वी चैनलों के समाचारों में मामा छोटन सिंह की कुख्यात छवि की जानकारी थोड़ी बहुत मिलती रहती थी, लेकिन स्थिति यहाँ तक पहुँची है, यह अनुमान नहीं था।

"बड़ा भयावह लगता है यह गाँव!" मेरी बात पर बड़े मामा के ग्रैजुएट बेटे रिंकू ने हँसते हुए कहा था, "आप ही को लगता है भयावह! हम लोग तो एक दम

आनन्द में हैं।''

''कैसे हो आनन्द में?'' मैं कुछ बोलना ही चाहता था कि रिंकू कहने लगा, ''देखते हैं न चाचाजी का यह बँगला। दो करोड़ में बना है। तीन-तीन गाड़ियाँ हैं उनके पास। और देख रहे हैं न, रात से ही लोगों के आने का ताँता लगा हुआ है! देख रहे हैं न!...''

मैं देख रहा था—रात से ही तरह-तरह के लोग छोटन सिंह से मिलने आ रहे हैं। भोज-भंडार चल रहा है। गैस चूल्हों की आवाज बन्द नहीं हो रही है। पता चला कि मिलने आने वालों में व्यापारी हैं, अफसर हैं, पुलिस के आदमी हैं, अमीर-गरीब, अच्छे-बुरे सब तरह के लोग हैं। बड़े मामा ने यह बात बड़े गर्व से कही थी। मामा छोटन सिंह एक हफ्ते पहले जेल से छूटकर आये हैं। बड़े मामा कहने लगे, ''तुमने वह दृश्य नहीं देखा अविनाश! हजारों लोग... सौ-सवा-सौ गाड़ियों का काफ़िला....क्या बताऊँ! छोटन जेल-गेट के अन्दर से निकल रहा था और इधर हजारों लोग जिन्दाबाद के नारे लगा रहे थे। आकाश गूँज रहा था। कितने टी.वी कैमरा वाले एक झलक पाने के लिए मारामारी कर रहे थे।...''

रिंकू ने अपने पिता के गौरव-वृत्तान्त को जैसे झपट लिया, ''मत पूछिए भैया, कैसा रोमांचक दृश्य था। ऐसा ही दृश्य तब था जब चाचाजी जेल में रहते हुए दूसरी बार विधानसभा का चुनाव जीते थे। सारे उम्मीदवारों की जमानत जब्त!...'' बड़े मामा ने इसमें जोड़ा, ''पिछली बार तो ऐसा हुआ कि छोटन का समर्थन लेने मुख्यमन्त्री के दो दावेदार बारी-बारी से जेल में मिलने आये—भरी हुई अटैची के साथ...। लाखों में नहीं करोड़ों में बिकने की बात थी, लेकिन चरित्र देखो छोटन का! उसने अटैची को पैर से ठोकर मारकर लुढ़का दिया।''

मुझे इस वृत्तान्त-कथा से ऊब हो रही थी—एक अजीब किस्म का डर भी मेरे भीतर व्याप्त था, क्योंकि सारी सुरक्षित शान्ति के भीतर कहीं संक्रमित हो रही भयावह अशान्ति भी थी जो मामा छोटन सिंह के आवास के चारों ओर सुरक्षा-प्रहरियों के घेरे में दिखाई पड़ती थी।

आज शाम मुझे अभिषेक की बहन के विवाहोत्सव में भी शामिल होना था और 'लोकाचार' के तहत न्योते के लिए साड़ी वगैरह भी खरीदनी थी। बड़े मामा से मैंने अभिषेक की बात कही तो वे बोले, ''अच्छा हाँ, रामदहिन मिसिर का बेटा अभिषेक। अच्छे भले आदमी हैं मिसिर जी, लेकिन हैं हम लोगों के विरोधी। आना-जाना नहीं है। वैसे वे भी छोटका जात से परेशान रहते हैं।''

मैं बड़े मामा के कहने का अर्थ समझ नहीं पाया, ''छोटका जात से क्या परेशानी...। मैं समझा नहीं!'' बड़े मामा हँसने लगे, ''मुम्बई में रहकर इसे नहीं समझ सकोगे। ऐसे ही छोटन ने क्राइम का रास्ता नहीं पकड़ा। कोई उपाय नहीं था। सुद्दर-

सोलकन का राज आ गया न!" मैंने कहा, "लोकतन्त्र है न मामाजी! जनसंख्या शूद्रों की है तो राज कौन करेगा!" "यही न रोना है! हम लोगों का राज अब वोट से आने वाला तो है नहीं। भला आदमी बनकर रहो तो राड़-सोलकन भी लतियाते हैं। सोलकन में जो छुटभैये नेता हैं वे भी सवर्णों के खिलाफ आग मूतते हैं। मगर अब देखो, छोटन सिंह के कद के आगे सब बौने हैं। बड़े-बड़े नेता नाक रगड़ने आते हैं यहाँ!"

बड़े मामा की बातों को विस्तार देते हुए रिंकू कहने लगा, "भला आदमी बनकर रहने का समय नहीं रहा, भैया। चाचाजी जब तक इस 'लाइन' में नहीं थे, छोटका जात का मामूली आदमी भी अंट-शंट बक जाता था। अब देखिए, बड़े-बड़े अफसर, नेता, पूँजीपति सब सलाम ठोंकते हैं चाचाजी को।" पैंसठ की उम्र-सीमा पार कर गये बड़े मामा के हाव-भाव में छोटे मामा की उपलब्धियों के कारण ही जवानी के ज्वार-जैसा कुछ दिख रहा था। कहने लगे, "सौ से ज्यादा मामले हैं छोटन पर, मगर कोई फिक्र नहीं।" मैंने कहा, "इसी कारण मामा अक्सर जेल में ही रहते हैं।" "अरे जेल-वेल क्या है उसके लिए! जेल में भी राजा की तरह रहता है। फिर उसकी अपनी मर्जी! कहने को जेल में है, लेकिन है बाहर पिछली बार तो रात में जेल से बाइज्जत निकलकर हम लोगों के साथ मतदान के लिए व्यवस्था करता था।"

मामा ने मेरे लिए टाटा सूमो गाड़ी की व्यवस्था कर रखी थी। ड्राइवर के साथ एक सशस्त्र बॉडीगार्ड। रिंकू को आदेश था कि हमेशा मेरे साथ रहे। मुझे 'न्योता' में देने के लिए सामान खरीदने थे। गाँव से कोई एक-डेढ़ किलोमीटर पर छोटा सा कस्बा है त्रिवेणीगंज। मुझे टाटा सूमो से कहीं जाने में एक तो भय लग रहा था, दूसरे मेरे भीतर कहीं-न-कहीं मुझे ठेस पहुँचाने वाली शर्म भी थी। मैंने इनकार कर दिया। सुबह बॉडीगार्ड के साथ अभिषेक को लेकर 'चौर' का उदास दृश्य देखते हुए मैं दरअसल एक किस्म के आतंक से ही गुजरा था।

साथ में रिंकू था और लाख मना करने के बावजूद एक सशस्त्र बॉडीगार्ड था जिसकी पैंट की जेब फूली हुई थी। हम तीनों थाने के सामने के रास्ते से गुजर रहे थे कि सामने से दारोगा आया। उसने रिंकू को सलाम किया। मुझे अचरज हुआ, युवा वय के इस लड़के को एक वयस्क उम्र का दारोगा सलाम कर रहा है। रिंकू ने मेरा परिचय दिया, "साहेब (यानी बाबू छोटन सिंह) के भाँजे हैं। मुम्बई से आये हैं।" दारोगा यह सुनते ही थाने चलने और कुछ खाने-पीने का आग्रह करने लगा। मैंने मना कर दिया। मेरा अन्तर्मन इस 'इज्जत' को अच्छी तरह समझ रहा था। लेकिन, रिंकू मानने वाला नहीं था। उसको शायद अपना प्रभाव, अपनी 'चलती-बनती' दिखानी थी। लिहाजा वह मेरा हाथ खींचते हुए एक रेस्तराँ में ले गया। रिंकू को देखते ही

दुकान का मालिक हड़बड़ाया हुआ आया, ''हुकूम हुजूर!'' रिंकू ने इशारे से कुछ कहा और तुरन्त तीन-चार तरह की मिठाइयाँ आ गयीं। कोल्डड्रिंक की दो बोतलें भी। दुकान का मालिक बगल में किसी आदेश की प्रतीक्षा में खड़ा था। मैंने सिर्फ कोल्डड्रिंक पीया। रिंकू ने जमकर खाया। पैसे देने के लिए मैंने जेब में हाथ डाला। रिंकू देखकर मुस्कराने लगा। दुकानदार ने दोनों हाथ जोड़ लिये, ''हुजुर ई तो सौभाग्य है हमारा कि रिंकू बाबू के साथ आप हमारी दुकान में आये।'' जब वह बोल रहा था तो मैं उसके जुड़े हुए काँपते हाथों को देख रहा था। ''इस कस्बे में और पूरे इलाके में चौबीसों घंटे बिजली रहती है भैया।'' रिंकू ने कुर्सी से उठते हुए कहा। यहाँ चाचाजी का शासन चलता है, सरकार का नहीं। सारे अफसर-कर्मचारी चाचाजी के दरबार में अपने-अपने काम की रिपोर्ट करते हैं।

मैं मामा छोटन सिंह की अकूत सम्पत्ति के विषय में जानकर चकित था। रिंकू से पूछा तो उसने कहा, ''सब ठेके की कमाई है भैया। हम लोगों की भी वही कमाई है। करोड़ों-करोड़ के ठेके। दरअसल उसी ठेके के टेंडर में शक्ति-परीक्षण होता है। सम्राट शुक्ला के साथ अभी हाल ही मुकाबला हुआ था। अपनी तरफ का एक शूटर मरा, उधर के तीन मरे और बीच में मारा गया कार्यपालक अभियन्ता। चाचाजी तो साफ-साफ कहते हैं कि पॉलिटिक्स में आना है तो दस बीस मर्डर करो पहले, आतंक फैलाओ। देखो, लोग तुम्हीं को वोट देंगे। चाहे जेल में रहो या बाहर।''

मैं हतप्रभ सा रिंकू का चेहरा देखता रहा। रिंकू जिधर से निकलता, लोग सहम कर उसको प्रणाम करते। मैंने सोचा कि जब रिंकू का इतना सम्मान है कस्बे में, तब मामा का कितना सम्मान होगा। एक पान की दुकान के सामने वह मेरे साथ खड़ा हुआ, तो लोग वहाँ से हट गये। रिंकू ने मुस्कराते हुए कहा, ''इस बार कुल अठारह आपराधिक पृष्ठभूमि के लोग विधानसभा चुनाव में विजयी हुए। भैया, आपको आश्चर्य होगा कि इनमें सब-के-सब अपर कास्ट के थे। अपर कास्ट के लोग ही क्राइम लिस्ट में सबसे आगे हैं।'' मैंने कुम्हलाई हँसी में व्यंग्य से एक लेखक की पंक्ति कही, ''हाँ, जो आगे हैं, वे आगे रहेंगे।''

न्योते में देने के लिए मुझे साड़ी खरीदनी थी। रिंकू मुझे एक कपड़े की दुकान में ले गया। दुकानदार एकाएक हड़बड़ाया, ''आप कुँवर साहब! हुकुम कीजिए सरकार।'' रिंकू ने हुकुम किया, ''बनारसी रेशमी साड़ी।'' कीमत पूछनी नहीं थी, क्योंकि दुकानदार भयभीत-सा 'ही-ही' कर रहा था। मैं पसन्द की गयी बनारसी साड़ी की कीमत पूछता रहा, लेकिन दुकानदार ने बताया नहीं। पैककर काँपते हाथों से उसने मुझे साड़ी दे दी। दुकान से निकलते वक्त मुझे एक किस्म का अपराध-भाव कलंकित कर रहा था। मुझे लग रहा था, मेरा चेहरा विरूपित हो गया है

और मैंने जो कपड़े पहन रखे हैं उन पर खून के कितने ही धब्बे हैं।

देर शाम अभिषेक के घर गया। रिंकू यहाँ मेरे साथ नहीं आया। बड़े मामा ने पहले ही बता दिया था कि मिसिर जी के परिवार से उनकी अनबन है। विवाहोत्सव का भव्य आयोजन था। बारात आयी गाजे-बाजे और आतिशबाजी के रंग-रौशन के साथ।

मेरे साथ लगा हुआ था मामा का बॉडीगार्ड। पता नहीं उसको कैसी हिदायत दी गयी थी कि बाथरूम के दरवाजे तक वह मेरा साथ नहीं छोड़ता था। बारात में कुछ प्रोफेसर, डॉक्टर, इंजीनियर, अफसर वगैरह थे। अभिषेक के बड़े भाई मेरा परिचय कराने लगे, "अविनाश जी हैं। मुम्बई में बड़े पद पर काम करते हैं। अभिषेक इन्हीं के साथ है। छोटन सिंह के भाँजे हैं।" "छोटन सिंह! वही छोटन सिंह?" कोई प्रोफेसर थे और वे यह वाक्य बोलकर मुझे गौर से देखने लगे। किसी अफसर से अभिषेक के बड़े भाई ने मेरा परिचय कराया तो उनकी भी वही प्रतिक्रिया थी, "छोटन सिंह! बाप रे!..."

मुझे लगा, भरी सभा में मुझे नंगा कर दिया गया हो। मैं पंडाल से बाहर आ गया। अभिषेक से कहा, "मेरी तबीयत खराब है। मेरे सोने की जगह बताओ।" रातभर मैं बेचैन रहा। सुबह चाय पी और ड्राइवर के साथ निकलते हुए कहा, "पहले उस कपड़े की दुकान में मुझे ले चलो।" ड्राइवर ने वह दुकान देखी नहीं थी। बॉडीगार्ड कल भी साथ था। वह दुकान के पास ले गया। दुकान बन्द थी, लेकिन दुकानदार का आवास उसी के ऊपर था। दुकानदार नीचे आया तो मैंने कल खरीदी गयी साड़ी की कीमत पूछी। वह डर गया था, लेकिन शायद उसने मेरा संकल्प भाँप लिया था। डरी हुई आवाज में उसने कीमत बतायी। मैंने जेब से तीन हजार रुपये उसके हाथ में रख दिये। उसकी आँखें डबडबा आयीं। वह देर तक अपलक मुझे देखता रहा।

मामा के घर आया। वे सोये हुए थे। अपनी अटैची वगैरह ठीक-ठाक कर मैंने ड्राइवर से स्टेशन चलने को कहा। बड़े मामा रोक रहे थे। रिंकू भी जिद पकड़े हुए था, लेकिन मैं एक क्षण वहाँ रुकना नहीं चाहता था। साथ में दो बॉडीगार्ड और रिंकू। ट्रेन आने वाली थी। मैंने रिंकू से पूछा, "एक बात सच-सच बताना रिंकू! क्या तुम लोग सचमुच 'आनन्द' में हो? यह तुम्हारा बॉडीगार्ड, पैंट की यह तुम्हारी फूली हुई जेब!... क्या सचमुच तुम 'आनन्द' में हो?" रिंकू के मुँह में जैसे आवाज ही नहीं थी। वह एकटक करुण-दयार्द्र आँखों से मेरा चेहरा देख रहा था।

# नहीं बिकेगी माँ

आज तिरात है। शिवनाथ बाबू की मृत्यु का तीसरा दिन। जो गोतिया-दियाद नहीं हैं उनके क्षौर-कर्म का दिन है।

शिवनाथ बाबू बीमार नहीं थे, एकदम भले-चंगे थे। ऐसी कोई उम्र भी नहीं थी। साठ के आस-पास के रहे होंगे। लेकिन मृत्यु तो उम्र देखकर आती नहीं! अचानक उनकी बायीं बाँह में दर्द उठा। पत्नी पड़ोस में मास्टर साहब को बुलाने गयी। शिवनाथ बाबू के पास छोटा बेटा हरिलाल था। उसकी समझ में कुछ नहीं आ रहा था कि क्या करे! दर्द ऊपर उठता गया कन्धे तक और फिर सीने में पहुँच गया। बेहोश हो गये। मास्टर साहब नन्दकिशोर बाबू ने कहा-हार्ट एटैक!

रात बारह-साढ़े बारह का समय। कैथटोली की जीव से शिवनाथ बाबू को छह-सात किलोमीटर दूर कस्बे के अस्पताल ले जाया गया, लेकिन किसी को पता नहीं चला कि रास्ते में ही उनकी मृत्यु हो चुकी थी।

उसी जीप से शिवनाथ बाबू की लाश गाँव लायी गयी। नन्दकिशोर बाबू ने मुम्बई और हैदराबाद फोन किये। मुम्बई में बड़ा बेटा अनिल रहता है जो एक अमरीकी कम्पनी में एसिस्टेंट मैनेजर है और मँझला बेटा अमर हैदराबाद में देश की सबसे बड़ी मोबाइल फोन कम्पनी में इंजीनियर है। दोनों से नन्दकिशोर बाबू की बात हो गयी। दोनों ने कहा कि बस पहली ही फ्लाइट से वे आ रहे हैं।

लेकिन आज तिरात है और न बड़ा बेटा पहुँचा है न मँझला। और माई घर के आगे महुआ गाछ की छाँह में बैठी दोनों बेटों की राह देख रही है। कल से तीन-चार बार महुआ गाछ के आगे अन्धा कुआँ वाले मोड़ तक चली गयी है और निराश होकर लौट आयी है। पिता को मुखाग्नि सबसे छोटे बेटे हरिलाल ने दी। वह दालान के एक कोने में गले में उतरी पहने और हाथ में बाँस की करची की छड़ी लिये चुपचाप बैठा है और माई की तरह दोनों भाइयों के पहुँचने का बेसब्री से इन्तजार कर रहा है।

हरिलाल ने आखिर माई को सान्त्वना देने की कोशिश की, "दूर है मुम्बई और

हैदराबाद। फिर परिवार के साथ आएँगे दोनों भैया। देर इसी कारण हो रही है।''

नन्दकिशोर बाबू ने कहा, ''रे हरिया, हवाई जहाज से आना है दोनों को। पटना तक हवाई जहाज से ही आएँगे। उनके लिए एक दिन में पहुँचना कौन-सी बड़ी बात है!'' माई को भी लगा, मास्टर साहब ठीक कह रहे हैं। लेकिन अभी तक पहुँचे क्यों नहीं! बाप के मरने की खबर है, फिर भी नहीं पहुँचे अब तक!

माई मन-ही-मन गुनने लगी। अमर का बेटा तो पाँच-छह महीने का है, लेकिन अनिल की बहुरिया को तो अभी सवा महीने पहले ही बेटा हुआ है। हो सकता है, दोनों बहुएँ भी आना चाहती हों। लेकिन बहुएँ भी तो नौकरी करती हैं। हो सकता है, छुट्टी नहीं मिल रही हो!

कुछ भी हो सकता है, लेकिन आज तिरात है और दोनों में से कोई नहीं पहुँचा है। नन्दकिशोर बाबू बोले, ''अरे, अनिल और अमर को एक लाख रुपये माहवारी वेतन यों ही नहीं देती है कम्पनी! कोई सरकारी नौकरी नहीं है कि काम न करो, वेतन पक्का। सरकारी नौकरी के बारे में कहावत है न कि खो मंगला, पड़ल रह!''

अपने गाँव के लोग अनिल की अमरीकी कम्पनी की नौकरी के विषय में तो नहीं जानते, लेकिन अमर की मोबाइल कम्पनी की नौकरी को अच्छी तरह जान गये हैं। टीवी-अखबार सब में अमर की मोबाइल कम्पनी की धूम मची है। अब तो गाँव में घर-घर टीवी। जिसके घर में दोनों-तीनों वक्त चूल्हे जलते हैं उसके घर में टीवी! सब जान गये हैं कि अजय देवगन और काजोल जिस मोबाइल के प्रचार में आते हैं, उसी कम्पनी में इंजीनियर है अमर। कहाँ-कहाँ कम्पनी का टावर बैठाया जाएगा, यह सब अमर तय करता है। ऐसे ही नहीं देती है कम्पनी एक लाख तनख्वाह। हवाई जहाज से ही आता-जाता है। जाकर पूछे कोई नन्दकिशोर बाबू से! उनसे ज्यादा पढ़ा-लिखा तो कोई नहीं है गाँव में। अँग्रेजी के शिक्षक रहे हाई स्कूल में। वे नहीं होते तो अनिल और अमर इतने ऊपर तक पहुँचते? चार साल उन्होंने दोनों को अँग्रेजी पढ़ायी। शिवनाथ बाबू कहते थे कि अनिल और अमर को नन्दकिशोर बाबू ने नेशफील्ड ग्रामर का पन्ना-पन्ना रटा दिया था। तब न अनिल और अमर इतना आगे बढ़े!

मोबाइल कम्पनी में इंजीनियर होने के कारण अमर की कुछ ज्यादा ही चर्चा है गाँव में! अब तो मोबाइल अपने गाँव में भी आ रहा है। गाँव के लड़कों को पता है, लेकिन मोबाइल कम्पनी के इंजीनियर के छोटे भाई हरिलाल को ही पता नहीं था कि भैया की कम्पनी अपने गाँव में पहुँच रही है। उसको तो इसकी जानकारी महीने भर पहले मिली जब अपनी पत्नी यानी परिवार की छुटकी दुलहिन को डॉक्टर से दिखाने वह बगल के कस्बे में गया।

डॉक्टर के क्लिनिक में छुटकी दुलहिन को बिठा कर वह बाहर चौक पर आया

था। वहीं दिखाई पड़ा मँझले भैया की मोबाइल कम्पनी का होर्डिंग। काजोल और अजय देवगन खिलखिला कर हँस रहे थे। अजय देवगन मँझले भैया की कम्पनी की मोबाइल कान में सटाये हँस रहा था। जिन्दगी भर रहो मोबाइल।

इनकमिंग फ्री।....

वह छुटकी दुलहिन को बुलाने क्लिनिक में लौटा था। उधर कम्पाउंडर ने नाम पुकारा था—उर्मिला देवी!..... लेकिन उर्मिला देवी तो यहाँ चौक पर हीरो-हीरोइन को मोबाइल कम्पनी का प्रचार करते हुए देख रही थी। अच्छी तरह पहचानती है छुटकी दुलहिन अजय देवगन और काजोल को। टीवी में तो दिखते ही रहते हैं ये सब!

हरिलाल को मोबाइल कम्पनी का प्रचार करते हुए अजय देवगन और काजोल के साथ मँझले भैया का चेहरा भी दिख रहा था जो होर्डिंग पर नहीं था।

शाम में छुटकी दुलहिन के साथ हरिलाल घर लौटा तो इलाज की बात उसने माई से बाद में कही, पहले मँझले भैया की मोबाइल-कम्पनी के प्रचार के विषय में क़हा। कस्बे में उसने एक पान वाले से भी पूछा था। मालूम हुआ मोबाइल कम्पनी का टॉवर बन रहा है। बस एक-आध हफ्ते में अपने गाँव में भी मोबाइल काम करने लगेगा।

मँझले भैया की मोबाइल कम्पनी!

इनकमिंग फ्री! जिन्दगी भर रहो मोबाइल!...

अनिल और अमर गाँव के लिए ही नहीं, पूरे इलाके के लिए दृष्टान्त बन गये हैं। अनिल अमरीकी कम्पनी में एसिस्टेंट मैनेजर है। गाड़ी-बँगला सबकुछ। मास्टर साहब कहते हैं, ''कहीं जाता है तो फाइव स्टार होटल में ठहरता है! जानते हो क्या होता है फाइव स्टार होटल?.... और अमर भी उन्नीस नहीं है अपने बड़े भाई से। हैदराबाद में है....मोबाइल कम्पनी में इंजीनियर एक लाख रुपये माहवारी वेतन!''

दोनों को मैट्रिकुलेशन में अँग्रेजी पढ़ा चुके नन्दकिशोर बाबू गर्व से इनकी चर्चा करते हैं। चर्चा से बाहर रह जाता है तो सबसे छोटा भाई हरिलाल। शिवनाथ बाबू ने इसको आगे पढ़ाया ही नहीं। बोले कि जन्म से ही 'भुसकोल' है, क्या पढ़ेगा। नन्दकिशोर बाबू ने भी हरिलाल से सन्तोष कर लिया था। शिवनाथ बाबू से उन्होंने कहा, ''खेती-बाड़ी देखने वाला भी तो कोई होना चाहिए! अठारह-बीस एकड़ जमीन है तुम्हारे पास।''

''कहाँ रही अठारह-बीस एकड़! पाँच एकड़ तो अमर की पढ़ाई में बिक गयी! बैंगलूर में उसके एडमिशन में ही चार लाख देने पड़े थे।.....''

''फिर भी कम नहीं है जमीन। हरिलाल की गुजर-बसर के लिए काफी है।'' नन्दकिशोर बाबू हरिलाल के पक्ष से बोले थे और यह भी जोड़ दिया था, ''अब देख रहे हो न अमर को! एक लाख रुपये मासिक वेतन मिलता है!''

शिवनाथ बाबू भीतरी आह्लाद से मुस्कराने लगे थे, ''हाँ, सो तो है भैया! आप

तो देख ही रहे हैं, कितने बड़े-बड़े लोग अनिल और अमर के रिश्ते के लिए आ रहे हैं! डॉक्टर, इंजीनियर, ठेकेदार, नेता, अफसर.....! पाँच लाख की कौन कहे, दस लाख-बीस लाख 'तिलक' दे रहे हैं।....''

शिवनाथ बाबू बोलते-बोलते उदास हो गये थे, ''मगर दोनों 'हाँ' कहें तब न! वे तो बात ही बदल देते हैं। अनिल कहता है—सब हो जाएगा बाबूजी। अभी कमाने का समय है। अमर कहता है—चार-पाँच साल बाद शादी की बात कीजिए बाबूजी! हड़बड़ी क्या है....''

''कैसे नहीं है हड़बड़ी!'' बगल में बैठी माई कहती है तो, फोन माई की बात अमर तक पहुँचा देता है। अमर हँसता रहता है। अनिल से माई बात करती है तो वह भी माई की बात को हँसी में उड़ा देता है।

अनिल के बाबूजी ने माई से एक दिन पूछा था ''तुमको क्या लगता है अनिल की माई! कहीं दोनों बेटे मेरी-तेरी बेवकूफी पर तो नहीं हँसते हैं?'' माई मुँह बाये पति का प्रश्नाहत चेहरा देखने लगी थी, ''कौन जाने.....क्या बात है!'' फिर उसने पति से कहा था, ''अनिल और अमर बियाह नहीं करेंगे तो उन्हीं के कारण छुटका बेटा कुँवारा बैठा रहेगा?'' दोनों की दुलहिनें तो यहाँ गाँव में रहने वाली हैं नहीं! क्यों न हरिलाल की शादी कर दी जाय! घर में काम करने वाली बहुरिया आ जाएगी। शिवनाथ बाबू ने नन्दकिशोर बाबू से यही बात कही। वे भी सहमत हुए, ''हाँ अनिल की माई को पूरे घर का काम-काज करना पड़ता है। झाड़ू-बुहारू, लीपा-पोती, भोजन-भात.....ढेर सारे काम होते हैं घर में और अकेली बेचारी अनिल की माई। कर दो शादी हरिलाल की।''

लेकिन समस्या थी कि हरिलाल के लिए कहीं कोई अच्छा घर-परिवार, पढ़ी-लिखी सुघड़ लड़की मिल नहीं रही थी। कितने ही लोगों से कहा शिवनाथ बाबू ने, लेकिन थर्ड डिविजन मैट्रिक पास हरिलाल पर कोई 'बरतुहार' फटक नहीं रहा था दरवाजे पर। हार-पार कर बगले के गाँव मिरदौल में एक साक्षर लड़की मिली। साँवली-सी, दुबली-पतली, लेकिन घरेलू काम-काज में प्रवीण। दान-दहेज कुछ नहीं। शिवनाथ बाबू को ही शादी का पूरा खर्च उठाना पड़ा।

इस तरह दुलहिन आ गयी। छुटकी दुलहिन...। हालाँकि बड़की और मँझली दुलहिनें अभी आयी नहीं थीं, लेकिन कायदे से तो हरिलाल की दुलहिन छुटकी दुलहिन ही हुई!

अनिल और अमर के रिश्ते के लिए बड़े-बड़े लोग आ रहे थे। इलाके में चर्चा कि कितने भाग्यवान हैं शिवनाथ बाबू! मन्त्री, विधायक, बड़े-बड़े ठेकेदार, अफसर लाइन लगाए हुए हैं! मुँहमाँगा तिलक दे रहे हैं! लेकिन अनिल और अमर भी राजी हों तब न! उनका तो बस एक ही जवाब होता, ''हड़बड़ी क्या है बाबूजी! हो जाएगा

सब।''

छुटकी दुलहिन को शादी के डेढ़ साल बाद बेटी हुई। माई प्रसन्न हुई कि घर में लक्ष्मी आयी। खुद तो बेटी के लिए तरसती रही। तीनों बेटे ही हुए। अब जाकर लक्ष्मी आयी है घर में! दो साल बाद जब छुटकी दुलहिन को दूसरी बेटी हुई तो शिवनाथ बाबू सिर पर हाथ रख कर बैठ गये।

माई को यही चिन्ता सताए हुए थी कि अनिल और अमर की शादी नहीं हुई अब तक और सबसे छोटे बेटे को दो बेटियाँ भी हो गयीं। यह बात माई को सालती रहती थी।

इस बीच एक दिन रात में मँझले बेटे अमर का हैदराबाद से फोन आया, ''शादी हो गयी माई! लड़की हैदराबाद की है और कम्प्यूटर इंजीनियर है। चालीस हजार रुपये वेतन मिलते हैं।'' खबर सुनकर माई चुप रह गयी। बाबूजी ने सुना तो उनको लगा, जैसे पैरों तले की जमीन खिसक गयी। दस लाख-बीस लाख दे रहे थे लड़की वाले!.....

पाँच-छह महीने बाद बड़े बेटे अनिल का फोन आया नन्दकिशोर बाबू को, ''मैंने शादी कर ली बड़े बाबूजी! लड़की अँग्रेजी में एम.ए., एम.फिल. है और मुम्बई में ही अँग्रेजी अखबार में को-एडीटर है। कह दीजिएगा बाबूजी से और माई से।.....''

नन्दकिशोर बाबू मुस्कराते हुए आये थे शिवनाथ बाबू के दलान में, ''फोन आया था अनिल का मुम्बई से। तुमसे बात करने की उसकी हिम्मत नहीं हुई, इसलिए मुझसे कहा...।'' शिवनाथ बाबू नन्दकिशोर बाबू का मुस्कराता चेहरा देख रहे थे, ''बात क्या है भैया! आप मुस्करा रहे हैं!....''

''अनिल भी गया हाथ से। उसने भी शादी कर ली। लड़की अँग्रेजी अखबार में काम करती है। अँग्रेजी से एम.ए., एम.फिल्. है।'' माई ने अनिल की शादी की बात सुनी। उदास नहीं हुई वह, लेकिन शिवनाथ बाबू मन मार कर बैठ गये। गाँव में लोगों को बातचीत का अच्छा विषय मिल गया था। ''गिनने चले थे शिवनाथ बाबू लाखों-लाख रुपये! अब गिनते रहें आसमान के तारे!''

माई ने अनिल के बाबूजी को समझाया, ''काहे करते हैं चिन्ता-फिकिर! बुड़बक नहीं हैं हमारे बेटे! मन लायक बियाह किया अनिल ने! इसमें क्या खराबी है! कहीं भी रहे। बेटे, कहीं करें शादी। आनन्द से रहें। बहुएँ तो हमारी ही कहलाएँगी। दूधो नहाएँ पूतों फलें।...''

दोनों पोतियाँ बड़ी हो रही थीं। गाँव के स्कूल में बड़ी पोती गायत्री का नाम लिखा दिया गया था। माई को अब बड़की और मँझली बहुओं की चिन्ता थी। शिवनाथ बाबू की चिन्ता यह थी कि छोटका को दो बेटियाँ ही हुईं, एक बेटा भी हो जाता! माई ने पति से कहा, ''छोटका को नहीं हुआ बेटा तो क्या, बड़की और मँझली बहुएँ हैं न, पोते भी हो जाएँगे।''

मगर बड़ी और मँझली बहुओं को अभी तक बाल-बच्चे हुए क्यों नहीं। अमर की शादी के तो लगभग साढ़े तीन-चार साल हो गये! अनिल की शादी उसके पाँच-छह महीने बाद हुई। अब तक क्यों नहीं हुए बाल-बच्चे! माई ने अनिल के बाबूजी से नहीं कहा, लेकिन फारबिसगंज कस्बे के पास चंडीथान्ह मन्दिर में मनौतियाँ माँग आयी। माई जानती थी, अनिल के बाबूजी सुनेंगे कि मनौती माँगने गयी थी तो हँसेंगे। मौनी अमावस्या के दिन माई हरिलाल को साथ लेकर शीतला मन्दिर गयी। मनौती माँग आयी कि बड़की या मँझली किसी को बेटा हुआ तो हे माता!.....पोते के बाल इसी मन्दिर में उतरवाऊँगी।...

आखिर एक दिन अनिल के बाबूजी को दिन के चौथे पहर मँझले बेटे अमर का फोन आया।

''आप को पोता हुआ है बाबूजी! कल शाम पाँच पचास में।.....''

बाबूजी थोड़ी देर सोचते रहे। कल शाम में पोता हुआ और एक दिन बाद फोन कर रहा है अमर!... उन्होंने यह समाचार अनिल की माई को सुनाया तो माई को लगा, आकाश से फूल बरसने लगे हों।....माई ने छोटकी दुलहिन को यह शुभ समाचार सुनाया, ''सुना तुमने? शीतला माई ने मनौती कबूल कर ली। मँझली को बेटा हुआ है।'' माई ने थाली बजायी।....टन-टन....टन...टन...टन!....छोटकी दुलहिन पड़ोस में पहले मास्टर साहब के घर गयी—मझली गोतनी को बेटा हुआ है।....

माई गुनगुनाती हुई घर-बाहर आने-जाने लगी। अचानक पैरों की गति तेज हो गयी। छोटकी पोती हालाँकि अब गोद में लेने लायक नहीं है, दौड़ती-खेलती है, लेकिन माई उसे गोद में बिठाकर सोहर गाने लगी—

*आधी राति बीतले पहर राति आउरो दुपुर राति हो*
*ललना रे तखन जनमले होरिलवा महल उठे सोहर हो!*
*भले कयलन्हि बाबा मोर बियाह ससुर घर देलन्हि हो*
*ललना रे रहितहुँ बारि-कुवाँरि सोहर कइसे सुनतहुँ हो.... ।*

छोटकी दुलहिन साँझ-बाती तुलसी चौरे पर रख आयी और माई के पास बैठ सोहर गाने में साथ देने लगी

*घोड़वा चढ़ल आवे दुलहिन के बाबा*
*कि आँगन-घर सोहावन लागे हो*
*ललना रे पाछे-पाछे डोलिया कहार....*

माई ने इसी बीच हरिलाल से हँसते हुए कहा, ''रे हरि, अरे भतीजा हुआ है।

दौड़कर जित्तन साव की दुकान से पाँच किलो लड्डू ले आ।''

माई ने कल होने की प्रतीक्षा नहीं की। बड़ी पोती के सिर पर लड्डू का परात रखा और निकल गयी टोले में सबसे पहले नन्दकिशोर बाबू के यहाँ। नन्दकिशोर बाबू आज की डाक से आयी अँग्रेजी की कोई किताब पढ़ रहे थे। किताब उन्होंने मेज पर रख दी और आ गये शिवनाथ बाबू के दालान में, ''लो, पोता-पोता करते थे। पोता भी हो गया।'' शिवनाथ बाबू हँसने लगे, ''हाँ भैया, पोता भी हो गया। मुझे तो अब जाकर मालूम हुआ कि अनिल की माँ चंडीथान्ह में और शीतला माई के मन्दिर में पोते के लिए मनौती माँगने गयी थी।''

लड्डू बाँटकर माई लौटी तब तक आस-पड़ोस की कुछ औरतें आँगन में आ चुकी थीं। देर तक सोहर और मंगल-गान गाये जाते रहे। उधर छोटकी दुलहिन चचेरी गोतनी के साथ बखीर और पुरियाँ बनाने में लगी थी।

सुबह नन्दकिशोर बाबू हाथ में कल का अखबार लिये शिवनाथ बाबू के दालान में आये। माई दालान में झाड़ू लगा रही थी। नन्दकिशोर बाबू ने शिवनाथ बाबू से हँसते हुए कहा, ''खूब सोहर हुआ तुम्हारे यहाँ शिवनाथ। देर रात तक सुनता रहा। मगर एक बात पूछता हूँ। अनिल की माई ने तो देखा भी नहीं है मँझली बहू को! क्या वह जानती भी है कि कम्प्यूटर इंजीनियर मँझली बहू जिन्स-पैंट पहनती है और जानती भी नहीं कि कौन है उसकी सास, कौन हैं उसके ससुर और कौन सा गाँव है!...''

माई ने झाड़ू लगाते हुए और हँसते हुए कहा, ''ई तो बहू जाने हम तो एतने जानते हैं कि बहू हमारी है। पोता हमारा है। आखिर हमारा वंश बढ़ा न! खून तो हमारा है!....''

नन्दकिशोर बाबू निरुत्तर हो गये। समझ में नहीं आया, क्या बोलें। वे चुपचाप अखबार के पन्ने उलटने लगे।

इसके पाँच-साढ़े पाँच महीने बाद ही माई को दूसरी सुखद सूचना मिली। मुम्बई से बड़े बेटे अनिल ने फोन पर माई से कहा, ''माई, पोता हुआ है तुमको।'' माई को अचानक ऐसा लगा जैसे बुझते दीये में तेल डाल दिया गया हो।

''कब? कब हुआ पोता?''

''आज सोलहवाँ दिन है माई।''

सोलहवाँ दिन!....इतने दिन बाद बता रहे हो।.....''

''यहाँ था नहीं माई। अमेरिका चला गया था।''

माई ने ज्यादा जिरह नहीं की। काम में फँसा रहता है अनिल। अमेरिका में था। इसलिए खबर नहीं दी। लेकिन बहू तो दे सकती थी खबर!''

''बहू खबर दे सकती थी!....'' शिवनाथ बाबू पत्नी की नादानी पर जोर से

हँसे, "अरी अनिल की माई! तुम किस लोक में रहती हो। तुम्हारी बहू तुमको जानती भी है?" माई कुछ सोचती हुई पति का चेहरा देखने लगी।

"ई तो बेटे-बहू जानें! उनका धर्म है! हम तो एतने जानते हैं कि चंडीथान्ह की देवी ने हमारी विनती सुन ली। बड़की बहू की कोख फली। हमारा वंश बढ़ा।...." माई भुनभुनाती रही देर तक थोड़ी ही देर बाद आँगन में थाली बजी। फिर उठे सोहर के बोल। फिर बाँटी गयी टोले में मिठाई।

"बम्बई वाली बड़ी बहू को बेटा हुआ है। अनिल तो उस बखत अमेरिका में था।"

सब कुछ ठीक चल रहा था सुखद-आनन्दमय। हरिलाल डेढ़ महीने पहले कस्बे से जो खबर लाया था, वह भी सच निकली। गाँव में आ गया मोबाइल फोन। अमर की मोबाइल कम्पनी का टावर बगल के कस्बे में काम करने लगा है।

कि अचानक शिवनाथ बाबू की मृत्यु का यह शोक! तिरात है आज और माई अनिल और अमर की राह देख रही है। दो-ढाई घंटे घर के आगे महुआ गाछ के पास बैठकर और एक बार अन्धा कुआँ के मोड़ से भी हो आयी है। थक-हार कर दालान में कर्त्ता बने हरिलाल के पास आ कर बैठ गयी है। दोनों बेटों में से कोई नहीं पहुँचा है अभी तक। नन्दकिशोर बाबू से बात हो गयी थी दोनों की दोनों ने कहा था, बस पहुँच रहे हैं हवाई जहाज से।

नन्दकिशोर बाबू तिरात के भोज का इन्तजाम देख रहे हैं। माई के मन-प्राण तो जैसे अनिल और अमर में समाए हुए हैं। पिता को मुखाग्नि देने वाला हरिलाल भी मूँज की चटाई पर बैठा सामने ही देख रहा है। अब तक पहुँचे क्यों नहीं दोनों भाई!

माई अन्दर आँगन की तरफ जाने के लिए मुड़ी ही थी कि एक कार आ कर लगी दरवाजे पर। अमर था। मृत्यु-शोक में किसी को प्रणाम नहीं किया जाता। सो अमर एकटक माई को और दालान-दुआर को देखता रहा। माई अचानक फूट-फूट कर रोने लगी। रोती ही रही देर तक।

नन्दकिशोर बाबू ने पूछा, "और अनिल ?...." अमर ने कमीज की जेब से मोबाइल फोन निकाला, "एक घंटे पहले बात हुई थी। भैया पटना पहुँच गये हैं। बस आते ही होंगे बात करता हूँ।" अनिल ने मोबाइल से बात की, बोला, "कस्बे से चल रहे हैं।"

अमर कुर्सी पर बैठा था और सामने बैठे थे नन्दकिशोर बाबू! मास्टर साहब! बड़े बाबूजी। माई सूनी आँखों से एकटक बेटे को देख रही थी। जमीन पर बैठा

हरिलाल कई साल बाद मँझले भैया को देख रहा था। छोटकी दुलहिन और दोनों बेटियाँ भी अमर को ही देख रही थीं।

अमर की समझ में नहीं आ रहा था कि क्या बात करे। आखिर उसने नन्दकिशोर बाबू से पूछा, ''कैसे-क्या हुआ था बाबूजी को कि....'' अमर की आवाज टूटने लगी थी। नन्दकिशोर बाबू ने विस्तार से सारी बातें बतायीं।

अमर घर-आँगन का एक चक्कर लगाकर बैठा ही था कि कार आ गयी। बड़े भैया थे। माई बड़े बेटे को देख फिर रोने लगी। चटाई पर बैठा हरिलाल भी रोने लगा।

अनिल ने नन्दकिशोर बाबू से सारी बातें पूछीं। क्या हुआ था बाबूजी को! कैसे अकस्मात् हो गया यह। फिर क्रिया-कर्म के विषय में पूछा।

अमर ने माई से कहा, ''क्रिया-कर्म, श्राद्ध भोज आदि में जो खर्च होगा माई, वह मैं दूँगा।'' अनिल ने अमर की ओर देखा, ''तुम क्यों दोगे? बड़ा मैं हूँ। मैं करूँगा सारे खर्च।''

''यह कैसे हो सकता है भैया!''

टोले के दियादी रिश्ते के बाबा, चाचा, भाई वगैरह भी आ चुके थे। हरिवंश काका ने बड़े बाबा से कहा, ''सुनते हैं न, एक ये दोनों भाई हैं कि खर्च हम करेंगे तो हम करेंगे और अभी पिछले महीने की बात है न! नागेश्वर काका मरे तो दोनों बेटों में भारी झगड़ा हुआ था। दोनों में से कोई क्रिया-कर्म और श्राद्ध भोज के लिए खर्च करने को तैयार नहीं था। आखिर पंचायत बैठी तब जाकर फैसला हुआ कि बाप के नाम की जमीन बेचकर क्रिया-कर्म किया जाय।...

और देखिए ये दोनों भाई हैं अनिल और अमर!...''

नन्दकिशोर बाबू अपने चचेरे भाई की बात पर मुस्करा रहे थे। बल्ब की मद्धिम रोशनी में उनके झुर्रीदार चेहरे में फँसी हुई मुस्कराहट दिखाई नहीं पड़ती थी, लेकिन अनिल और अमर ने शायद उस मुस्कराहट को देख लिया था। दोनों की आँखें नीचे जमीन की तरफ झुक गयी थीं।

अनिल ने कलाई में बँधी घ़ड़ी में समय देखा। अमर के चेहरे पर भी हड़बड़ी थी। रात हो रही थी। आखिर अमर ने ही कहा, ''माई, ऐसा है कि मेरा या भैया का तो यहाँ कोई काम है नहीं। हम क्या करेंगे यहाँ बेमतलब रह कर। बहुत व्यस्तता है हम दोनों की।'' अनिल नन्दकिशोर बाबू की तरफ देखने लगा, ''आप तो बड़े बाबूजी, समझते ही हैं। सरकारी नौकरी तो है नहीं। इतने काम रहते हैं कि दम मारने की फुर्सत नहीं मिलती। हम रहकर करेंगे क्या?''

माई दोनों बेटों को देखने लगी, ''आयँ....! चले जाओगे? अभी रात में?''

''हाँ, माई नौकरी ही ऐसी है। बहुत मुश्किल से आ पाया हूँ। भैया का भी वही हाल है। रात में रामदत्त अग्रवाल के यहाँ ठहरने की व्यवस्था है। ये दोनों गाड़ियाँ

भी उसी की हैं।'' अमर ने नन्दकिशोर बाबू की तरफ देखा, ''आप तो जानते हैं बड़े बाबूजी अग्रवाल को!''

''अग्रवाल फर्म को कौन नहीं जानता! करोड़पति फर्म है।''

सब चुप थे। अनिल ने ड्राइवर को बुलाया और गाड़ी में रखी अटैची मँगवायी। माई से बोला, ''दो लाख रुपये हैं इसमें।'' उसने अटैची खोली और चार मोबाइल फोन निकाल कर नन्दकिशोर बाबू के सामने रख दिये, ''इन्हें रखिए बड़े बाबूजी। जिसको जी चाहे दे दीजिएगा। अब तो मोबाइल सेवा आपके गाँव में भी आ गयी है।''

हरिलाल जो अब तक चटाई पर बैठा था, मोबाइल फोन देखने के लिए खड़ा हो गया। बड़े गौर से वह मँझले भैया की 'सौगात' देखने लगा। अमर ने एक कागज पर अपना मोबाइल नम्बर लिखकर नन्दकिशोर बाबू को दिया। फिर कुछ याद आया और बोला, ''अच्छा....भैया का नम्बर! लाइए लिख देता हूँ।''

अनिल ने माई से कहा, ''जब जी चाहे माई, बात कर लेना। अमर ने तो रुपए दे दिये। अब मेरी बारी है।'' उसने अपने ड्राइवर से अटैची मँगवायी और माई के सामने रखते हुए धीरे से माई के कान में कुछ कहा।

माई मूरत बनी रही। शायद उसने सुना नहीं कि अनिल ने क्या कहा। अमर ने नन्दकिशोर बाबू से पूछा, ''एकादशा कब पड़ेगा? किस तारीख को?''

''सत्रह को एकादशा है।''

''मैं ठीक एकादशा को आ जाऊँगा माई।'' फिर अनिल की तरफ देखकर पूछा, ''और आप भैया?''

''मैं भी आ ही जाऊँगा।''

अनिल बार-बार घड़ी देख रहा था। माई जो अविचल बैठी थी, उसकी तरफ देखकर अनिल ने कहा, ''कल सुबह दस बजे मेरी फ्लाइट है और भैया की ग्यारह बजे। फारबिसगंज से सवेरे निकलना होगा। अभी हम चलते हैं माई। एकादशा को आ आएँगे दोनों भाई। फिर मोबाइल तो है ही बात होती रहेगी।''

हरिलाल, उसकी दोनों बेटियाँ गायत्री और सरला अनिल और अमर के आस-पास मँडराती रहीं, लेकिन अनिल और अमर का ध्यान ही नहीं गया उनकी तरफ। छोटकी दुलहिन भी घूँघट काढ़े माई की बगल में खड़ी मँझले और बड़े जेठ को देख रही थी।

अनिल और अमर अपनी-अपनी कार की तरफ बढ़ गये। माई अपनी जगह से उठी नहीं, बैठी रही पहले की तरह जैसे कुछ हुआ ही न हो। नन्दकिशोर बाबू ने सामने की खाट पर चारों मोबाइल फोन फेंकते हुए हरिलाल से कहा, ''रे हरिया, दे दो अपनी महतारी को मोबाइल, बात करती रहेगी अपने दोनों बेटों से।'' नन्दकिशोर

बाबू हँसने लगे। दालान में बैठे-भाइयों-भतीजों को मास्टर साहब की विद्रूप हँसी का अर्थ समझने में कोई दिक्कत नहीं हुई।

श्राद्ध के दिन भी अनिल और अमर नहीं पहुँचे तो माई के मन में आया, नन्दकिशोर बाबू से मोबाइल से बात करने के लिए कहे, लेकिन हिम्मत नहीं हुई। जानती है, क्या जवाब देंगे नन्दकिशोर बाबू।

आखिर दूसरे दिन सुबह अनिल और अमर एक ही कार से पहुँचे। माई दरवाजे पर चुपचाप बैठी थी। नन्दकिशोर बाबू दालान में बैटे अखबार पढ़ रहे थे। अनिल और अमर ने बाल मुँड़वा लिए थे और कश्मीरी टोपी पहन रखी थी। दोनों ने पहले माई के और फिर नन्दकिशोर बाबू के पैर छुए। बिना कुछ पूछे ही अनिल कहने लगा, "देर हो गयी बड़े बाबूजी! असल में हवाई जहाज में बम होने की अफवाह के कारण फ्लाइट में देर हुई। रात में फारबिसगंज पहुँचे। अमर कुछ पहले पहुँच गया था, लेकिन रात में हम आते कैसे!"

नन्दकिशोर बाबू कुछ बोले नहीं, बस मुस्कराते रहे। अनिल ने माई की तरफ़ देखकर नन्दकिशोर बाबू से कहा, "असल में क्या है कि बाबू तो अब हैं नहीं और हरिलाल तो ढहलेल-बकलेल है, माई की देख-रेख ठीक से कर नहीं पाएगा, इसलिए सोचता हूँ कि माई को अपने साथ लिए चलूँ। हवाई जहाज से जाएगी। मुम्बई भी देख लेगी।"

अमर ने अनिल की बात काट दी, "मेरे साथ क्यों नहीं जाएगी माई? मैं क्या रेलगाड़ी से ले जाऊँगा?" अनिल हँसने लगा, "नहीं, यह मैं कहाँ कह रहा हूँ। पहले तो बड़े का हक बनता है न!" "लेकिन भैया, माई से पूछिए, छोटा ज्यादा प्यारा होता है।" अनिल हँसने लगा।

बातचीत परिहास-जैसी थी। माई सामने ही खड़ी थी। उसके चेहरे पर इस बातचीत को लेकर किसी तरह का कोई भाव नहीं उभरा, इसे अनिल और अमर दोनों ने महसूस किया।

छोटकी दुलहिन तब तक चाय बनाकर ले आयी थी। बड़ी बेटी गायत्री ने थाली में रखी चाय की प्यालियाँ मँझले और बड़े बाबूजी की तरफ बढ़ा दीं। चाय पीकर अनिल और अमर आँगन की तरफ चले गये। पीछे-पीछे माई थी। अनिल ने कहा, "माई, बाबूजी का बनवाया यह मकान तो काफी पुराना हो गया है। अब इसकी जगह नया मकान बनना चाहिए। क्यों अमर!...." अनिल ने अमर की तरफ देखा। पुराने मकान का मुआयना करते हुए उसने माई से कहा, "रुपये की चिन्ता नहीं करनी है माई! तुम्हारे दोनों बेटे खर्च करेंगे।"

दोपहर बाद अनिल और अमर मकान की उस कोठरी में आकर बैठ गये थे

जिस कोठरी को टीवी वाली कोठरी कहा जाता है। नन्दकिशोर बाबू दालान से बाहर दरवाजे पर लगी कुर्सी पर बैठे थे। माई आँगन में थी हरिलाल के साथ।

अनिल ने अमर से कहा, "तो माई को मैं अपने साथ लिए जाता हूँ।"

"आप क्यों ले जाइएगा! मेरे साथ क्यों नहीं जाएगी माई?"

अनिल ने समझाने के लहजे में कहा, "तुम जानते हो न कि मेरा बेटा अभी सिर्फ सवा महीने का है। वाइफ नौकरी में है। माई रहेगी तो सँभाल लेगी बच्चे को।"

"और मेरा बेटा भी तो छोटा है सात-आठ महीने का और आप तो जानते हैं, वाइफ कितनी बीजी रहती है। रात में लौटती है दफ्तर से। आप कोई गवर्नेंस रख लीजिए भैया।"

अनिल को झुँझलाहट हो रही थी, "तुम क्यों नहीं रख लेते? रख लो कोई नौकरानी! तुम्हारी वाइफ तो हैदराबाद की है। आसानी से ढूँढ़ सकती है कोई अच्छी-सी नौकरानी। रुपये मैं दूँगा—लाख दो लाख जो लगेंगे।"

अमर को बड़े भाई की बात से चोट लगी, "आप ही रख लीजिए कोई नौकरानी मैं दूँगा दुगने रुपये!..." विचित्र-सा अनचाहा तनाव पैदा हो गया था। अनिल ने समझौते के लिए बीच का रास्ता निकाला, "तब ऐसा करते हैं कि माई साल भर मेरे पास रहेगी, साल भर तुम्हारे साथ!" अमर सहमत नहीं हुआ, "इससे कोई फायदा नहीं होगा, न आपका परपज़ सौल्व होगा, न मेरा। मामला चार-पाँच साल का है। उसके बाद माई की क्या जरूरत रह जाएगी!...."

केन्द्र में माई थी जो आँगन के एक कोने में छोटकी दुलहिन और हरिलाल के साथ बैठी थी। बाहर टीवी वाले कमरे की खिड़की के पास बैठे नन्दकिशोर बाबू से जब रहा नहीं गया, वे नकली खाँसी खाँसते हुए आँगन में आये। धीरे-धीरे टीवी वाले कमरे के दरवाजे पर गये। किवाड़ के पास खड़े होकर उन्होंने पूछा, "क्यों, हो गयी तुम लोगों के बीच सुलह? बिक गयी माई? किसने खरीदा माई को?" अनिल और अमर चुप। तब तक माई और छोटकी दुलहिन के साथ हरिलाल भी दरवाजे पर आ गया था। वह ऊँची आवाज में बोला, "नहीं बिकेगी माई!" उसने माई के कन्धे पर हाथ रख दिया। छोटकी दुलहिन ने माई को दोनों बाँहों के घेरे में इस तरह ले लिया जैसे कोई उनको उनसे छीनने जा रहा हो।

# रोशनदान

तू–तुरुम–तू!.....तू–तुरुम–तू! पंडुकी पक्षी की इस आवाज ने फिर कुछ बेचैन–सा कर दिया नीलिमा जी को। वे कमरे से बाहर निकल आयीं और लम्बे से बरामदे पर ठीक उस जगह जाकर खड़ी हो गयीं जहाँ बाहरी दीवार के रोशनदान में पंडुकी पक्षी ने घोंसला बना लिया है। वे रोशनदान से पक्षी को भगाना चाहती थीं, लेकिन आस–पास कोई माली–चपरासी या सन्तरी दिखा नहीं।

इधर कोई डेढ़ महीने से उनका ध्यान अनजाने ही पंडुकी पक्षी के इस जोड़े पर चला जाता है। वे इस जोड़े को अब पहचानने भी लगी हैं। अक्सर यह जोड़ा सामने की रेलिंग पर आकर बैठता है। नर–पंडुकी मादा–पंडुकी की तुलना में ज्यादा खूबसूरत है। गले पर चमकदार नीली धारियाँ हैं और सिर पर गोल–गोल आबदार मोती जैसे छींटे हैं। उन्होंने यह भी गौर किया है कि मादा–पंडुकी के सामने नर–पंडुकी प्रायः खुशामदी या चिरौरी करने की मुद्रा में रहता है। अब तो वे यह भी समझ गयी हैं कि यह जो 'तू–तुरुम–तू' की आवाज होती है, यह मादा–पंडुकी की नहीं, नर–पंडुकी की आवाज है और शायद मादा–पंडुकी को बुलाने के लिए है।

नीलिमा जी कभी–कभी बैचेन सी हो जाती हैं नर–मादा की प्रेम–क्रीड़ा देखकर। पहले तो यह जोड़ा उनको नजदीक पाकर उड़ जाता था, मगर अब तो ढीठ बन गया है। नजदीक आने पर भी नहीं उड़ता। वे रेलिंग के एकदम नजदीक पहुँच जाती हैं, इतनी नजदीक कि जोड़े को छू लें, तभी यह जोड़ा उड़ कर सामने के झंखाड़ फूल–पेड़ पर बैठ जाता है। जैसे–जैसे पंडुकी के जोड़े से इनकी नजदीकी बढ़ती गयी है, जोड़े का मानुष–भय भी कम होता गया है।

मगर यह जो तू–तुरुम–तू! तू–तुरुम–तू की आवाज है उससे नीलिमा जी को फाइल वर्क करने में या आत्मचिन्तन करने में भारी बाधा होती है। उनका क्रोध बढ़ जाता है। कुछ सोचने ही नहीं देती यह आवाज! तू–तुरुम–तू! तू–तुरुम–तू!

अभी–अभी वे भीतर वाले अपने स्टडी रूम से निकल कर बाहरी कमरे में आकर बैठी थीं, लेकिन पंडुकी पक्षी की आवाज ने परेशान कर दिया। इसके पहले

वे अपने स्टडी रूम में बैठी विक्रम सेठ का उपन्यास पढ़ रही थीं—'सुटेबुल ब्वाय'। स्टडी रूम दक्षिण की तरफ है जहाँ से पीछे वाला भाग दिखाई पड़ता है। पीछे वाले भाग में सर्वेंट क्वार्टर है। क्वार्टर क्या है, बस बैरेकनुमा कुछ कमरों का टिनशेडवाला लम्बूतरा मकान है। अभी माली रहता है उस मकान में। इधर दो-तीन महीने से माली का परिवार आया हुआ है। कमिश्नर के इस बँगले में किसी कर्मचारी को परिवार रखने की इजाजत नहीं है, लेकिन माली अपना परिवार ले आया है।

शुरू-शुरू में जिस दिन अपने स्टडी रूम से नीलिमा जी ने माली के क्वार्टर में एक औरत और बच्चों को देखा था, वे चौंक गयी थीं। बाल-बच्चों वाला कोई व्यवस्थित सा परिवार देखना नीलिमा जी को, पता नहीं क्यों, बड़ा अस्वाभाविक लगता है। बिना इजाजत के माली अपना परिवार इस कैम्पस में ले कैसे आया? उन्होंने माँ से पूछा था, "अम्मा, यह माली अपना परिवार कैसे ले आया?"

"कौन?....गनेसी?"

"हाँ-हाँ, वही गनेसी।"

माँ धीरे से बोली थी, "ऐसा है चींचीं...." चींची शब्द सुनकर नीलिमा जी हँसने लगी थी। अम्मा को जब कोई बात मनवानी होती है तो उनके बचपन का नाम 'चींची' लेकर कुछ कहती हैं। वैसे आमतौर पर वे 'बेटी' ही कहती हैं।

"...तो ऐसा है चींची कि वह जो माली है न गनेसी! उसने बहुत आरजू-मिन्नत की। बोला कि उसकी घरवाली को कोई बीमारी है। इलाज कराने आने वाली है, सो दस-पाँच दिन यहाँ रहने की इजाजत...।"

नीलिमा जी समझ गयीं, माली अम्मा से पूछकर अपना परिवार लाया है। किसी कर्मचारी को यह हिम्मत तो होगी नहीं कि मैडम से सीधे कुछ कह सके, इसलिए अम्मा को माध्यम बनाते हैं।

लेकिन दस-पाँच दिन तो कब के बीत गये। दो-तीन महीने से माली का परिवार यहीं है! अम्मा ने भी परिवार को यहाँ से हटाने की बात शायद नहीं कही।

और पता नहीं क्यों, नीलिमा जी को भी अब माली के परिवार का खिड़की के सामने रहना अच्छा लगने लगा है। भीतर वाले कमरे में जहाँ उनका स्टडी रूम है, वहाँ से वे कभी-कभी देर तक माली के परिवार को देखती रहती हैं। पीछे गुलमोहर के तीन बड़े-बड़े छतनार पेड़ हैं। अहाते में दो सेमल के पेड़ भी हैं। सेमल के लाल-लाल फूल। गर्मी आ गयी है। अब फूलेंगे गुलमोहर!

बरामदे पर खड़ी नीलिमा जी इधर-उधर देखती रहीं। नौकर-चपरासी अन्दर कहीं होंगे। सामने गेट पर सशस्त्र दो सिपाही खड़े हैं। गेट बन्द है। गेट के सटे भीतर तिरपाल का तम्बूनुमा घर बना हुआ है सन्तरियों के लिए। बड़ा-सा अहाता है। अहाते

में फूलों की क्यारियाँ हैं। एकदम हरा-भरा अहाता। कायदे से सब-कुछ व्यवस्थित। आखिर कमिश्नर का बँगला है। इस कस्बेनुमा शहर के सबसे बड़े अफसर का बँगला। नीलिमा अग्निहोत्री, आई.ए.एस., कमिश्नर। पिछले डेढ़ साल से नीलिमा जी इस बँगले में हैं। बस दो ही लोग रहते हैं इतने बड़े बँगले में—एक वे खुद और दूसरी अम्मा। बाकी नौकर-चाकर, सन्तरी-सिपाही वगैरह।

बँगले के बाहरी दो कमरे ऑफिसियल काम के लिए हैं। अधिकारी-कर्मचारी इन्हीं कमरों में बैठकर दफ्तर के बचे काम का निबटारा करते हैं। इन्हीं कमरों में एक कमरा नीलिमा जी का है जिसकी बाहरी दीवार के रोशनदान में पंडुकी पक्षी के जोड़े ने घोंसला बनाया है और वक्त-बेवक्त नीलिमा जी को 'तू-तुरुम-तू! तू-तुरुम-तू' की आवाज सुननी पड़ती है।

उन्होंने कलाई में बँधी घड़ी में समय देखा। अभी तो तीन-पन्द्रह ही हुए हैं। सात बजे का समय दिया हुआ है विश्वविद्यालय के अधिकारियों को! देर रात तक विश्वविद्यालय की समस्याओं से सम्बन्धित संचिकाओं पर विमर्श चलेगा!

इधर जब से उनको विश्वविद्यालय के कुलपति का प्रभार मिला है, वे ज्यादा सक्रिय हो गयी हैं। कमिश्नर के जिम्मे काम ही क्या रहते हैं! सारे काम तो डी.एम. के सिर पर होते हैं। सो वे निष्क्रिय-सी हो गयी थीं। कुलपति के प्रभार ने जैसे उनके हिस्से के ठहरे हुए समय को गति दे दी है।

विश्वविद्यालय के कुलसचिव ने दैनिक भोगी कर्मचारियों के एक महत्त्वपूर्ण फैसले के सन्दर्भ में निवेदनपूर्वक कहा था, "मैडम, ऐसा है कि इस नाजुक मामले को किसी कुलपति ने 'टच' नहीं किया।"

नीलिमा जी को तत्क्षण अपने कमिश्नर होने की याद आ गयी थी और यह भी याद आ गया था कि जब वे डी.एम. थीं तब उनको हमेशा संवेदनशील और आपराधिक जिले दिये गये थे। उन्होंने कुलसचिव से पूछा था, "कुल कितने दैनिकभोगी कर्मचारी हैं और कितने वर्षों से काम कर रहे हैं।"

"कुल ढाई सौ होंगे पूरे विश्वविद्यालय में। चौदह-पन्द्रह वर्षों से काम कर रहे हैं सब।"

"सबकी सेवा समाप्त करने की संचिका बढ़ाइए। सारी नियुक्तियाँ अवैध हैं। दैनिकभोगी कर्मचारी का कोई प्रावधान नहीं है।"

"लेकिन....लेकिन चौदह-पन्द्रह वर्षों से काम कर रहे हैं मैडम, सबके परिवार....बाल-बच्चे हैं और किसी कुलपति ने इस मामले को अब तक नहीं उठाया।"

"मैंने कहा न!"....नीलिमा जी की आवाज कठोर हो गयी थी।

"भारी प्रदर्शन करेंगे कर्मचारी।"

"फायरिंग होगी। दस बीस मरेंगे। आप जानते हैं न कुलसचिव जी, ज्यादा यही

होगा कि मेरा ट्रांसफर हो जाएगा यहाँ से।''

इस वक्तव्य पर कुलसचिव, प्रतिकुलपति और विश्वविद्यालय के दूसरे अधिकारी चुप रह गये थे। वैसे भी नीलिमा जी को ज्यादा बोलने की आदत नहीं है। वे काम-भर बोलती हैं और चुप रहती हैं। जबसे विश्वविद्यालय के कुलपति के प्रभार में वे आयी हैं, विश्वविद्यालय में हड़कम्प-सा मच गया है। ऐसे-ऐसे आदेश निकल रहे हैं कि शिक्षक-संघ और छात्र-संगठनों को पसीना आ रहा है। आन्दोलन-प्रदर्शन बन्द। माफिया किस्म के प्राध्यापक या राजनीति करने वाले शिक्षक या विश्वविद्यालय कर्मचारी एकदम चुप हैं। छात्रों का एक प्रदर्शन हुआ था पिछले महीने, कोई शिक्षक-कुलपति तो थी नहीं नीलिमा जी कि सोचतीं-विचारतीं। उनको डी.एम. या एस.पी. से आग्रह भी नहीं करना पड़ता। सीधे नियन्त्रण में है सब। लाठी-चार्ज का आदेश हुआ। पन्द्रह-बीस छात्रों के अंग-भंग हुए। प्रदर्शन बन्द हो गया तब से।

नीलिमा जी की छवि एक निर्मम प्रशासक की है। इस प्रौढ़ा आई.ए.एस. अधिकारी के कारण विश्वविद्यालय के अधिकारी-कर्मचारी दहशत में हैं। कब किस विभाग में औचक निरीक्षण में पहुँच जाएँगी, यह कोई नहीं जानता।''

काम...काम...काम! सिर्फ काम करना जानती हैं नीलिमा अग्निहोत्री। काम न रहे तो बेचैनी महसूस होती है उनको। बँगले के अमला-चपरासी आपस में बात करते हैं, ''मैडम को काम न रहे तो पागल की तरह कभी घर, कभी बाहर....इधर-उधर बेचैन होकर आती-जाती रहती हैं।''

और इसी अन्दर-बाहर की बेचैनी में नीलिमा जी ने एक दिन देखा कि दीवार के रोशनदान में पंडुकी पक्षी के जोड़े ने घोंसला बना लिया है। रोशनदान से घास-फूस के तिनके भी जब-तब गिरे हुए दिखाई देते। उनको नफरत हो जाती और गुस्सा उतरता नौकरों पर। नौकर-चपरासी तो यों भी मैडम के सामने थर-थर काँपते हैं, फिर मैडम को गुस्सा आ जाय तो भगवान ही रक्षक। हर घंटे-दो घंटे पर कोई-न-कोई माली चपरासी आकर देख जाता है कि बरामदे पर कोई पत्ता या तिनका तो नहीं है।

रेलिंग पर कभी नर-पंडुकी दिख जाता है, कभी मादा पंडुकी पंख फुलाती दिख जाती है। नीलिमा जी इधर कुछ दिनों से गौर कर रही हैं कि पंडुकी पक्षी के इस जोड़े को शायद इत्मीनान हो गया है कि मैडम उनकी दुश्मन नहीं हैं।

बाहर वाले कमरे के रोशनदान में पंडुकी पक्षी का जोड़ा और भीतर के स्टडीरूम से दिखता सर्वेंट क्वार्टर। सर्वेंट क्वार्टर में माली का परिवार। इतना बड़ा बँगला है, लेकिन कभी-कभार ही कोई आवाज सुनाई पड़ती है किसी के बोलने की। वैशाख-जेठ की उचाट दोपहरी-सा शान्त नीरव बँगला! अम्मा की चुप्पी कभी-कभी नीलिमा जी को काटने लगती है।

बँगले के रख-रखाव का क्या कहना! फूल-पौधे एकदम करीने से सजे हुए.....पोर्टिको में दो कारें—एक सरकारी सफेद कार और दूसरी मैडम की निजी कार! भूरे रंग की एयरकंडीशंड! दोनों के ड्राइवर हमेशा मौजूद रहते हैं, भले मैडम कहीं निकलें, न निकलें। वक्त-जरूरत ही मैडम कहीं निकलती हैं। निकल कर जाएँ भी तो कहाँ? ले-देकर प्रमंडल-कार्यालय या विश्वविद्यालय। मन्त्री वगैरह आ गये तो मीटिंग वगैरह में निकलना पड़ता है। बाकी कहीं जाने की गुंजाइश ही कहाँ बचती है इस कस्बेनुमा शहर में। अपने 'रैंक' का कोई अफसर तो है नहीं यहाँ। वैसे भी किसी परिवार में जाने पर जाने क्यों, मैडम को थोड़ी ही देर में ऊब-सी होने लगती है।

सो प्राय: बँगले में ही रहती हैं मैडम! संचिकाएँ देखती हुई, अँग्रेजी का कोई उपन्यास पढ़ती हुईं या यों ही खुद से संवाद करती हुईं।

अब तो ढलान की उम्र आ गयी। अम्मा कहते-कहते बूढ़ी हो गयीं, "रे चींची, अरे कर ले कहीं शादी! किसी से भी, जो पसन्द आये! मुस्लिम-ईसाई किसी से भी कर ले!" अकेले में नीलिमा जी को अम्मा की बातें याद आती हैं। याद आता है कि शुरू में तो नीलिमा जी टाल जाती थीं यह कहकर कि "अभी क्या हड़बड़ी है अम्मा! अभी तो नयी-नयी नौकरी शुरू हुई है।"

एस.डी.ओ. के बाद डी.एम., फिर सचिवालय में संयुक्त सचिव और अब कमिश्नर। पद बदलते रहे, जगहें बदलतीं रही, लेकिन नीलिमा जी पूरे सम्मान और यश के साथ हर पद को गौरवान्वित करती रहीं। कर्तव्यनिष्ठा और ईमानदारी का प्रतिमान बन गयीं नीलिमा अग्निहोत्री। शासन का नीलिमा जी पर इतना विश्वास कि जब वे डी.एम. थीं तब हमेशा अशान्त जिलों में ही इनको पदस्थापित किया जाता रहा।

उधर अम्मा की जिद "तुम्हारे पापा भी नहीं रहे चींचीं! वंश कैसे चलेगा, यह भी तो सोचो। तुम अकेली सन्तान! कहीं शादी कर ले बेटी। जहाँ, जिससे जी चाहे। अरे, तुम दुलहिन बनकर ससुराल तो जाओगी नहीं।" अम्मा बोलते-बोलते करुण हँसी-हँसने लगती थीं। चींचीं के पास जवाब में फीकी मुस्कराहट होती थी या होता था सर्द मौन। और दायित्वों-व्यस्तताओं में उम्र भागती रही, भागती रही।

नीलिमा जी कभी-कभी अपने ही भीतर के मध्यम पुरुष से संलाप करने लगती हैं। बहुत-कुछ है संलाप करने को! जैसे कॉलेज के दिनों में सुरेश के विषय में या देहरादून में ट्रेनिंग पीरियड में कलीमुद्दीन के विषय में!...सब बेकार लेकिन क्या करें इस मन का! मन की इस अतृप्त कामना का क्या करें जो स्वयं के लिए कभी-कभी प्रेत-बाधा बन जाती है।

बरामदे पर खड़ी हैं नीलिमा जी! निर्भय नर-पंडुकी कहीं से उड़कर आया है और ठीक उनके सामने रेलिंग पर बैठ गया है। थोड़ी देर वह देखता रहा नीलिमा जी को, फिर उड़कर रोशनदान में बने अपने घोंसले में चला गया। नीलिमा जी देखती रहीं। कुछ घास-फूस, कुछ तिनके रोशनदान से बाहर निकले हैं। नर-पंडुकी रोशनदान के किनारे आ गया है। फिर वही आवाज! तू-तुरुम-तू.....तू-तुरुम-तू! चार बार, पाँच बार....जाने कितनी बार!.....कहीं से उड़ती हुई मादा-पंडुकी आयी है चोंच में कुछ दबाए। पहले वह कामिनी फूल के ठूँठ पर बैठती है और फिर उड़कर चली जाती है घोंसले में।

यह मादा-पंडुकी भी निडर हो गयी है। डर क्यों नहीं होता इसको? वे बार-बार कलाई में बँधी घड़ी देखती हैं। अभी देर है शाम होने में और फिर अफसरों को तो सात बजे बुलाया गया है। इस बीच के समय का क्या किया जाए। सामने लॉन से तो वे दो बार हो आयी हैं। एक-एक गमले को अच्छी तरह देखा-परखा है। तीनों माली अपनी ड्यूटी अच्छी तरह जानते हैं और यह भी जानते हैं कि एक भी फूल सूखा तो बख्शेंगी नहीं मैडम। हँसकर बात करते हुए किसी ने मैडम को आज तक नहीं देखा। ज्यादा-से-ज्यादा वे मुस्कराती भर हैं।

नीलिमा जी देखने में खूबसूरत तो नहीं हैं, लेकिन ऐसी भी नहीं कि बदसूरत कही जाएँ। फिर इतने ऊँचे ओहदे पर हैं, इतनी सुविधाएँ हैं तो सम्भ्रान्त किस्म का उनका व्यक्तित्व तो है ही। इस उम्र में भी चेहरे पर पानी है। रंग साफ!—गेहुँआ गोराई।

पता नहीं अम्मा ने उनका नाम चींचीं क्यों रखा! अम्मा कहती हैं, ''छोटी थी तुम तो गौरैया चिड़िया की तरह चींचीं करती थी। आज भी तो वैसी ही आवाज है तुम्हारी—पतली-सुरीली! गौरैये की तरह!''

और दूसरा नाम नीलिमा!...गौरैया और नीला आकाश! नीलिमा जी की कल्पना में एक बिम्ब बनता है—अनन्त नीला आकाश और उसमें उड़ती छोटी-सी चिड़िया।

अभी शाम नहीं हुई है। दो बार चाय पी चुकी हैं। उन्होंने घड़ी देखी। पाँच बजकर आठ मिनट। बहुत देर से खिसका है थोड़ा-सा समय। उन्होंने सोचा, अभी समय है सात बजने में। क्यों न उपन्यास का शेष अंश पढ़ लिया जाय।

वे बरामदे से चलकर अन्दरवाले अपने स्टडी रूम में गयीं। मेज पर उपन्यास 'सुटेबुल ब्वाय' रखा था। आधे से अधिक पृष्ठ पढ़े जा चुके हैं। वे कुर्सी पर बैठ गयीं। टेबुल लैम्प ऑन किया। उपन्यास का पन्ना पलटना ही चाहती थीं कि आँखें खिड़की के पार सर्वेंट क्वार्टर की तरफ चली गयीं। देखा कि माली की पत्नी जो देहात से दो-तीन महीने पहले आयी थी, अब एकदम स्वस्थ हो चली है। कमरे के सामने

वह चटाई पर बैठी है और बच्चे को गोद में लिए झुला रही है। कुछ गा भी रही है, लेकिन गाने की आवाज साफ-साफ सुन नहीं पा रही हैं नीलिमा जी। सिर्फ टूटी हुई लय कभी-कभी पकड़ में आती है। माली भी सामने बैठा है। युवा है पच्चीस-छब्बीस साल के आस-पास की उम्र होगी। उसकी पीठ पर चार-पाँच साल की उसकी बेटी लदी हुई है। माली लड़की की दोनों बाँहें पकड़े झूला झुला रहा है।

नीलिमा जी अपलक देख रही हैं—हालाँकि देखने लायक कुछ भी नहीं है सर्वेंट क्वार्टर के इन वाशिन्दों में। क्या देखा जाए इनको? सोचती हैं वे—यह माली....उसकी काली-कलूटी पत्नी! मूर्ख...अपढ़....गँवार! क्या है उसकी ज़िन्दगी में? उसी कमरे में खाना भी बनता है, उसी में सब सोते भी हैं। मच्छरदानी भी पता नहीं है या नहीं! फिर भी, पता नहीं, क्या बाँधे हुए है उनकी आँखों को। औरत की कलाइयों में चूड़ियाँ हैं और माँग में सिन्दूर की गाढ़ी रेखा काली-कलूटी! भद्दी....जाहिल! यह औरत क्या जानेगी कि सुख क्या होता है, ऐश करना क्या होता है। क्या होती है आई.ए.एस. अफसर की प्रतिष्ठा। कितना व्यापक अधिकार-क्षेत्र है एक आई.ए.एस. अफसर का।....क्या जानेगी यह जाहिल औरत!

उन्होंने देखा—पति-पत्नी दोनों किसी बात पर खिलखिला कर हँसे हैं—एकदम निर्लज्ज ढंग से! गँवार कहीं के, ऐसे हँसा जाता है? औरत हँसते-हँसते लुढ़क गयी है चटाई पर। नीलिमा जी के भीतर वह हँसी चुभ गयी। कुछ उद्विग्न-अशान्त-सी हो गयीं वे। मन-ही-मन माली और उसकी पत्नी को जमकर कोसा, ''बेशर्म, जाहिल....इस तरह हँसा जाता है?''

वे पढ़ नहीं पायीं। 'सुटेबुल ब्वाय' मेज पर पड़ा रहा।

खुली किताब को बन्द करती हुई वे कमरे से बाहर निकल आयीं। सामने ही अम्मा दिख गयीं। आश्चर्य हुआ उनको—अम्मा भी सर्वेंट क्वार्टर की तरफ निमग्न भाव से देख रही थीं।

वे आहिस्ता-आहिस्ता चलकर बरामदे पर आयीं। रोशनदान में बैठा पंडुकी पक्षी फिर आवाज लगा रहा था तू-तुरुम-तू!....तू-तुरुम-तू! नीलिमा जी को अपने भीतर जाने कैसी बौखलाहट महसूस होने लगी। जब से पंडुकी के इस जोड़े ने रोशनदान में घोंसला बनाया है, वे कभी-कभी भारी बाधा महसूस करने लगती हैं। संचिकाओं का निष्पादन उस वक्त वे कर नहीं पातीं जिस वक्त पक्षी की रट शुरू होती है—तू-तुरुम-तू! तू-तुरुम-तू!

उन्होंने अफसरी आवाज में खानसामे को बुलाया। खानसामा दौड़ता हुआ आ गया, ''जी मैडम!....'' मैडम ने आदेश दिया, ''इस रोशनदान को किसी अखबार

के पन्ने से बन्द कर दो और पी.एस. से कह देना कि रोशनदान को हमेशा के लिए बन्द करवा दें।''

उस रात देर तक विश्वविद्यालय के अधिकारियों के साथ विचार-विमर्श होता रहा। मैडम के लिए देर रात तक काम करना आम बात है, लेकिन इससे उनके ब्रह्म मुहूर्त में जगने पर कोई असर नहीं पड़ता।

वे सुबह पाँच बजे जग गयीं और बाथरूम से निबटकर तौलिये से चेहरा पोंछती बाहर बरामदे पर आयीं। सूरज अभी उगा नहीं था। शीतल मन्द बयार ने उनके तन-मन में विचित्र-सी पुलक भर दी। लम्बी-लम्बी साँसें खींचती वे बाहरी कमरे के पास आ गयीं। अकस्मात् उनकी आँखें रेलिंग पर बैठे पंडुकी के जोड़े पर पड़ी। नर-मादा दोनों थोड़ी दूरी बनाकर रेलिंग पर बैठे थे। उन्होंने गौर किया—मादा-पंडुकी कभी पंख फैलाता, कभी अशान्त होकर घोंसले की तरफ देखता। मादा पक्षी रेलिंग से उड़कर रोशनदान के पास गयी और लौटकर फिर रेलिंग पर आकर बैठ गयी। चोंच से अपनी देह खुजाती वह चीं-चीं करने लगी।

चीं चीं! नीलिमा जी को पता नहीं कैसे अपने नाम की याद आ गयी। नर-पंडुकी चुपचाप अपने घोंसले की तरफ देख रहा था।

नीलिमा जी रेलिंग के एकदम पास आ गयीं—दोनों पक्षियों के एकदम नजदीक! इतनी नजदीक कि वे चाहती तो हाथ से छू सकती थीं दोनों को। उनको आश्चर्य हुआ, पंडुकी का यह जोड़ा उनसे डरता क्यों नहीं है।

अचानक उनका ध्यान रोशनदान पर गया। अरे! इसको तो अखबार के पन्ने से बन्द कर दिया गया है। वे अचानक चीख पड़ीं, ''रामू, अब्दुल्ला, काशी!....उनकी ऐसी चीख इस बँगले में कभी नहीं सुनी गयी थी। अब्दुल्ला और रामू दौड़े आये, ''जी, मेम साहब!....'' अम्मा भी आ गयी, ''क्या हुआ चींचीं? क्या हुआ?''

''कुछ नहीं अम्मा! यह जो...यह जो...।'' उन्होंने रोशनदान की तरफ हाथ से इशारा किया, ''यह कागज किसने साट दिया रोशनदान पर?''

रामू दौड़ता हुआ गया और सीढ़ी ले आया। सीढ़ी लगाई गयी। सीढ़ी पर चढ़कर रामू ने अखबार का पन्ना फाड़कर नीचे गिराया। चींचीं....चींचीं!..... घोंसले में झाँकते हुए रामू ने कहा, ''चिड़िया का छोटा-सा बच्चा है मेम साहब! सुन रही हैं न चींचीं-चींचीं की आवाज?''

रामू नीचे उतर आया। सीढ़ी से हटते ही मादा पंडुकी कामिनी फूल के ठूँठ से उड़कर रोशनदान में घुसी। नर-पंडुकी ठूँठ पर बैठा अपने घोंसले को देखता रहा।

नीलिमा जी की जान-में-जान आयी। उनको लगा, उनकी रुकी हुई साँसें अब सामान्य हो गयी हैं। दिल की बढ़ी धड़कन भी ठीक हो गयी है।

आठ बजे सुबह उन्होंने विश्वविद्यालय के अधिकारियों को बुलाया था। ठीक समय पर अधिकारी संचिकाएँ लेकर आये तो नीलिमा जी ने कुलसचिव से पहला यही प्रश्न किया, "दैनिक भोगी कर्मचारियों को सेवा-मुक्त करने की अधिसूचना जारी हो गयी?"

"जी नहीं मैडम, आज स्टेंसिल कटेगा"

"नहीं रोकिए उसको। फिर से संचिका बढ़ाइए। चौदह-पन्द्रह साल से काम कर रहे हैं लोग। परिवार वाले हैं सब। ऐसा करती हूँ कि एक कमेटी बना देती हूँ जो मामले की छानबीन करेगी। जो जेनुइन हैं उनको क्यों सेवा-मुक्त किया जाएगा? विधिवत् नियुक्ति की प्रक्रिया शुरू की जाएगी।"

कुलसचिव सहित विश्वविद्यालय के दूसरे तमाम अधिकारी कमिश्नर-कुलपति नीलिमा अग्निहोत्री के इस अप्रत्याशित फैसले पर चकित थे। रोशनदान में बैठे नर-पंडुकी की आवाज फिर सुनाई पड़ने लगी थी—तू-तुरुम-तू! तू-तुरुम-तू!

# फिर आया वसन्त

ड्रेसिंग टेबुल के आइने के सामने खड़ी मम्मी अपने धुले-सूखे बाल सँवार रही थीं और निमग्न भाव से एक फिल्म का रोमांटिक गीत गुनगुना रही थीं।

अन्नो ने मम्मी को देखा। भीतरी आह्लाद से भरी हुई वह कुछ इस तरह पर्दे की ओट में खड़ी हो गयी कि मम्मी उसको न देख सकें, बस वही देखती रहे मम्मी को। साज-शृंगार के प्रति मम्मी में आयी यह सचेष्टता, जीवन के प्रति यह अनुराग कितना प्रिय लगता है बेटी अन्नो को! लम्बे शोक-काल के अवसाद के बाद मम्मी का इस तरह बाहर निकल आना, अन्नो को लगता है कि सिर्फ मम्मी के लिए ही नहीं, इस छोटे-से परिवार के लिए मुक्तिपर्व से कम नहीं है।

अरसे बाद आज रविवार के दिन मम्मी ने हेयर डाई किया है और शैम्पू से बाल धोये हैं। इस समय जबकि दिन ढल रहा है, वे तन्मय होकर अपने बाल सँवार रही हैं और 'रजनीगन्धा' फिल्म के एक गीत की धुन गुनगुना रही हैं। गुनगुनाने को वे शब्द नहीं दे रही हैं। अन्नो के मन में आया, वह मम्मी के पास जाय, उनके हाथ से कंघी लेकर उनके बाल सँवारने लगे और कहे, अपने इस गुनगुनाने को शब्द दीजिए मम्मी!

लेकिन आत्ममुग्ध मम्मी को वह इस क्षण कोई बाधा पहुँचाना नहीं चाहती। बस चुपचाप उनको देखते रहना चाहती है। बड़ा विलक्षण है मम्मी का इस तरह अपने में वापस आना, विलक्षण, दुर्लभ और अप्रत्याशित।

मम्मी बहुत पहले भी यह गीत गुनगुनाती थी। काम करते हुए गीत गुनगुनाना उनकी आदत रही है। पापा मम्मी की इस आदत पर हँसते थे, लेकिन खुश भी होते थे। कहते थे, यह एक किस्म का सुखरोग है। पापा की बात पर मम्मी हँसने लगती थीं। कहती थीं—गुनगुनाते हुए काम करने से पता ही नहीं चलता कि काम हो गया।

लेकिन आज मम्मी जो गीत गुनगुना रही हैं उसमें पहली-जैसी बात नहीं है। 'सम' पर उनका स्वर ठीक है, 'अवरोह' पर भी ठीक है, मगर 'आरोह' पर पहुँचते ही उनका स्वर टूट जाता है। वे स्वर को साध नहीं पातीं, लौटकर 'सम' पर आ जाती

हैं। संगीत की थोड़ी-सी शिक्षा मिली है अन्नो को, इसलिए जानती है, स्वर की साधना क्या होती है। वह मम्मी के गुनगुनाने को मन-ही-मन शब्द देने लगी—'रजनीगन्धा फूल तुम्हारे यों ही महकें जीवन में!....यों ही महकें फूल.....' इसी के साथ वह मम्मी के लिए जैसे प्रार्थना करने लगी—यों ही महकते रहें फूल! यों ही महकते रहें।....यों ही आता रहे वसन्त।....

प्रार्थना में डूबी अन्नो की आँखें मुँद गयीं जैसे उसका काम्य उसे मिल गया हो। एक बियावान, लम्बी तन्हा यात्रा के बाद हरी-भरी वादियों में पहुँचने का आनन्द! यही तो काम्य था उसका।

कितनी सुनसान-वीरान हो गयी थी मम्मी की जिन्दगी! छोटे भाई मनीष को तो यह सब झेलना नहीं पड़ता था। पापा के इन्तकाल के बाद वह अपनी मेडिकल की पढ़ाई के लिए हैदराबाद चला गया था। पिछले तीन साल में बस चार-पाँच बार यहाँ आया है। वह क्या जाने कि यहाँ घर में रह रही उसकी माँ-बहन किस यातना में पापा की मृत्यु का शोक झेल रही हैं! एक तो परिवार के नाम पर सिर्फ माँ-बेटी, कोई मेल-मेम्बर नहीं, उस पर अभिशाप-सी छायी रहने वाली चुप्पी और दुख। कितना मुश्किल होता था समय काटना!

मम्मी तो बस कहने भर को जिन्दा थीं। जहाँ बैठी हैं, बस वहीं घंटों बैठी मिलती थीं। उनको याद भी नहीं रहता था कि इस घर में उनकी बेटी भी है और उनके सतत मौन के कारण बेटी की जिन्दगी की आग बुझ-सी रही है.....कि बेटी के सामने उसका भविष्य है, उसकी पढ़ाई है, उसका कैरियर है और सबसे ऊपर उसके सपने हैं।

घर का प्रसन्नमय वातावरण अचानक शोक में ऐसा डूबा कि लगता था, इस अँधेरी रात की कभी सुबह नहीं होगी। पापा बीमार पड़े और बीस-इक्कीस दिन में ही चल बसे। बीमारी ही ऐसी थी—लीवर डैमेज हो गया था। कोई कर भी क्या सकता था! मृत्यु के तीन हफ्ते पहले ही उनका पचासवाँ जन्मदिन मनाया गया था। उसके चार-पाँच महीने पहले मम्मी ने तैंतालीसवें वर्ष में प्रवेश किया था। तब क्या पता था कि पापा को ले जाने के लिए इस घर के किसी अँधेरे कोने में मौत काली बिल्ली बन कर बैठी है! क्या पता था!

गाँव से बड़े बाबूजी और चाचाजी आये थे। मम्मी के मायके से बड़े मामा, मामी वगैरह आये थे। सब सान्त्वना देकर और आगे की जिन्दगी जीने का मनोबल देकर चले गये थे। इससे ज्यादा कोई कर भी क्या सकता था! वह तो पापा की दूरदर्शिता थी कि परिवार के लिए उन्होंने इतना अधिक कर दिया था कि किसी को आर्थिक मामले में तकलीफ नहीं होनी थी।

मगर मम्मी पर लोगों की सान्त्वना का और साथ देने के भरोसे का कोई असर

नहीं पड़ा था। प्रकृति से वाचाल और प्रसन्न रहने वाली मम्मी एकदम चुप, पत्थर की मूरत-जैसी बन गयी थी। ऊब, अकेलापन और शोक-सन्ताप से भरी हुई उनकी जिन्दगी की काली छाया हमेशा परिवार में मँडराया करती थी। पल-पल पहाड़ बने समय को काटने के लिए अभिशप्त सिर्फ माँ-बेटी।

अन्नो के लिए सिर्फ समय ही नहीं, उम्र भी दुर्वह बन गयी थी। मुक्ति का बस एक ही समय वह होता जब वह एम.एससी. के क्लास करने यूनिवर्सिटी जाती थी। बस एक वही समय होता था जब वह हँस-बोल लेती थी। घर लौटते ही चुप्पी और दुख घेर लेते थे। मम्मी बन्द खिड़की वाले अपने कमरे में चुपचाप बैठी मिलती थीं या बाल्कनी में खड़ी नीचे की सड़क को चुपचाप देखती हुई.....।

"क्या कर रही हैं मम्मी?"

मम्मी चुप थकी-सी आवाज में कहतीं, "कुछ नहीं, बस यों ही.....।"

"कम-से-कम बाल तो सँवार लेती मम्मी!" मम्मी के लम्बे खिचड़ी बालों को सहलाती अन्नो कहती, "देखिए तो, कव्वे के घोंसले-जैसे बन गये हैं आपके बाल" बालों को अपने हाथों में लिए अन्नो संवाद का कोई सूत्र खोजने लगती थी, लेकिन मम्मी चुप, अपने में खोईं। वह मम्मी के सफेद-भूरे-काले बालों को गौर से देखने लगती । चेहरे पर पतले धागों-सी अनगिनत रेखाएँ। लुनाई लिए बदन के गोरेपन पर साँझ-सी उतर आयी है।

मम्मी के बदन का रंग दूधिया गोरा नहीं है, मगर उसे साँवला भी नहीं कहा जा सकता। एक किस्म की धूप-छाँही गोराई। अन्नो को लगता, पूर्णिमा का चाँद झीने उजले बादलों की ओट में आ गया हो जैसे। मटमैली चाँदनी की तरह.....।

पापा की मौत के बाद मम्मी के बदन की लुनाई लिए यह धूप-छाँही गोराई गायब हो गयी। सिर के बालों से सफेदी झाँकने लगी है। और देह-यष्टि को बाँधे रखने वाली अदृश्य डोरियाँ ढीली हो गयी हैं।

"अच्छा, मम्मी यह तो बताइए कि पापा की मौत के बाद क्या सिर्फ आप ही अकेली हुई हैं या मैं....मनीष?" भीतरी आवेश में डूबी अन्नो की आवाज बीच में ही कट जाती है। मम्मी एम.एससी. में पढ़ने वाली अपनी सयानी बेटी को एकटक देखने लगती है। बेटी की बड़ी-बड़ी काली आबदार आँखें और उन आँखों में तैरते सवाल।

"नहीं बेटा, ऐसी कोई बात नहीं। किसी के चले जाने से दुनिया रुक तो नहीं जाती! सब-कुछ चलता रहता है.....लेकिन पता नहीं क्यों, कुछ भी अच्छा नहीं लगता। बड़ा सूना-सूना लगता है।" मम्मी अपने भीतर कुछ टटोलने लगती हैं ताकि बोल सकें, लेकिन टटोलती ही रह जाती हैं, बोल नहीं पातीं।

यही दिनचर्या चलती आ रही थी तीन वर्षों से लगातार पापा की मौत के

बाद— सिर्फ चुप्पी और उदासी। मशीनी तौर पर घरेलू काम-काज होते रहते थे। खाने के नाम पर कुछ भी बना कर खा लेना। कमरे में धूल जमी है तो जमी रहे, बेसिन में जूठे बर्तन हैं तो पड़े रहें। अन्नो आएगी तो माँज-धो लगी। बहुत जरूरी हुआ तभी थोड़ी देर के लिए बाहर निकलीं, वरना घर के एकान्त कोने में....अपने कमरे की एकमात्र बन्द पड़ी खिड़की के पास चुपचाप बैठीं। उनकी मूर्खता, वाचाल प्रकृति....गीत गुनगुनाना, अच्छे-से-अच्छे कपड़े खरीदने-पहनने का शौक....सब गायब हो गये थे। पापा की मौत इतना बड़ा हादसा बन गयी थी मम्मी के लिए कि वे बस चलती फिरती मानवी भर रह गयी थीं। इस बीच मम्मी ने कभी अपने मायके के गाँव की चर्चा नहीं की। उनके मायके का गाँव राजपुर ड्योढ़ी हर त्यौहार पर उनकी चर्चा में अनिवार्य रूप से आ जाता था, खास तौर से फागुन-चैत में वसन्त के मौसम में और बातें तो वे भूल गयी थीं, मगर बौराये आम के बगीचे और फूले सरसों के खेत उनकी स्मृति से जाते नहीं थे।

पापा की मौत के बाद मम्मी की स्मृति में कुछ भी शेष नहीं रह गया था। वे बस जी रही थीं—उदास अकेली जिन्दगी!

पिछले तीन वर्षों से यही सब चला आ रहा था कि एक दिन मम्मी के मायके के गाँव राजपुर ड्योढ़ी से भूली-भटकी वसन्त ऋतु जाने कैसे दरवाजे पर हाजिर हो गयी।

"जी, आप कौन?"

"मैं कामेश हूँ। कौशल्या जी यहीं रहती हैं?"

"हाँ, लेकिन आप....?"

"मैं राजपुर ड्योढ़ी गाँव का हूँ। कामेश वर्मा।"

दरवाजा अन्नो ने खोला था। राजपुर ड्योढ़ी यानी मम्मी के मायके का गाँव, जिस गाँव के वसन्त का जिक्र पहले वे किया करती थीं। फूली सरसों....आम के बौर....हरे-भरे खेत....। मम्मी को उनके नाम से पुकारने वाले इस कामेश वर्मा को पहली बार देख रही थी अन्नो।

"आइए, बैठिए।" कामेश जी को अपनी आँखों से मापती अन्नो उनको ड्राइंगरूम में ले आयी थी। देखने से तो नहीं लगता था कि गाँव के हैं। पैंट-बुशर्ट, मझोला कद, रंग साफ। अधेड़ उम्र के कुछ-कुछ खोए-खोए से रहने वाले व्यक्ति जैसे।

अन्नो मम्मी के कमरे में गयी थी। मम्मी उसी बन्द पड़ी खिड़की के पास चुपचाप बैठी थी।

"आपको मायके के कोई कामेशजी मिलने आये हैं। आपका नाम ले रहे हैं।"

"कामेश जी! कौन कामेश जी!" अपने से सवाल करती मम्मी, अस्त-व्यस्त कपड़े ठीक करने लगी थी। पहले उन्होंने ड्राइंगरूम के दरवाजे से झाँक कर देखा

था, फिर अन्दर चली गयी थीं।

नवागन्तुक को मम्मी एकाएक पहचान नहीं पायी थीं। फिर जैसे उनको सब-कुछ याद हो आया था।

''अरे तुम कामेश!'' मम्मी एकाएक खिल गयी थीं।

''कहाँ रहे इतने साल? कोई अता-पता नहीं।'' बोलती हुई मम्मी उनके सामने बैठ गयी थीं।

''चार साल पहले भैया के घर गयी थी तब मालूम हुआ, तुम चंडीगढ़ में हो।''

''हाँ, वहीं था। इधर तीन महीने पहले दिल्ली ट्रांसफर हो गया है।''

''उसी डिपार्टमेंट में हो न! क्या कहते हैं....''

''डिफेंस एकाउंट्स....ऑडिटर हूँ, सीनियर ऑडिटर।''

''यहाँ दिल्ली में कहाँ रहते हो?''

''किराये का एक फ्लैट लिया है—यमुना पार....मयूर बिहार, फेज टू।''

मम्मी अब सहज हो गयी थीं। अन्नो ने मम्मी का चेहरा पढ़ा। कमरे की दूधिया रोशनी में उनके चेहरे पर पड़ी विषाद की झाँई धुलने लगी थी। चेहरे पर मुस्कराहट की हल्की-सी रेखा रेत के विस्तार में जैसे नदी की उजली धारा हो।

कामेश जी हल्के से मुस्कराये थे, ''मुझे क्या पता कि दिल्ली में तुम कहाँ रहती हो। वह तो इस बार गाँव गया तो तुम्हारें बड़े भैया ने बताया। बोले कि दिल्ली में कौशल्या से नहीं मिले! फिर उन्होंने यहाँ का पता दिया। फोन नम्बर नहीं था उनके पास।''

कामेश जी की तरफ एकटक देखती अन्नो समझ नहीं पा रही थी कि कामेश नाम के ये व्यक्ति हैं कौन। जात-बिरादरी के तो हैं नहीं। नाम में 'वर्मा' लगा हुआ है। मम्मी से क्या रिश्ता हो सकता है इनका। मम्मी पूछ रही थी, ''सुना कि पत्नी नहीं रही।''

''हाँ, पाँच साल से ज्यादा हो गया। कैंसर था तब चंडीगढ़ में थे हम सब।''

''और दोनों बेटे?''

''बड़ा बेटा बैंक में है—जयपुर में। दूसरा आई.आई.टी. कानपुर में पढ़ रहा है। थर्ड ईयर है उसका।''

''आई.आई.टी. में!'' अन्नो के मुँह से अचानक निकल गया। दरअसल आई.आई.टी. की प्रवेश-परीक्षा में दो बार असफल हो चुकी अन्नो के लिए यह बड़ी बात थी।

कामेश जी गुमसुम बैठे थे। मम्मी भी चुप हो गयी थीं। फिर धीरे-धीरे कहने लगे कामेश जी, ''इस बार गाँव गया तब यहाँ की सारी बातें, मालूम हुईं।'' बोलकर वे अपने पैरों के नीचे फर्श को देखने लगे थे। शायद सोच रहे थे कि

संवेदना व्यक्त करने के लिए अब आगे क्या कहा जाय। वे थोड़ी देर यों ही चुप रहे। मम्मी ने उनकी चुप्पी तोड़ी और अन्नो की ओर इशारा करती बोलीं, ''यह अन्विता है, मेरी बेटी। इससे छोटा बेटा है मनीष। हैदराबाद में पढ़ता है—मेडिकल कॉलेज में।''

''सब पता है कौशल्या। तुम क्या समझती हो, मुझे मालूम नहीं तुम्हारे परिवार के बारे में।''

''नहीं, बहुत वर्ष बीत गये न!''

कामेश जी हँसने लगे-फीकी-सी, बेजान हँसी, ''कहाँ बीते हैं बहुत वर्ष! मुझे तो लगता है, कल की बातें हैं सब।''

अन्नो ने मम्मी का चेहरा देखा! कामेश जी के जीवन-दर्शन की विचित्र सी पहेली में वे फँसी दिख रही थीं। पीछे का लम्बा समय एकाएक बहुत छोटा हो गया था और उन दोनों के वर्तमान पर आ कर बैठ गया था।

किचन से थोड़ा नमकीन और चाय लेकर अन्नो लौटी तब तक मम्मी और कामेश जी चुपचाप एक दूसरे को देख रहे थे। अन्नो को अचानक ड्राइंगरूम में आया देख मम्मी झेंप-सी गयीं और साड़ी का पल्लू इस तरह ठीक करने लगीं जैसे अन्नो न हो, कोई गैर लड़की हो।

मम्मी के चेहरे पर उस वक्त विचित्र-सी ताजगी थी—कुछ ऐसी कि लगता था, वर्षों की थकान की मलिनता धुल गयी हो। वे थोड़ी देर पहले की मम्मी नहीं थीं जो अपने कमरे की एकमात्र बन्द खिड़की के पास चुपचाप बैठी हुई दिखी थीं।

उन्होंने मुस्कराते हुए कामेश जी से पूछा था, ''खाते कैसे हो? घर में तो कोई है नहीं।''

''खाना क्या कौशल्या। कुछ भी बना लेता हूँ। दिन का डिनर दफ्तर के कैंटिन में लेता हूँ।''

दो घंटे बीत गये थे। कैसे बीत गये दो घंटे, इसका कुछ आभास नहीं हुआ। दीवार घड़ी की ओर देखते हुए कामेश जी बोले थे।

''अब चलूँगा, कौशल्या।'' मम्मी एकाएक हड़बड़ा गयी थीं, ''बिना खाना खाए कैसे जा सकते हो।'' मम्मी का यह अधिकार जताने वाला आदेश सुन कर कामेश जी चुप हो गये थे। तीन साल बाद यह पहला मौका था जब मम्मी ने किसी को खाना खाकर जाने के लिए कहा था।

अन्नो की भीतरी प्रसन्नता दबाए नहीं दब रही थी। मुस्कराहट से अपनी प्रसन्नता का कुछ अंश ही वह प्रकट कर सकी। सोचा, बहुत अच्छा है, कामेश जी खाना खाकर

ही जाएँ। इस बहाने मम्मी व्यस्त तो रहेंगी और प्रसन्न भी। कामेश जी के जाने के बाद घर का कैसा माहौल होगा, यह तो जानती ही थी अन्नो। फिर वही चुप्पी, उदासी और साथ-साथ होकर भी अलग-अलग एकान्त।

पापा की मौत के बाद यह पहला मौका था जब मम्मी में स्फूर्ति और ताजगी दिखाई पड़ी थी। पहली बार खाने में क्या बनाया जाय, इसको लेकर मम्मी ने अन्नो से सलाह-मशवरा किया था। अचानक मम्मी के व्यवहार में गति-सी आ गयी थी। ऐसा लगता था जैसे झुलसाने वाली लू के बीच अचानक बादल बरस गये हों।

रात के दस-सवा दस बजे जब कामेश जी जाने लगे, मम्मी उनको छोड़ने नीचे तक गयीं, नीचे तक ही नहीं, आगे तक। ऊपर बालकनी से देखती रही अन्नो। देखती रही कि मम्मी और कामेश जी आगे-पीछे नहीं, एकदम साथ-साथ जा रहे हैं।

कोई चालीस-पैंतालीस मिनट बाद मम्मी लौटी तो उनको देख कर लगता ही नहीं था कि वही मम्मी हैं। वे चहक-सी रही थीं। उनके चलने-फिरने में भी दिनचर्या के टूटने का स्पष्ट आभास था। अन्नो की बगल में बैठकर वह जैसे सफाई देने लगी थीं, "मेरे मायके के गाँव का है कामेश। जानती हो अन्नो.... ?" मम्मी अपनी बेटी की आँखों में तैरते सवालों का जैसे जवाब दे रही थीं, "तुम्हारा जन्म भी नहीं हुआ था, तभी आखिरी मुलाकात हुई थी कामेश से। हम दोनों साथ-साथ पढ़े गाँव के हाई स्कूल तक। फिर कॉलेज में भी साथ रहे।"

उस रात मम्मी अन्नो के कमरे में ही सोयीं। दरअसल ये कुछ बोलना चाहती थीं, कुछ बताना चाहती थीं। कहने लगीं, "तुम्हारे मामा के गाँव राजपुर ड्योढ़ी में अपने बबुआन टोले से सटी हुई जो कैथटोली है न, उसी कैथटोली में घर है कामेश का। इसके पिता पटवारी थे राज के जमाने में। क्लास में हमेशा फर्स्ट आता था कामेश। मैट्रिकुलेशन के बाद मुझे पूर्णिया कॉलेज भेजा गया और मैं अपने वकील मामा के घर में रहने लगी। कामेश भी कुछ दिन मेरे मामा के घर में रहा। हॉस्टल में जगह नहीं मिली थी। बड़ा अच्छा लड़का था कामेश। कम बोलने वाला। देखा नहीं आज, कैसा गुमसुम बना बैठा रहा?..." मम्मी बोलते-बोलते हँसने लगीं, "और जानती हो अन्नो, यह घुन्ना लड़का कविता लिखता था।" मम्मी जोर से हँसी तो अन्नो भी हँसने लगी। तीन साल बाद पहली बार मम्मी हँसी थीं।

मम्मी ने जितना कहा, अन्नो ने उससे ज्यादा ही समझा। एम.एससी. में पढ़ने वाली दिल्ली की लड़की को भला समझने में समय लगेगा कि मम्मी अपने बचपन के जिस सहपाठी की इतनी तारीफ कर रही हैं, वह क्या सिर्फ सहपाठी भर रहा है?

दूसरे दिन अन्नो के जगने के पहले ही मम्मी जग गयी थीं। झाड़ू-पोंछा लगाकर अन्नो के लिए चाय बनाकर ले आयीं और खुद भी बगल में बैठकर चाय पीने लगीं।

अन्नो ने मन-ही-मन ईश्वर से प्रार्थना की—हे प्रभु! मम्मी के भीतर यह जो जीने की आग जली है, वह जलती रहे, बुझे नहीं.....।

खुशी से भरी वह भावुक-सी हो रही थी। मन हो रहा था, बगल में बैठी मम्मी को अँकवार में भर ले।

दूसरे दिन सुबह अन्नो को यह देख आश्चर्य हुआ कि मम्मी अपने कमरे की बन्द पड़ी खिड़की खोलने की कोशिश कर रही हैं। तीन वर्षों से बन्द पड़ी खिड़की मम्मी के धक्के देने के बावजूद खुल नहीं रही थी। कोशिश करके वे थक गयीं तो अन्नो से बोली, ''यह खिड़की खुल नहीं रही है बेटा।''

अन्नो मुस्कराने लगी, ''इतने दिनों से बन्द पड़ी है न! जंग लग गयी है कब्जों में। खुलेगी कैसे! ऐसा कीजिए मम्मी कि खिड़की के कब्जों में थोड़ा-सा तेल डाल दीजिए।''

''हाँ बेटा, ठीक कहती हो।'' बोलती हुई वे ड्रेसिंग टेबुल के इधर-उधर तेल की शीशी ढूँढ़ने लगीं।

''नारियल तेल है—सेंटेड,'' मम्मी ने अन्नो से कहा तो अन्नो हँसने लगी, ''तो क्या हुआ मम्मी! अच्छा तो है, खिड़की सुगन्धित हो जाएगी।'' सुन कर मम्मी लजा गयीं। रुई के फाहों में तेल डालकर उन्होंने खिड़की के जंग लगे कब्जों पर रखा, पल्लों को थोड़ा आगे-पीछे किया, फिर जोर से धक्का दिया और खिड़की खुल गयी। इसी के साथ दिखने लगा सामने का नीला आकाश, दिखने लगी सामने की सड़क, सड़क की चहल-पहल। कमरे में रोशनी-ही-रोशनी थी। एक बन्द पड़ी खिड़की के खुलने से इतना फर्क आ गया! मम्मी मुस्कराती हुई खिड़की के पास बैठ गयीं और बाहर के दृश्यों को देखने लगीं। अन्नो ने मम्मी को देखा। दोनों को एक साथ हँसी आ गयी।

''देखिए तो मम्मी, कितना अँधेरा था आपका कमरा।''

''हाँ, बेटा बहुत अँधेरा था। अब देखो तो, कितना रौशन है।''

उसी हफ्ते के आखिरी दिन मम्मी ने शॉपिंग करने का मन बनाया। पापा की मौत के बाद पहली बार अन्नो को बिठा कर उन्होंने एक लम्बी सूची बनायी कि घर में क्या-क्या नहीं है। बाहर निकलने लगीं तो अन्नो से बोलीं, ''चलो बेटा, तुम भी साथ चलो सामान बहुत है।''

मम्मी के इस प्यार भरे आदेश से भीग गयी अन्नो। उस दिन जाने क्यों, उन्होंने फोन पर मनीष से दो बार बात की। दूसरे दिन सुबह हैदराबाद से मनीष का फोन आया अन्नो को, ''दीदी, यह एकाएक क्या हो गया? कैसा चमत्कार हो गया? क्या हुआ इस बीच?''

अगले रविवार को प्रायः नियत समय पर ही कामेश जी आ गये। अन्नो मम्मी के चेहरे की आभा देख कर ही समझ गयी, कामेश जी का आना उनके मायके के

गाँव में छूट गये वसन्त के मौसम के आने की तरह है। फूले सरसों के खेत....बौराए आम के बगीचे, उजले फूलों से लदे सहजन के पेड़....। अपने मायके के गाँव के जिस वसन्त की याद कर मम्मी महानगर दिल्ली में अभिभूत हो जाया करती थीं, वह स्थगित वसन्त फिर आ गया था।

उस दिन जब मम्मी कामेश जी को रात में नीचे तक छोड़ने गयीं, अन्नो बालकनी से उन दोनों को देखती रही। फ्लड लाइट के दिन—जैसे उजाले में दोनों आकृतियाँ साफ-साफ दिख रही थीं। तय था कि आगे चौराहे तक जाएँगी मम्मी और कामेश जी को ऑटो रिक्शे पर बिठा कर ही वापस आएँगी। अन्नो बालकनी से मम्मी के कमरे की तरफ आने लगी तो अनजाने ही स्मृति में दबी एक घटना याद आ गयी। यह घटना मम्मी ने ही सुनाई थी—बहुत साल पहले। तब दादी यहाँ आयी थीं अपनी आँखों के इलाज के लिए।

मम्मी ने बताया था कि बड़ी बुआ को जहर देकर मार दिया गया था। वे मैट्रिकुलेशन में पढ़ती थीं। उनको पढ़ाने आते थे गाँव के हाई स्कूल के एक शिक्षक। बड़ी बुआ पढ़ाने आने वाले उस शिक्षक से प्रेम करने लगी थीं। प्रेम का पक्का सबूत मिल गया था। शायद बात आगे बढ़ गयी थी। हाई स्कूल के वे शिक्षक तो बचकर निकल गये, लेकिन बड़ी बुआ निकल नहीं सकीं। उसको जहर देकर मार दिया गया।

बड़ी बुआ को जहर देकर मार देने की घटना सुनकर अन्नो कई दिनों तक परेशान रही थी। वह घटना एक लम्बे अरसे बाद ठीक इसी वक्त क्यों याद आ गयी, इसे वह समझ नहीं पा रही थी। आधे घंटे से ज्यादा समय बीत गया था और मम्मी जो कामेश जी को विदा करने नीचे गयी थीं वे अभी तक नहीं लौटी थीं। कोई एक घंटे बाद वे लौटीं रात के सवा ग्यारह बजे। तब तक अन्नो बालकनी में खड़ी बड़ी बुआ की मौत पर ही सोच रही थी।

अगले महीने टेलीफोन का बिल आया तो माँ-बेटी दोनों बिल देखकर चकरा गयीं। मम्मी ने मुस्कराते हुए कहा, ''इतना बिल...''

अन्नो हँसने लगी, ''फोन हुए हैं तब न आया है इतना बिल! साथ में तो स्टेटमेंट भी है, देख लीजिए न!''

लेकिन मम्मी टेलीफोन बिल के साथ लगा स्टेटमेंट अन्नो को दिखाना नहीं चाहती थीं। उन्होंने कागज को मोड़-तोड़ लिया और अपने कमरे में चली गयीं।

पाँचवें रविवार के एक दिन पहले शनिवार की शाम मम्मी बाहर निकलने लगीं तो अन्नो ने गौर से उनको देखा। अपनी पसन्द की साड़ी पहन रखी थी मम्मी ने। उनके हाव-भाव में भी चंचलता दिख रही थी। बाहर निकलने लगी तो अन्नो से बोलीं, ''बेटा, मैं आती हूँ थोड़ी देर में! बस गयी और आयी।'' अन्नो ने मम्मी को देखा और मुस्करायी। मम्मी अन्नो की मुस्कराहट देख झेंप गयीं।

मम्मी के बाहर निकलने के बाद एकान्त घर में अन्नो इस कमरे तक की लम्बी यात्रा तय करती रही। वह यात्रा जो पिछले तीन साल से अकस्मात् रुक गयी थी, अब अचानक शुरू हो गयी थी। अन्नो ठुमरी के एक बोल ''गवनवा ना जाइबो रे बिना झूलनी'' को देर तक गुनगुनाती रही। पापा की मृत्यु-छाया से बाहर निकल आयी मम्मी फिर अपनी जिन्दगी की राह पर आ गयी हैं। कितना आत्मीय लगता है सिर्फ दो प्राणियों का यह भरा-पूरा परिवार।

मम्मी डेढ़-पौने दो घंटे में ही लौट आयीं। पॉलिथीन बैग में वे कौन-सा सामान लाई थीं, इसे उन्होंने उस वक्त नहीं दिखाया। दिखाया दूसरे दिन सुबह और दूसरा दिन रविवार का दिन था और वह दिन मम्मी की दुबारा शुरू हुई जिन्दगी का पाँचवाँ रविवार था।

पॉलिथीन बैग खोलते हुए उन्होंने कहा था, ''हेयर डाई है। नया-नया लांच हुआ है बाजार में।'' अन्नो मुस्करायी। अब समझ में आया कि कल शाम वे यही 'डाई' खरीदने निकली थीं। अन्नो ने पहले हेयर डाई का लिटरेचर पढ़ा। दो ट्यूब थे। एक प्लेट में दोनों ट्यूबों की सामग्रियों को मिलाया और तैयार पेस्ट मम्मी के खिचड़ी बालों पर कायदे से लगाने लगी। बालों पर पेस्ट लगाते हुए अन्नो भीतरी आह्लाद से मुस्कराती रही। उसकी मुस्कराहट नहीं दिख रही थी मम्मी को। अन्नो सोच कर खुश हो रही थी कि मम्मी में जीने की आग बुझी नहीं है। बहुत पहले की दिनचर्या का आत्ममुग्ध करने वाला एक दिन चुपके से आकर आज के कैलेंडर पर बैठ गया है।

मम्मी ने जब शैम्पू से बाल धोए, तब लगता ही नहीं था कि ये बाल मम्मी के हैं। वह टकटकी लगाए काले-चमकीले बालों को देखती रहीं। बालों के इस अभिनव निखार में मम्मी की बढ़ी हुई उम्र के वर्ष छिपने की जगह खोजते प्रतीत होते थे। आइने के सामने अपने में डूबी और 'रजनीगन्धा' फिल्म के एक रोमांटिक गीत की धुन गुनगुनाती मम्मी को वह पर्दे की ओट से देखती रही। मम्मी सिर्फ गीत की धुन गुनगुना रही थीं, धुन को शब्द नहीं दे रही थीं। शब्द दे रही थी पर्दे की ओट में खड़ी अन्नो, लेकिन मन-ही-मन, बोल कर नहीं।

''रजनीगन्धा फूल तुम्हारे यों ही महकें जीवन में....'' अन्नो गीत की धुन को शब्द देती जैसे प्रार्थना में डूब गयी। यों ही महकते रहें रजनीगन्धा के फूल।....यों ही आता रहे वसन्त।

आज पाँचवाँ रविवार है। कामेश जी के आने का दिन है। शाम के पाँच बजने वाले हैं। अन्नो को आज अपनी सहेली की शादी में भी जाना है और कामेश जी के आने का समय हो रहा है। मम्मी ने आज हल्के आसमानी रंग की सिल्क साड़ी पहनी है। उनके पैरों में चपलता है, होंठों पर गीत की धुन, लेकिन कोशिश में लगी

हैं कि अन्नो की पकड़ में उनकी ये 'हरकतें' न आएँ। वे कभी बालकनी में खड़ी होती हैं, कभी अपने कमरे के पलंग पर आकर बैठती है। कमरे की एकमात्र खिड़की के खुल जाने से कमरा रोशन हो गया है और खुली खिड़की से दिखता है सामने का आकाश, दिखती है बाहर की दुनिया, चहल-पहल...यानी एक मुकम्मल हरी-भरी जिन्दगी। ऊब, सन्नाटे और अकेलेपन के अभिशाप से ग्रस्त इस घर में मम्मी के मायके गाँव से वसन्त की मादक हवा का झोंका आया है।

शाम के छह-पौने छह के आसपास अन्नो ने ही कामेश जी को सामने की सड़क पर ऑटो से उतरते हुए देखा। मम्मी तब अपने कमरे में थीं और किसी रंगीन पत्रिका के पन्ने पलट रही थीं। वे पत्रिका पढ़ नहीं रही थीं, बस पन्ने पलट रही थीं आगे की तरफ। वे पत्रिका के अन्त में पन्नों पर थीं कि कॉलबेल बजा।

अन्नो जान-बूझ कर बाथरूम की तरफ चली गयी थी ताकि दरवाजा मम्मी ही खोले।

उस दिन कामेश जी के सामने नाशते के जो प्लेट रखे गये, उनमें इतनी सारी खाने की चीजें थीं कि कामेश जी देखकर हँसने लगे, "अरे इतना! इतना कौन खाएगा भाई?" मम्मी अभिनव रूप में सजी-धजी कामेश जी के सामने सोफे पर बैठी मुस्करा रही थीं। अन्नो को अपनी सहेली की शादी में शामिल होना था। वह तैयार होकर बैठी थी।

उसने मम्मी से कहा, "मैं जाती हूँ, मम्मी। इनको तब तक रोके रहिएगा। दस-साढ़े दस बजे तक आ जाऊँगी।" दरवाजे से बाहर निकलने लगी तो मुस्कराती हुई बोली, "दरवाजा बन्द कर लीजिए, मम्मी!"

# अपने लोग

किसी फाइव स्टार होटल में आयोजित विवाह-समारोह में शामिल होने का निमन्त्रण-पत्र मेरे परिवार के लिए एकदम अस्वाभाविक था। इस 'सम्मान' को हम झेल नहीं पा रहे थे। बाधा थी हमारी हैसियत। मैं महानगरपालिका के मिडिल स्कूल में मामूली-सा शिक्षक और निमन्त्रण फाइव स्टार होटल का। दोनों स्थितियों के बीच कोई तालमेल नहीं बैठ रहा था। मेरे साथ मेरी दसवीं श्रेणी पास पत्नी और बी.एससी. में पढ़ने वाला मेरा बेटा भी परेशान थे।

लेकिन भीतरी खुशी भी थी। मैं यह सोचकर आह्लादित था कि दीनानाथ भाई ने गाँव का रिश्ता और बचपन का साथ निभाया। नहीं तो कौन पूछता मामूली-से मास्टर को! कहाँ यूनिवर्सिटी में प्रोफेसर और आईएएस बेटे के पिता दीनानाथ भाई और कहाँ मैं! दीनानाथ भाई ने निमन्त्रण पत्र पर मेरे नाम के आगे अपने हाथ से 'सपरिवार' लिखा है।

बहुत वर्ष बीत गये हैं, लेकिन मैं दीनानाथ भाई की लिखावट आसानी से पहचान सकता हूँ। प्राइमरी से लेकर इंटर तक हम दोनों साथ पढ़े हैं। मेरी पढ़ाई इंटर के बाद छूट गयी, लेकिन दीनानाथ भाई आगे पढ़ते रहे, पढ़ते रहे। फिजिक्स के लेक्चरर हुए और अब तो यूनिवर्सिटी प्रोफेसर हैं और कम्युनिस्ट बुद्धिजीवी के रूप में प्रसिद्ध हैं। वामपन्थी बुद्धिजीवियों के एक डेलीगेशन में शामिल होकर कुछ साल पहले चीन से भी हो आये हैं।

निमन्त्रण पत्र उनके आईएएस बेटे अभिषेक के विवाह का है। ढाई-तीन महीने पहले पुस्तक मेले में दीनानाथ भाई से मुलाकात हुई थी तब उन्होंने अभिषेक की शादी के विषय में बताया था। असल में वे जिस छोटी जात के हैं उसमें अभिषेक के लायक कोई लड़की मिल नहीं रही थी। लिहाजा उनकी जात से कुछ ऊपर की जात की एक लड़की मिल गयी है। लड़की एमबीबीएस है और एमडी कर रही है। लड़की के पिता इनकम टैक्स कमिश्नर हैं।

"तब तो अच्छा माल मिलेगा दीनानाथ भाई! कितना दे रहे हैं कमिश्नर साहब?"

दीनानाथ भाई हँसने लगे थे, ''तुम जानते हो अजय, मैं कम्युनिस्ट हूँ। तिलक-दहेज का विरोधी हूँ, लेकिन वे तिलक-दहेज देने पर तुले हुए हैं तो...''

अपनी बात उन्होंने बीच में ही रोक ली तो मैंने हँसते-हँसते पूछा, ''फिर भी, कितना?...''

''पन्द्रह लाख और कार-वार वगैरह...'' दीनानाथ भाई ने गर्व से, लेकिन कम्युनिस्ट होने के कारण थोड़ा सहमते हुए यह बात कही।

बेटे के तिलक के रूप में मिलने वाली इस बड़ी राशि के समानान्तर मैं सोचने लगा कि इसमें से डेढ़-दो लाख रुपये दीनानाथ भाई अपने पिता को देते तो वे अपनी नतिनियों का विवाह कर लेते। दीनानाथ भाई की विधवा बेसहारा बहन अपनी दो बेटियों को लेकर मायके में ही रह रही है। दोनों बेटियाँ पच्चीस-छब्बीस वर्ष की उम्र-सीमा पार कर गयी हैं। पैसे के अभाव में दीनानाथ भाई के माता-पिता नतिनियों के हाथ पीले नहीं कर पा रहे हैं। मैं जब-तब गाँव जाता रहता हूँ, इसलिए करमलाल चाचा की चिन्ता और परेशानी से भली-भाँति परिचित हूँ।

अब जबकि दीनानाथ भाई अपने आईएएस बेटे अभिषेक की शादी इतने शान-वो शौकत से करने जा रहे हैं, मुझे गाँव में बहुत पीछे छूटा उनका परिवार याद आ रहा है। सोच रहा हूँ कि अभिषेक की शादी में दीनानाथ भाई के परिवार के अन्य लोग आएँगे और फाइव स्टार होटल में शादी का भव्य समारोह देखेंगे तो क्या सोचेंगे!

इधर मेरा परिवार अलग परेशान है निमन्त्रण-पत्र को लेकर। फाइव स्टार होटल में किसी भी बहाने मैं कभी गया नहीं। बस दूर से देखता रहा हूँ राजधानी के फाइव स्टार होटल को।

लेकिन दीनानाथ भाई ने आत्मीय समझ कर सपरिवार निमन्त्रित किया है तो शामिल तो होना पड़ेगा। मेरी पत्नी और बेटे को स्फुरण हो रहा था कि पहली बार वे किसी फाइव स्टार होटल के विवाह-समारोह में ससम्मान सम्मिलित होंगे और उम्दा खाना खाएँगे। मुझे और मेरी पत्नी को अतिरिक्त प्रसन्नता इस बात को लेकर थी कि दीनानाथ भाई के माता-पिता, भाइयों-बहनों वगैरह से इकट्ठे मुलाकात हो जाएगी। पत्नी यह सोचते हुए थोड़ी लड़खड़ा गयी। बोली, ''लेकिन शादी तो फाइव स्टार होटल में हो रही है। बड़े-बड़े आएँगे। हमें पूछेगा कौन?'' मैंने हँसते हुए कहा, ''अरे बड़े लोगों के साथ हम जैसे छोटे लोग भी तो रहेंगे! दीनानाथ भाई के घर-परिवार के लोग रहेंगे या नहीं?''

''हाँ, सो तो है। हम लोग को भी शादी में अपने लोग मिल जाएँगे।'' पत्नी सोचकर आश्वस्त हुई।

न्योते में देने के लिए अपनी औकात से बाहर जाकर पत्नी ने एक हजार रुपये की बनारसी साड़ी खरीदी। लाह की चूड़ियाँ और सिंगारदान खरीदने के लिए दो-

तीन दिन इस दुकान से उस दुकान तक भटकी। सारे समान एक खूबसूरत पैकेट में पैक किये गये ताकि फाइव स्टार होटल में जाते समय शर्म महसूस न हो।

विवाहोत्सव की तारीख आ गयी तो तीन सदस्यों के मेरे परिवार में विचार-मन्थन शुरू हुआ कि फाइव स्टार होटल में जाने के लिए हमारी सवारी क्या होगी। ऑटो रिक्शे को तो होटल-परिसर में घुसने नहीं दिया जाएगा। बेटे ने कहा कि क्यों न वहाँ जाने के लिए एक टैक्सी कर लें। लौटते वक्त ऑटो ले लेंगे। मुझे बेटे का तर्क जँचा नहीं। बेमतलब खर्च करने से क्या फायदा। शादी की भीड़-भाड़ में कौन देखता है कि हम किस सवारी से वहाँ पहुँचे हैं। मेरी बात से पत्नी भी सहमत हुई, ''हाँ, बेमतलब का खर्च....।''

डेरे से निकलते समय हम सबने अपनी औकात के मुताबिक सर्वोत्तम कपड़े पहने। सबने एक दूसरे को याद दिलाया कि निमन्त्रण-पत्र साथ ले जाना जरूरी है। दरअसल हमसब पर फाइव स्टार होटल की भव्यता और विवाह-समारोह में शामिल होने वाले बड़े लोगों की उपस्थिति एक किस्म की दहशत बनी हुई थी। मेरी पत्नी मुझे और बेटे को भरोसा दिलाने के बहाने खुद को आश्वस्त कर रही थी कि दीनानाथ भाई के गाँव के उनके सगे-सम्बन्धी तो रहेंगे ही। उनके हाथ हमें परायापन महसूस नहीं होगा।

निर्धारित समय आठ बजे शाम था, मगर हम आधा घंटा पहले ही होटल पहुँच गये। मैंने बेटे से कह दिया कि निमन्त्रण-पत्र वह हाथ में इस तरह रखे रहे कि दिख जाय और कोई टोके नहीं। होटल रंग-बिरंगी रोशनी से जगमगा रहा था। पंचसितारा होटल की पहचान वाले झंडे लहरा रहे थे।

हम गेट के अन्दर गये तो भीड़-भाड़ और उच्चवर्गीय चहल-पहल में हमें पता नहीं चल रहा था कि किधर जाएँ। बेटे ने रिसेप्शन के एक कर्मचारी से बात की तो पता चला कि यहाँ दो शादियाँ होने वाली हैं। अब सवाल यह था कि 'अपनी वाली' शादी किधर होने वाली है। निमन्त्रण-पत्र को फिर से पढ़ा गया। अशोका हॉल!

हम सीढ़ियाँ चढ़ते अशोका हॉल की तरफ चले। जिसको अशोका हॉल कहा गया था वहाँ जाकर देखा कि हॉल में कुर्सियाँ लगी हैं और तीन-चार लोग फूलों से मंच को सजा रहे हैं। वहाँ खड़े-खड़े क्या करते लिहाजा हम तीनों फिर नीचे आ गये और सीढ़ियों के पास खड़े हो गये। थोड़ी ही देर में गाड़ियों के काफिले के साथ बारात आयी। बैंड बाजे बजने लगे। मैंने पत्नी से कहा, ''आ गयी बारात।'' पत्नी ने कहा, ''पहले देख तो आइए कि अपनी वाली बारात है या नहीं।'' बारात गेट के अन्दर आ चुकी थी। भारी भीड़-भाड़, आतिशबाजी और बैंड बाजे के शोर में मुझे कुछ समझ में नहीं आता था कि कैसे पता लगाया जाय कि अपनी वाली बारात है या नहीं। औरतें, लड़कियाँ, मर्द सब फिल्मी गानों की धुन पर मदमस्त नाच रहे थे।

मैं उस झुंड में किसी परिचित को ढूँढ़ रहा था, यह जानने के लिए कि यह अपनी वाली बारात है या नहीं।

नहीं थी वह अपनी बारात, क्योंकि फूलों से सजी कार में मैंने दूल्हे को देख लिया था। दूल्हा अभिषेक नहीं था। लौटकर मैंने पत्नी और बेटे को बताया और भीड़-भाड़ से अलग हटकर हम तीनों कुछ और पीछे चले गये। नौ बजे के आस-पास ऐसी ही एक दूसरी बारात आयी तो हम आश्वस्त हो गये कि अशोका हॉल वाली अपनी बारात यही है। पहली वाली बारात-जैसी ही चमक-दमक थी। मैं उस भीड़ में किसी परिचित को ढूँढ़ने लगा। कम-से-कम दीनानाथ भाई ही दिख जाएँ। फूलों से सजी दूल्हे वाली कार में झाँक कर पहचान कर लेना चाहता था, लेकिन कार तक पहुँचना मुश्किल था। वीडियोग्राफी हो रही थी। नाचती-गाती लड़कियाँ, औरतें, मर्द सब लगभग बेसुध-से-उन्माद में डूबे थे। मशक्कत के बाद दूल्हा पहचान में आ गया। अभिषेक ही था। भीड़ से निकलकर मैं पत्नी और बेटे के पास आया और मुस्कराते हुए कहा कि हाँ, चलो अपनी वाली बारात है। बाराती-सराती दोनों एक साथ हैं।

हम तीनों भीड़ के पीछे हो लिये। आधा घंटा लग गया हम लोगों को अशोका हॉल पहुँचने में कुर्सियाँ कम पड़ गयी थीं। आखिर सबसे पीछे के एक कोने में हमें जगह मिली। पत्नी और बेटे को कुर्सियों पर बिठाकर और तीसरी कुर्सी को अधिकार में लेकर मैं उस भव्य भीड़ में दीनानाथ भाई को तलाशने लगा। वे मंच के पास दिख गये। सूट-टाई और गले में झूलती बड़ी-सी माला। मैंने हाथ जोड़कर उनको अपनी उपस्थिति का एहसास कराना चाहा। उन्होंने पहचान लिया और हाथ के इशारे से बैठ जाने को कहा।

लेकिन मैं अपनी जगह पर बैठा नहीं। खोजने लगा कि अपने गाँव से आये लोग कहाँ हैं। पूरा छान मारा, मगर गाँव का कोई व्यक्ति दिखा नहीं। औरतों की झुंड में भाभी जी यानी दीनानाथ भाई की पत्नी पार्वती जी दिखीं। गहनों से लदी थीं। मैंने प्रणाम किया। वे मुस्करायीं। मैं औरतों की भीड़ में दरअसल दीनानाथ भाई के गाँव के परिवार की औरतों को ढूँढ़ रहा था।

कोई नहीं दिखा तो निराश होकर अपनी जगह लौट आया और पत्नी से कहा, "गाँव से कहाँ आया है कोई! न दीनानाथ भाई की माँ दिख रही है, न कोई और। यहाँ तक कि करमलाल चाचा भी नहीं दिख रहे हैं।"

हम अपरिचितों की भीड़ में लगभग बेचारे-से बने बैठे रहे और मंच पर होने वाले 'कार्यक्रम' देखते रहे। डॉक्टरनी दुल्हन आयी। साथ में सजी-धजी औरतें और लड़कियाँ। वरमाला का 'कार्यक्रम' हुआ। पुष्पवर्षा हुई। लोगों ने तालियाँ बजाईं तो हमने भी वैसा ही किया। कई वीडियो कैमरों से रिकॉर्डिंग होती रही। मैं इन सबके बीच दीनानाथ भाई के परिवार के किसी व्यक्ति को ढूँढ़ता रहा।

वरमाला के बाद जब हम बगल वाले हॉल में खाने के लिए पहुँचे तो धक्का-मुक्की देखकर दंग रह गये। स्टॉलों पर भारी भीड़। मैंने बेटे से कहा, "कमर कसनी होगी बेटा।..." पत्नी देहाती फार्म में आ गयी और छीना-झपटी में जो मिला उसे लेकर भीड़-भाड़ और धक्का-मुक्की के उस माहौल में खाने लगी। पता नहीं क्या-क्या था उस भोज में! अपने हिस्से में जो आया, हमने उसी से सन्तोष कर लिया।

रात के साढ़े ग्यारह बजने वाले थे। पत्नी ने शादी की रस्म देखने की अपनी अभिलाषा स्थगित कर दी क्योंकि गाँव से कोई औरत आयी नहीं थी।

समारोह से विदा होने के पहले मैं दीनानाथ भाई से मिल लेना चाहता था, लेकिन उस भीड़-भाड़ में वे दिखे भी तो इतने व्यस्त कि प्रणाम का जवाब भी न दे सके।

पत्नी और बेटे के साथ उस भीड़ से निकलकर मैं उतरने वाली सीढ़ियों के पास आ गया और सीढ़ियों पर बिछे लाल मखमल का मसृण सौन्दर्य देखने लगा। बगल में एक तरफ जहाँ पीतल के गमलों में प्लांट लगे हुए थे, दो बेयरों के साथ एक धोती-कुर्ता वाले व्यक्ति को देखकर ऐसा लगा जैसे बासमती चावल की ढेरी में कंकड़ दिख गया हो। दोनों बेयरे उस धोती-कुर्ता पहने बूढ़े से बतिया रहे थे। बूढ़े का चेहरा दूसरी ओर था। मेरी पत्नी और बेटा मेरे पीछे खड़े थे। नीचे उतरने के लिए मैं मखमली सीढ़ी पर पैर रखने ही वाला था कि बूढ़े का चेहरा दिख गया। करमलाल चाचा थे।

"अरे चाचा जी आप!"

करमलाल चाचा भी चकित थे, "अरे अजय तुम!"

वे मेरी तरफ बढ़ने लगे। मखमली सीढ़ी पर बढ़ते पैर मैंने रोक लिये और चाचा जी की तरफ बढ़ गया। उनके पैर छुए। पत्नी और बेटे ने भी ऐसा ही किया। चाचा जी ने सस्ते भागलपुरी सिल्क का नया कुर्ता पहन रखा था—पीतल के रंग का। कन्धे पर नया गमछा था। वे पूरे ठाट-बाट में थे।

मुझसे मुलाकात क्या हुई, करमलाल चाचा को लगा, अपरिचित के महानगर में गाँव-ज्वार का कोई अपना आदमी मिल गया हो, उनके चेहरे की खुशी देखने लायक थी। मैंने कहा, "चलिए चाचाजी, नीचे चलते हैं। क्या बात होगी इस हो-हल्ले में।"

चाचाजी के साथ हम नीचे आ गये लॉन में, ठीक उसी जगह जहाँ फाइव स्टार होटल के प्रतीक झंडे लहरा रहे थे। मैंने पूछा, "आपने खाना खा लिया न?"

वे हँसने लगे, "इस धक्का-मुक्की में कोई क्या खाएगा! देखा नहीं, प्लेट लेकर लोग कैसे भीख-जैसा माँग रहे थे!" मैं समझ गया, चाचाजी ने खाना नहीं खाया

है।

रात के साढ़े बारह बज रहे थे, लेकिन लगता था, अभी शाम हुई है। मैंने कहा, "चाचा जी, कल आइए डेरे पर। पता दे देता हूँ। गाँव लौटने के पहले आपको एक-दो दिन मेरे यहाँ रहना है।"

करमलाल चाचा हँसने लगे, "कल काहे अजय, अभी काहे नहीं?"

"आएँ, अभी! अभी तो आपको शादी में रहना है न! यह जो सिल्क का कुर्ता, नया गमछा....।" चाचाजी फिर हँसने लगे। उनके बूढ़े झुर्रीदार चेहरे पर हँसी आँखों में उमड़ आये आँसुओं-सी छलछला आयी। बोले, "यहाँ मेरा क्या काम अजय! किसी ने अभी तक पूछा नहीं कि..." उनकी आवाज एकाएक भर्रा गयी, लेकिन तुरन्त उन्होंने अपने पर काबू पा लिया। वे मुस्कराने की कोशिश कर रहे थे। लेकिन उनकी मुस्कराहट करुणा में डूबती हुई लग रही थी। अब जाकर मेरी नजर उनकी पीले रंग में रंगी धोती पर पड़ी जो तीखी उजली रोशनी में उजली दिखाई पड़ती थी। मैंने हँसते हुए पूछा, "और यह जो रँगी हुई धोती दीनानाथ भाई ने आपको पहनने के लिए दी है।" मेरी इस बात पर चाचाजी जोर से हँसे, "अरे, यहाँ से थोड़े मिली है यह धोती! घर से लाया हूँ। दीना की माँ बोली कि शुभ-शुभ की बात है। लड़के के दादा को सब खोजेंगे। धोती रँगी हुई होनी चाहिए।" मुझे अकस्मात् याद आया, "चाची नहीं आयी!"

"भले नहीं आयी। वैसे आने वाली हालत थी भी नहीं उसकी। जानबे करते हो, बीमार रहती है। बुढ़ापा, उस पर बीमारी।"

हिचकिचाते हुए मैंने पूछा, "तो आप चल रहे हैं अभी हम लोगों के साथ?" मेरे मन में संशय था, चाचाजी मजाक कर रहे हैं। पोते की शादी छोड़कर वे जाएँगे नहीं। लेकिन वे सचमुच तैयार थे साथ चलने के लिए बोले, "तो तुमको क्या लगता है तुमसे हँसी-ठट्ठा कर रहा हूँ?"

"लेकिन आपने तो खाना भी नहीं खाया है।"

"अरे छोड़ो खाना-वाना! उस धमाचौकड़ी में मुझसे खाया भी नहीं जाएगा।" चाचाजी ने बेफिक्री से कहा और साथ हो लिये। पत्नी थोड़ा-सा घूँघट किये बोली, "चलिए न! कुछ-न-कुछ बन ही जाएगा खाने के लिए। बेटा बोला, "थोड़ा-सा मैं भी खा लूँगा माँ।" मुझसे चुप रहा नहीं गया, "जब चाचाजी के लिए खाना बनबे करेगा तो थोड़ा-सा मैं भी....।" पत्नी बोली, "तब मैं काहे रहूँगी बाकी!..." सब एक दूसरे की बात पर एकदम खुलकर हँसे। चाचाजी ने हँसते हुए कहा, "लगता है, सबका एक्के हाल है!" चाचाजी की बात पर हम सब इस तरह ठठाकर हँसे कि मेरी पत्नी के सिर का पल्लू कन्धों पर आ गिरा।

# हड़ताली मोड़

दफ्तर जाने में मुझे यों ही देर हो गयी थी, उस पर सामने से गुजरता जुलूस रास्ता रोके हुए था। जुलूस को हड़ताली मोड़ तक पहुँचना है। तब तक ट्रैफिक जाम। झख मारते रहिए चौराहे पर रिलैक्स....।

राजधानी के इस खास क्षेत्र की यह मौसमी परेशानी लोगों को अक्सर झेलनी पड़ती है। जब-जब विधान मंडल के सत्र शुरू होते हैं, जुलूसों और धरनों-रैलियों का सिलसिला भी शुरू हो जाता है।

स्कूटर खड़ा किये मैं जुलूस का मुद्दा जानने की कोशिश करने लगा। आखिर क्या चाहते हैं देहात से आये ये लोग! नारे जो लगाए जा रहे थे और बैनर जो लोगों के हाथों में थे, वे अकस्मात् मुझे कुछ परिचित-से लगे।

''गंगा झील को भूसामन्तों से मुक्त करो! मुक्त करो!

काली पांडे मुर्दाबाद! भ्रष्टाचारी जगजीतन पाल मुर्दाबाद! मुर्दाबाद!''

अरे, यह तो मेरे गाँव का जुलूस है! और यह सोचते हुए मैं अनजाने ही जुलूस से कुछ इस तरह जुड़ गया जैसे मैं भी उसमें शामिल हूँ। मैं अब जुलूस में किसी परिचित को तलाशने लगा था। कोई परिचित चेहरा दिख नहीं रहा था। वजह शायद यह थी कि एक तो मैं अपने बड़े से गाँव के सारे खेतिहर-मजदूरों, किसानों वगैरह को पहले भी नहीं पहचानता था, दूसरे इधर कुछ वर्षों से राजधानी में नौकरी करने के कारण गाँव जाना भी कम हो गया है। यह सब सोच ही रहा था कि मेरी नजर जुलूस में लँगड़ा कर चलते एक व्यक्ति पर पड़ी। मैंने जोर से पुकारा, ''लँगड़ू भाय!....''

लँगड़ू ने मुझे देख लिया था। कतार से बाहर आकर वह मेरे स्कूटर के पास खड़ा हो गया। मैं शर्मिंदा था कि गाँव के अपने पड़ोसी और साथी को मैंने लँगड़ू क्यों कहा! बचपन की इस आदत में अब तक सुधार आ जाना चाहिए था। खैरियत थी कि लँगड़ू ने इस पर ध्यान नहीं दिया। मैंने मुस्कराते हुए पूछा, ''क्या पीताम्बर, यह जुलूस!.....मरगंगा में बाढ़ कैसे आ गयी!''

पीताम्बर के चेहरे पर थकान भरी मुस्कराहट थी, ''बाढ़ तो आनी ही थी

रामबिलास! बहुत हो गया अब! गंगा झील की जमीन का मामला है। जगजीतन के बेटे जागेश्वर और काली पांडे ने मिलकर पूरी झील की जमीन पर कब्जा कर लिया है। अब जागे हैं गाँव के भूमिहीन....।'' पीताम्बर हड़बड़ी में था। जुलूस का आखिरी छोर आगे निकल गया था। उसने हाँफते हुए कहा, ''शाम में आऊँगा तुम्हारे डेरे पर। डेरा वही है न कंकड़बाग वाला? टेम्पो स्टैंड के पास।...''

''हाँ, वही है। आना जरूर!'' मैं देखता रहा पीताम्बर को। अपनी पौने दो टाँगों पर भचकता-दौड़ता वह जुलूस के आखिरी छोर को पकड़ने की कोशिश कर रहा था। दरअसल पीताम्बर के मिल जाने से मेरा गाँव का एक काम आसान हो गया था। कल चाचाजी गाँव भेजने के लिए मुझे रुपए देने वाले हैं। किसी के मोबाइल पर उन्होंने आज सुबह यह बात कही थी। अच्छा हुआ कि गाँव का अपना पड़ोसी पीताम्बर मिल गया।

पीताम्बर जाति का माली है और मेरी ही तरह गाँव में अल्पसंख्यक है। मैं बढ़ई हूँ। माली और बढ़ई के टोले नहीं होते किसी गाँव में। अल्पसंख्यक होने के इसी बोध के कारण मैं और पीताम्बर काफी नजदीक रहे हैं। हम दोनों के घर अगल-बगल हैं। पीताम्बर गरीबी के कारण गाँव के हाई स्कूल में आठवें दर्जे तक पढ़ सका। मैंने मैट्रिकुलेशन किया, फिर किसी तरह इंटर की परीक्षा पास की और पटना में कलेक्टेरिएट में क्लर्क बन गया। नौकरी नयी है। साढ़े पाँच साल हुए हैं। पीताम्बर शुरू से वामपन्थियों की संगत में था। बाद में लालसेना का सक्रिय सदस्य बन गया।

दफ्तर पहुँचकर मैं अपनी कुर्सी पर बैठ तो गया, लेकिन संचिका लिखने की इच्छा नहीं हुई। कोई जरूरी संचिका थी भी नहीं। सो, कुर्सी पर चुपचाप बैठा अपने गाँव की गंगा झील पर सोचने लगा।

बीस-बाईस साल पहले तक मेरे गाँव की गंगा झील एक बड़ी झील थी। इससे भी पहले यह झील एक मौसमी नदी थी जिसमें बरसात के महीनों में पानी आता था। नदी दरअसल गंगा से निकली एक धारा थी—मरगंगा। बाद में पता नहीं क्या हुआ कि मरगंगा में गंगा नदी का पानी आना बन्द हो गया। नदी सूखने लगी और कुछ ही वर्षों में रेत बन गयी। रेत की नदी! नदी का नाम भी बिला गया। नदी जहाँ ज्यादा गहरी थी, वह जगह एक लम्बी झील बन गयी—गंगाझील।

'जलकर' के नाम पर हर तीसरे साल इस झील की बन्दोबस्ती होती थी और हर बार बन्दोबस्ती काली पांडे के नाम जाती थी। किसी को पता नहीं चलता था कि कैसे और कहाँ होती है बन्दोबस्ती। महाजाल से बड़ी-बड़ी मछलियाँ पकड़ी जातीं और पटना से लेकर कोलकाता-सिलीगुड़ी तक बेची जातीं, लेकिन गाँव के किसी आदमी को झील में पोठी मछली तक मारने की इजाजत नहीं थी।

झील के बीच में जमा कीचड़-पानी भी जब सूख गया और पानी की जगह

जमीन उभर आयी तब खुली गाँव के भूमिहीनों की आँखें झील की बन्दोबस्ती काली पांडे के नाम थी। इस बीच उन्होंने गाँव के जगजीतन पाल के बेटे जागेश्वर पाल को अपना हिस्सेदार बना लिया था। काली पांडे के लोगों का राज-पाट अब नहीं था। भविष्य में भी दूर तक काली पांडे और रजपुताही के बाबू सज्जन सिंह के सवर्णों के शासन आने की उम्मीद नहीं दिख रही थी।

काली पांडे के पिता जग्गन पांडे की छोटी-सी जमींदारी थी एक जमाने में। जमींदारी गयी तो काँग्रेसी राज में भी उनकी चलती-बनती रही। अब हालात बदल गये थे। पैरों तले की दूबें काँटे बनकर चुभने लगी थीं। काली पांडे ने कल के सूरज का आभास पा लिया था और अत्यन्त पिछड़ी जाति के नेता जगजीतन गड़रिया से साँठ-गाँठ करने लगे थे। जगजीतन गड़रिया जगजीतन पाल के नाम से नेता बन रहा था।

मुझे याद है, दो-तीन एकड़ जमीन थी जगजीतन पाल के पिता छेदी गड़रिया के पास। भेड़ पालने का वंशानुगत पेशा भी साथ-साथ चल रहा था। जगजीतन ने गाँव की रजपुताही के हाई स्कूल से मैट्रिकुलेशन किया। कुछ दिन यों ही घूमते-फिरते रहे। आगे पढ़ने का कोई आर्थिक साधन था नहीं। छेदी गड़रिया को एक उपाय सूझा। वे बभनटोली के प्रोफेसर मुक्तिनाथ झा के पास गये। गोड़-मूड़ पकड़ा, सेवा-टहल की। कई दिनों तक उनके बनते मकान में मुफ्त की मजदूरी की और प्रो. झा को राजी कर लिया कि वे जगजीतन को अपने साथ ले जाएँगे। झाड़ू-बुहारू और बर्तन माँजने-धोने के साथ जगजीतन को कॉलेज में पढ़ने का मौका मिला। किसी तरह उन्होंने बी.ए. किया और गाँव लौट आये। गाँव लौटे तो पहले से भी ज्यादा बेकार हो गये। गाँव का बुड़बक-से-बुड़बक आदमी भी छेदी गड़रिया को उपदेश देने लगता कि "मैट्रिक किया हर से गया, बी.ए. किया घर से गया।" जगजीतन की हालत यह थी कि वे न घर के रहे, न घाट के। आखिर प्रो. मुक्तिनाथ झा ने ही रास्ता बताया, "पिछड़ी जातियों के उत्थान का समय है। गड़रिया जाति का संगठन बनाओ और कूदो राजनीति में।..."

अँधेरे में भटकते जगजीतन को राह मिल गयी। वे भिड़ गये गड़रियों का संगठन बनाने में। घूम-घूम कर भेड़ चराने वाले गड़रियों को एकजुट करना आसान काम नहीं था, लेकिन वे इस काम में लगे रहे । आखिर भेड़ पालने वालों को भेड़ियाधसान प्रकृति रंग लायी। वे राजनीति में आ गये। विधानसभा से लेकर लोकसभा तक चार-पाँच चुनाव लड़े। किसी भी चुनाव में उनकी जमानत नहीं बची। उनकी राजनीतिक महत्त्वाकांक्षा धूल में मिल रही थी, लेकिन इसी बीच उन्होंने 'अखिल भारतीय पाल महासंघ' के बैनर तले पटने में रैली आयोजित की। मुख्यमन्त्री ने उद्घाटन किया। यही 'टर्निंग प्वाइंट' था जगजीतन पाल का। मुख्यमन्त्री ने गड़रियों की संख्या देखी

और राजनीति में इधर-उधर भटकते जगजीतन पाल को विधान परिषद् में ले आये। कुछ ही महीनों बाद खाद्य-आपूर्ति विभाग में उनको राज्यमन्त्री बना दिया गया।

जगजीतन पाल! पाल नहीं, पॉल। उनके सरकारी आवास पर जो नेम-प्लेट था उस पर लिखा था— जे.जे.पॉल, राज्यमन्त्री, खाद्य और आपूर्ति। 'अखिल भारतीय पाल महासंघ' के अध्यक्ष और सरकार में राज्यमन्त्री बनने बाद जे.जे. पॉल ने पीछे मुड़कर न देखने की कहावत चरितार्थ की। नाम और पहचान दोनों में।

जगजीतन पाल जब मन्त्री बने थे, गाँव की गंगा झील सूख गयी थी। मैं गाँव में बेरोजगारी झेल रहा था। पीताम्बर लालसेना में शामिल होकर संगठन का काम कर रहा था। गंगा झील की जमीन पर लाल झंडा गाड़ने की सुगबुगाहट शुरू हो गयी थी।

इधर जगजीतन पाल के बड़े बेटे जागेश्वर और काली पांडे की दोस्ती परवान चढ़ रही थी। लोगों को आश्चर्य होता था कि गड़रिया जागेश्वर की काली पांडे से दोस्ती आखिर हुई कैसे! जिस गड़रिया को काली पांडे लतखोर कहता था उसी के साथ इतना हेल-मेल! काली पांडे ने मन्त्री जगजीतन पाल का भी दिल जीत लिया था। बात यह थी कि जागेश्वर का चार-पाँच साल का बेटा कुछ दिन पहले बीमार पड़ा। पटना में इलाज चल रहा था, लेकिन कोई सुधार नहीं था। काली पांडे ने गाँव में जागेश्वर के दरवाजे पर महामृत्युंजय जाप का अनुष्ठान कराया। ग्यारह ब्राह्मण अड़तालीस घंटे तक जागेश्वर के बीमार बेटे के लिए जाप करते रहे। आखिर जागेश्वर का बेटा स्वस्थ हो गया। मन्त्री जगजीतन पाल और जागेश्वर ने महामृत्युंजय जाप को ही इसका श्रेय दिया।

इसके ठीक बाद गंगा झील पर लाल झंडा गाडने वाले मलाह टोली के एक युवक की जागेश्वर और काली पांडे ने हत्या करवा दी। गाँव के लोग इस बात को जानते थे कि किसने करवाई है हत्या, लेकिन कोई बोलता नहीं था। तनाव और हिंसा की आशंका के कारण मन्त्री जगजीतन पाल ने हस्तक्षेप किया। एक बड़ी पंचायत बुलाई गयी। मैं उन दिनों गाँव में ही था। गंगा झील की जमीन का मामला पंचायत का मुख्य विषय था।

मन्त्री जी पटने से पूरे लाव-लश्कर के साथ अपने गाँव आ रहे थे। काली पांडे और रजपुताही के बाबू सज्जन सिंह ने मन्त्री जी के स्वागत की शानदार तैयारी कर रखी थी। गाँव के मुहाने पर पचास-साठ मोटरसाइकिलों, बीस-पच्चीस कारों-जीपों की कतार देख मन्त्री जगजीतन पाल गद्गद थे।

गाँव में सबसे बड़ा दालान काली पांडे का था, सो पंचायत वहीं बैठी नीमगाछ के पास। गाँव के सैकड़ों लोग एकत्र थे। मन्त्री जी के बैठने के लिए काली पांडे ने हवेली की शानदार कुर्सी निकलवाई थी। आबनूसी रंग की इस कुर्सी पर कभी जग्गन पांडे बैठा करते थे। इसी कुर्सी पर बैठकर वे रैयतों को हुक्म देते थे। उस कुर्सी पर इस समय मन्त्री जगजीतन पाल बैठे थे।

मैं गाँव की मलाहटोली के लोगों के साथ एक किनारे खड़ा पंचायत की कार्रवाई देख रहा था। मेरी बगल में खड़े मुसाफिर चाचा ने अपनी कुहनी से मुझे छूते हुए धीरे से कहा, ''रामबिलास, एक बात जानते हो?'' मैंने पूछा, 'क्या'? उन्होंने मुस्कराते हुए कहा, ''ई जो नीमगाछ है, इसके बारे में जानते हो?'' मैं मुसाफिर चाचा का चेहरा देखने लगा, ''नहीं, क्या है यह नीमगाछ?'' वे अपना मुँह मेरे बाएँ कान के पास ले आये और धीरे से बोले, ''तुम बहुत छोटे रहे होगे तब! जग्गन पांडे ने इसी नीमगाछ से जगजीतन के बाप छेदी गड़रिया को बाँध कर पिटवाया था। पूरा गाँव देख रहा था। ई जगजीतन भी देख रहा था। तब दस-बारह साल का रहा होगा। एकदम नंगा बदन छेदी गड़रिया। फौजदार सिंह सिपाही कोड़े बरसाता रहा उसकी देह पर। लहू-लुहान हो गया था छेदी गड़रिया।''

मैंने टोक दिया, ''आखिर क्यों? क्यों पिटवाया था?''

''दुर्गा-पूजा होती थी ई हवेली में। अठमी के दिन बलि के लिए जग्गन पांडे ने एगो भेड़ा माँगा था। छेदी गड़रिया ने जग्गन पांडे के सिपाही से भेड़े का दाम माँग लिया था। यही कसूर था उसका।'' थोड़ी देर चुप रहकर मुसाफिर चाचा कहने लगे, ''कुर्सी भी वही है और ई बूढ़ा नीमगाछ भी वही है।''

मैं पंचायत में कुर्सी पर बैठे मन्त्री जगजीतन पाल को देख रहा था। उनकी बगल में उनका बेटा जागेश्वर बैठा था और जागेश्वर से सटकर बैठा था काली पांडे। सामने की कुर्सी पर मन्त्री जी के निजी सचिव टेकलाल दास बैठे थे। इसी गाँव की कैथटोली के टेकलाल दास सरकारी सेवा से रिटायर होकर मन्त्री जी की सेवा में लग गये हैं। काली पांडे ने टेकलाल दास को मन्त्री जी का निजी सचिव बनाया। टेकलाल दास के पिता चुन्नीलाल दास जमींदारी के दिनों में जग्गन पांडे के खजांची थे।

मैंने मुसाफिर चाचा से कहा, ''लेकिन चाचा, जगजीतन पाल इतनी बड़ी बात कैसे भूल गये? उनके पिता को नीमगाछ से बाँधकर बेरहमी से पीटा गया, वह बात क्या याद नहीं है जगजीतन पाल को?''

मुसाफिर चाचा हँसने लगे। हँसते-हँसते उन्होंने दाहिने हाथ के अँगूठे को मध्यमा उँगली पर रखकर चुटकी बजाई और बोले, ''सबहिं नचावत राम गुसाईं। नाचत नर मरकट की नाईं।'' यह चौपाई बोलकर वे इतनी जोर से हँसे कि पंचायत की मर्यादा भंग होते-होते बची। मन्त्री जी कुछ बोल रहे थे। वे चुप हो गये और जलती आँखों से हँसी उठने की जगह की तरफ देखने लगे। टेकलाल दास ने भी मुड़कर देखा। फिर खड़े होकर पूछने लगे, ''कौन हँसा?'' मेरी सिट्टी-पिट्टी गुम और मुसाफिर चाचा इतने भोले और निर्दोष दिखने का नाटक करने लगे जैसे वे खुद हँसने वाले को पकड़कर पीटना चाहते हों।

पंचायत चलने लगी। मुसाफिर चाचा मेरा हाथ पकड़े मुझे दूसरे किनारे पर

ले गये। कहने लगे, ''ई काली पांडे का खरीदा हुआ आदमी है टेकलाल। नमक खाया है इसके खानदान ने। मन्त्री जी की एक-एक बात काली पांडे तक यही पहुँचाता है। केतना मेंहीं चाल चला है काली पांडे।''

इतना तो मैं भी जानता था कि टेकलाल के रूप में काली पांडे ने अपने जाल में फँसाया है मन्त्री जगजीतन पाल को। लेन-देन से लेकर विकास-मद की एक करोड़ राशि का ठेका तक यही टेकलाल तय करता है। ठेके में जागेश्वर और काली पांडे का फिफ्टी-फिफ्टी...।

शाम से कुछ पहले ही मैं डेरा लौट आया था और पीताम्बर की प्रतीक्षा करने लगा था। पीताम्बर आया साढ़े आठ-नौ बजे रात में। देखते ही मैंने पूछा, ''क्या पीताम्बर भाय, कुछ असर हुआ तुम लोगों के जुलूस का?''

पीताम्बर हँसने लगा, ''तुरत-फुरत में क्या असर होगा रामबिलास। यह जुलूस दरअसल भूमिहीनों-मजदूरों की एकजुटता का पहला प्रदर्शन था। यही क्या कम है।''

''हाँ, वही तो!....इसलिए मैंने पूछा था न! मरगंगा में यह बाढ़ कैसी।''

पीताम्बर अपने कपड़े बदलता हुआ बोला, ''तुम बाढ़ की बात करते हो प्रलय आयेगी प्रलय!'' मैं हँसने लगा, ''तुम आ गये न आखिर अपनी पार्टी लाइन पर!''

हाथ-मुँह धोकर पीताम्बर चौकी पर बैठ गया और अपने उस पैर को दोनों हाथों से दबाने लगा जो पैर उसके जन्म के समय से ही थोड़ा छोटा और टेढ़ा है। पैर को दबाते हुए कहने लगा, ''असल में क्या है रामबिलास कि यह सारा नाग-फाँस काली पांडे का है। अपनी गिरफ्त में उसने ले रखा है जगजीतन पाल और उसके बेटे को। तुम्हीं सोचो कि राज है पिछड़ों का, मन्त्री है यह गड़रिया और हुकुम चलता है काली पांडे का। पहले भी गाँव में इसी का राज था। आज भी यही राज कर रहा है।'' ''हाँ, पीताम्बर! चाचा जी पाँच-छह महीने पहले गाँव के दक्षिण टोले (गाँव का दक्षिण टोला दलितों का टोला होता है) के प्राइमरी स्कूल में दोपहर के भोजन के बारे में बता रहे थे।''

पीताम्बर चुप था और मैं चाचा जी की आँखों देखी घटना पर सोच रहा था। चाचा जी को पाँच-छह महीने पहले यहाँ पटना में मन्त्री जगजीतन पाल के बनते मकान के खिड़की-चौखट-किवाड़ वगैरह बनाने के लिए गाँव से बुलाया गया है। डेढ़-दो महीने वे मेरे साथ रहे। उन्होंने एक दिन अपने गाँव के प्राइमरी स्कूल की हाल की एक घटना सुनाई थी। प्राइमरी स्कूल रजपुताही और दक्षिण टोले के बीच के 'चौर' में है जहाँ छोटी जातियों के लड़कों के साथ रजपुताही और बभनटोली के गरीब घर के कुछ बच्चे भी पढ़ने आते हैं। स्कूल में बच्चों के दोपहर के भोजन

की सरकारी व्यवस्था शुरू होने वाली थी। स्कूल के हेडमास्टर मंडल जी ने टोले के लोगों से बात की। तय हुआ कि क्यों न आपस में चन्दा इकट्ठा कर बच्चों को पहले दिन खीर-पुरी खिलाई जाय। स्कूल इन्सपेक्टर भी टोले के लोगों का उत्साह देख दोपहर के भोजन में शामिल होने को राजी हो गये।

स्कूल के सारे बच्चे खीर-पुरी खाने के लोभ में सुबह से ही जमा होने लगे थे। खाना बनाने का जिम्मा दक्षिण टोले की औरतों पर था। चमरटोली की मैट्रिक पास नयी-नवेली दुलहिन खीर पका रही थी। दुसाध टोली की औरतें पुरियाँ छान रही थीं। उधर स्कूल के बच्चे पत्तल बिछाए हुए थे कि कब तैयार हो खीर-पुरियाँ और वे खाएँ। कि तभी जीप से काली पांडे को साथ लेकर पहुँच गये बाबू सज्जन सिंह। काली पांडे ने हेडमास्टर मंडल जी और स्कूल इन्सपेक्टर से पूछा, ''सुना है कि खीर-पुरी का भोज हो रहा है स्कूल में! कौन बना रही है खीर-पुरी?''

मंडलजी ने बता दिया कि कौन-कौन हैं खाना बनाने वाली।

काली पांडे मंडल जी की देखकर कहने लगे, ''का हो हेडमास्टर, ई चमरटोली और दुसाधटोली की औरतों का बनाया खाना रजपुताही और बभनटोली के लड़के खाएँगे? ऐसा समय आ गया साला!'' बोलते हुए उन्होंने अपने साथ आये दो आदमियों से कहा, ''खीर-पुरी सब फेंक आओ उस गड्ढे में।'' कड़ाह में खीर थी और दौरा में पुरियाँ थी। काली पांडे के आदमियों ने तमाम चीजें ट्यूबवेल के पास कीचड़ भरे गड्ढे में फेंक दी। बच्चे पत्तल बिछाए टुकुर-टुकुर निरीह भाव से काली पांडे और सज्जन सिंह को देखते रहे।

चौकी पर लेटा पीताम्बर बल्ब की पीली-सी रोशनी में मेरा चेहरा देख रहा था, ''क्या सोच रहे हो रामबिलास?''

''कुछ नहीं....वही स्कूल की खीर-पुरी....।''

''अरे, उसके बाद क्या हुआ, यह तो मालूम नहीं होगा तुमको।''

''क्या?''

पीताम्बर अब चौकी पर बैठ गया था। कहने लगा, ''अपने गाँव का वह पत्रकार है न जयनन्दन यादव! उसने स्कूल वाली उस घटना की रिपोर्ट भेजी अपने अखबार में। खबर नहीं छपी।'' हफ्ते-दस दिन बाद काली पांडे से मुलाकात हो गयी जयनन्दन की। काली पांडे ने पूछा, ''का रे पत्रकार, रिपोर्ट भेजे थे अखबार में! का हुआ। छपी रिपोर्ट?'' जयनन्दन चुप। दरअसल उसकी समझ में नहीं आ रहा था कि वह अखबार का रिपोर्टर है, इस इलाके की उसकी भेजी हर खबर छपती है, फिर यह रिपोर्ट क्यों नहीं छपी!

काली पांडे हँसते हुए कहने लगे, ''नहीं छपेगी ऐसी रिपोर्ट तुम्हारे अखबार में जानते नहीं हो? वहाँ अखबार में हमीं लोग हैं। तमाम मीडिया में हमीं लोग

हैं। अखबार कोई सरकारी कार्यालय नहीं है कि दलितों-पिछड़ों के लिए आरक्षण हो! समझ गये न! नहीं छपेगी ऐसी रिपोर्ट!''

पीताम्बर बोल कर फिर चौकी पर लेट गया। मैं अवसन्न भाव से पीताम्बर के भीतर उबलते गुस्से को भाँपता रहा। मेरी समझ में नहीं आ रहा था कि इतनी अपमानजनक घटना हो गयी गाँव में और कोई प्रतिक्रिया नहीं हुई।

पीताम्बर से पूछा, ''पीताम्बर भाय, जागेश्वर तो खुद अत्यन्त पिछड़ी जाति का है। उसने या गाँव के किसी और ने विरोध नहीं किया?'' पीताम्बर का चेहरा तमतमा रहा था जैसे जेठ महीने की चिलचिलाती धूप में दौड़ता हुआ आया हो। कहने लगा, ''किस जागेश्वर की बात करते हो! क्या सोचते हो कि वही जगेसरा गड़रिया है! अब जाकर देखो उसका ठाट-बाट! पहले एक जीप थी, वह तो तुमने देखी होगी। अब टाटा सूमो है। भाँड़ में जाए गड़रिया-मुसहर-दुसाध-पासी-चमार! अब वह काली पांडे की हवेली में गुलछर्रे उड़ाता है।''

''लेकिन वह अखिल भारती पाल महासंघ का महामन्त्री है।''

मेरी इस बात पर पीताम्बर जोर से हँसा, ''खाली जगेसरा ही क्यों! जात के नाम पर सत्ता में पहुँचने वाले और करोड़ों-करोड़ रुपये कमाने वाले नेताओं और सत्ता के दलालों को तुम नहीं जानते क्या?''

जागेश्वर जैसे भोंदू और निठल्ले आदमी का यह 'विकास' मेरे लिए विस्मयकारी तो रहा है, लेकिन ऐसे लोगों से सामाजिक संरचना भी बदल रही है, यह जानकारी पीताम्बर दे रहा था। कहने लगा, ''काली पांडे की हवेली में कैसी खातिरदारी होती है जागेश्वर की, यह गाँव के किसी आदमी से पूछना। काली पांडे की पत्नी खुद खाना खिलाती है जागेश्वर को। जागेश्वर की घरवाली और काली पांडे की पत्नी सूमो गाड़ी में एक साथ, अगल-बगल बैठकर फारबिसगंज जाती है शॉपिंग करने।...''

मेरे मुँह से अचानक मैथिली की एक लोकोक्ति निकल गयी—''कनहा कुकुर माड़े तिरपित!'' पीताम्बर ने कभी यह लोकोक्ति सुनी नहीं थी। उसने दुबारा सुनाने को कहा। फिर अपनी ओर से कुत्ता-प्रसंग की व्याख्या करते हुए कहने लगा, ''कुत्ते को सूखी हड्डी चबाते देखा है कभी? कुत्ते का मुँह लहूलुहान हो जाता है। अपना ही लहू पीता है कुत्ता और सोचता है सूखी हड्डी से स्वादिष्ट खून निकल रहा है।''

मैं समझ नहीं पाया पीताम्बर का प्रयोजन, लेकिन पीताम्बर मुझे अकबकाया देख समझ गया था। कहने लगा, ''अपनी हवेली में काली पांडे गाँव की गरीब-बेबस लड़कियों-औरतों को जागेश्वर की खिदमत में....'' बोलते-बोलते पीताम्बर रुक गया। मैंने इशारा जान लिया, क्या कहना चाहता है पीताम्बर।

प्रसंग बदलते हुए पीताम्बर ने लम्बी साँस ली और बिछावन को झूठ-मूठ हथेली से झाड़ते हुए कहने लगा, ''काली पांडे तो डंके की चोट पर कहता है

कि लेते रहो तुम लोग आरक्षण। हम लोगों ने रास्ता ही बदल लिया है। पार पाओगे हम लोगों का।'' मैंने बीच में ही टोका, ''ठीक ही तो कहता है। उसने अपने बेटे को लाखों-लाख का डोनेशन देकर बैंगलूर के किसी इंजीनियरिंग कॉलेज में दाखिला दिलवा दिया। अब तो वह जॉब में होगा!''

''हाँ, है कहीं जॉब में। पांडे कहता है—पचास-साठ हजार वेतन मिलता है। उसी ने जागेश्वर के छोटे भाई भागेश्वर को भी बैंगलूर भेजा। सुना कि भागेश्वर भी इंजीनियर बन गया है।''

मैंने मुस्कराते हुए कहा, ''और पिछले महीने उधर बैंगलूर में ही किसी ईसाई लड़की से शादी भी कर ली है। कल मन्त्री जी उसी शादी के रिसेप्शन पार्टी दे रहे हैं।''

''तुम्हें कैसे मालूम?''

''कैसे नहीं होगा मालूम! काली पांडे रिसेप्शन के भोज के लिए गाँव से बासमती चावल, देसी घी और भेड़ा-खस्सी वगैरह जीप से भेज रहा था। लक्खन गड़रिया कह रहा था कि भेड़ा-खस्सी उसी को पहुँचाना है।''

पीताम्बर थका हुआ था। खाना खाकर वहीं चौकी पर सो गया। लेकिन मेरी आँखों में नींद की आहट नहीं थी। मैं बगल की खाट पर लेटा काली पांडे पर सोचता रहा।

डेढ़-दो महीने पहले काली पांडे से मेरी मुलाकात मन्त्री जी के बँगले पर हुई थी। चाचाजी के बुलाने पर मैं उनसे मिलने गया था। मन्त्री जी के हाउस गार्ड मुझे पहचानते हैं, इसलिए बँगले के अहाते में मेरे प्रवेश पर रोक-टोक नहीं है। मन्त्री जी का आवास एक पुराना बँगला है। शुरू में दो कमरों का आउट हाउस है जिसके सामने एक बड़ा-सा बोर्ड लगा हुआ है—अखिल भारतीय पाल महासंघ का केन्द्रीय कार्यालय। अन्दर बरामदे वाली दीवार पर बड़े-बड़े अक्षरों में महासंघ की विवरणी लिखी हुई है। बताया गया है कि पाल समुदाय में कितनी जातियाँ आती हैं। गड़रिया, बकरिहा, भेड़िहर आदि कई उपजातियों की संख्या जोड़कर पूरी पाल जाति की जनसंख्या बत्तीस लाख बताई गयी है। नीचे बड़े अक्षरों में लिखा है—अध्यक्ष : जे.जे.पॉल और महासचिव : जागेश्वर पॉल।

अखिल भारतीय पाल महासंघ के केन्द्रीय कार्यालय के सामने खड़ा मैं सोच ही रहा था कि चाचाजी कहाँ मिलेंगे कि देखा, लुंगी-बनियान पहने और कन्धे पर तौलिया रखे काली पांडे कमरे से बाहर निकल रहे हैं। उनको देख मैं सकपका गया। वैसे मुझे मालूम है कि यह आउट हाउस जिसके सामने महासंघ का बोर्ड लगा है, दरअसल आये गये खास लोगों के लिए है। अन्दर के एक कमरे में ए.सी. है और काली पांडे या बाबू सज्जन सिंह के यहाँ आने पर एक नौकर उनकी सेवा में

रहता है।

''का रे रामबिलास'' काली पांडे ने लुंगी को घुटनों के ऊपर सरकाते हुए पूछा 'अपने चाचा से मिलने आए हो क्या?' मेरे जवाब की प्रतीक्षा किये बिना उन्होंने कहा, 'आओ बैठो।' मैं उनके सामने फाइबर की कुर्सी पर बैठ गया। मेरी नजर दीवार पर पड़ी तो देखा कि महासंघ की विवरणी वाला बोर्ड वहाँ नहीं है। जंग लगी कील-काँटी दीवार में धँसी थी, लेकिन बोर्ड नहीं था। फिर देखा कि ईजी चेयर पर जहाँ काली पांडे बैठे थे उसके ठीक पीछे, कोने में वही बोर्ड जमीन पर खड़ा करके रखा हुआ है।

काली पांडे पैर झुलाते हुए और ईजी चेयर को मचमचाते हुए बोले, ''अब तो तोहनिएँ का राज आ गया है। हम लोग तो गये खटाई में।'' मैं कुंठित हँसी हँसने लगा। क्या जवाब देता। काली पांडे शायद किसी बात को लेकर भीतर-ही-भीतर उबल रहे थे, ''अब तो ग्राम पंचायत के चुनाव में भी आरक्षण हो गया है। दुसाध, चमार, केवट, खवास, मलाह यही सब होंगे मुखिया-सरपंच। इन्हीं लोगों को कहना पड़ेगा—परनाम मुखिया जी!''

काली पांडे की वेदना मैं समझ रहा था। वे पंचायती चुनाव में अतिपिछड़ों को दिये गये आरक्षण को लेकर आहत थे। मैंने नाटकीय भाव से कहा, ''आप क्यों प्रणाम कीजिएगा किसी मुखिया-सरपंच को! सब आपको ही प्रणाम करेंगे।''

''सो तो करना ही पड़ेगा''। मेरी बात से प्रसन्न हुए काली पांडे। कहने लगे, 'यह तो तुम जानबे करते हो कि मन्त्री-मुख्यमन्त्री भले बन जाएँ दलित पिछड़े, लेकिन रामबिलास। प्रशासन में फारवार्ड ही भरे हुए हैं। टी.वी., अखबार सब जगह हम ही लोग हैं। ऊपर-ऊपर तुम लोगों का राज है, लेकिन असली शासन हम चला रहे हैं।''

मैं काली पांडे का चेहरा देख रहा था जिस पर पराजय की कुंठा के साथ शातिर किस्म की कुटिलता थी। चाचाजी ने बताया था कि काली पांडे गाँव के अपने थाने के यादव दरोगा को हटाकर उसकी जगह अपनी जात का दरोगा ले आया है। डी.आई.जी. काली पांडे का कोई रिश्तेदार है। पिछले साल मन्त्री जे.जे. पॉल की सिफारिश से अपने सबडिविजन के दलित डी.एस.पी. का भी तबादला इसी काली पांडे ने कराया।

नौकर तश्तरी में मगही पान के बीड़े ले आया। काली पांडे ने चार-पाँच बीड़े अपने कल्ले में दबाकर बाबा छाप जर्दा फाँका। फिर वे पान के बीड़े मुँह में घुलाने लगे। मैं उनके गोलगप्पे जैसे चेहरे को देखता सोच रहा था कि महासंघ की वह विवरणी कोने में क्यों रखी हुई है। बोर्ड कोई खास धूमिल नहीं हुआ था। आसानी से इबारत पढ़ी जा सकती थी।

काली पांडे के मुँह में पान की पीक भर गयी थी। बोलते हुए वे इसी कारण गों-गों जैसी आवाज निकाल रहे थे। फिर भी उठकर  बाहर जाने की जरूरत

उन्होंने नहीं समझी। बैठे-बैठे मुँह को पिचकारी बनाकर पीक वहीं कोने में फेंक दी। पीक, खड़ा कर रखे महासंघ की विवरणी वाले बोर्ड की नीचे वाली उस जगह को रंग गयी जहाँ अध्यक्ष और महामन्त्री के नाम बोल्ड हरफों में लिखे हुए थे।

काली पांडे ने शायद यह देखा भी नहीं कि उनकी पान की पीक के घिनौने छींटे कहाँ पड़े हैं। वे फिर मुझसे कुछ कहना चाहते थे, लेकिन मेरा वहाँ बैठना मुझे स्वयं पीड़ादायक लग रहा था। कुर्सी से उठते हुए मैंने आजिज होकर कहा, ''जरा देखता हूँ चाचाजी को।''

पीताम्बर मेरे जगने के पहले ही नहा-धोकर तैयार था। मैंने कहा, ''नाश्ता करके जाना।'' लेकिन वह हड़बड़ी में था, ''पार्टी ऑफिस पहुँचना है। गंगा झील पर आज रणनीति तय होगी।'' मुझे आज ही चाचाजी से रुपये लेकर गाँव भेजने की व्यवस्था करनी थी। पीताम्बर संयोग से मिल गया था। मैंने शाम तक चाचाजी से रुपये लेकर उसको देने की बात कही तो वह बोला, ''कल लौटूँगा गाँव। शाम तक रुपये दे देना! वहीं पार्टी ऑफिस में रहूँगा।''

दफ्तर पहुँचकर प्रथम पूर्वार्द्ध तक काम किया। ढाई बजे अपने प्रशाखा पदाधिकारी से इजाजत लेकर चाचा जी से मिलने मन्त्री जी के बँगले पर पहुँचा। मुझे पता था कि आज मन्त्री जे.जे. पॉल के बेटे-बहू का रिसेप्शन है। गेट से अन्दर अहाते की सजावट देखी तो दंग रह गया। बड़ा-सा खूबसूरत पंडाल। लोग बिजली के बल्ब वगैरह की सजावट में लगे थे। दुल्हा-दुलहिन के बैठने के लिए जो मंच बनाया गया था, उस मंच को फूलों से सजाया जा रहा था। गेट के अन्दर आकर देखा। काली पांडे और सज्जन सिंह पंडाल का निरीक्षण कर रहे हैं। मैं इन दोनों से बचना चाहता था। मन में एक बार आया कि भागेश्वर से मिल लूँ, लेकिन यह सोचकर उत्साह ठंडा पड़ गया कि मुझे निमन्त्रण तो है नहीं। रिसेप्शन पार्टी में जहाँ मुख्यमन्त्री, मन्त्री विधायक बड़े-बड़े अफसर वगैरह आएँगे, वहाँ मुझ जैसे क्लर्क को भला क्यों बुलाया जाएगा।

काली पांडे और सज्जन सिंह की नजरों से बचता हुआ आउट हाउस के पास खड़े एक नौकर टाइप व्यक्ति से मैंने पूछा, ''इधर कहीं कोई बढ़ई मिस्त्री काम रहे हैं?''

''हाँ, एगो मिस्त्री उधर हैं, जहाँ खाना बन रहा है।'' नौकर ने हाथ के इशारे से आउट हाउस के पीछे वाली जगह बतायी।

पीछे वाली उस जगह में तिरपाल के शेड लगे थे और रसोइये तरह-तरह

की खाने की चीजें पका रहे थे। गैस के पाँच-छह चूल्हे जल रहे थे। एक तरफ मछली के पीस तले जा रहे थे। उसकी बगल में मांस भुना जा रहा था। सुगन्ध से नाक भर रही थी। मुझ जैसे मांसाहारी के लिए यह अतिस्वादिष्ट और दुर्लभ-सा निमन्त्रण था, लेकिन मैं सिर्फ नाक से ही स्वाद चख सकता था।

चाचाजी उधर एक टिनशेड में किसी सहायक मिस्त्री के साथ लकड़ी पर रन्दा चला रहे थे। उन्होंने मुझे देख लिया था। अपना काम छोड़कर बुलाया, ''रे रामबिलास।....''

मांस-मछली की गन्ध से अभिभूत मैं याद करने लगा कि कितने हफ्ते पहले मैंने मांस खाया था।

चाचाजी के पास गया तो देखा, उनके सामने जमीन पर पंजों के बल बैठा मेरे गाँव का लक्खन गड़रिया खैनी लटा रहा है। सामने जहाँ तिरपाल शेड का खूँटा गड़ा था वहाँ लकड़ी की पीढ़िया पर रखे भेड़ का कटा सिर को देख मैं अचानक डर-सा गया। पीढ़िए पर कत्थई रंग का खून का धब्बा था। भेड़ का कटा सिर कुछ इस तरह रखा हुआ था कि मुझे उसमें आदमी के कटे हुए सिर का अनुबिम्ब दिख गया। उधर बड़े-से-कड़ाह में मांस भूना जा रहा था। मुझे चुप देख चाचाजी ने पूछा, ''क्या हुआ! चुप काहे हो!'' ''कुछ नहीं चाचा जी!''

चाचाजी बोले, ''लक्खन लाया था भेड़ा।'' मैंने लक्खन का चेहरा देखा, फिर भेड़े के कटे हुए सिर को देखने लगा। गजब की समानता दिख रही थी मुझे लक्खन गड़रिया के सिर और भेड़े के सिर में। हालाँकि ऐसा होना नहीं चाहिए था। कहाँ आदमी का सिर, कहाँ भेड़े का सिर! मैं अपने मन को समझाने की कोशिश कर रहा था। लेकिन बार-बार भेड़े का कटा सिर और लक्खन गड़रिया का चेहरा मेरी आँखों के सामने आ रहे थे। चाचाजी लक्खन गड़रिया की तरफ देखते हुए बोले, ''लक्खन है यह चीन्ह रहे हो न! भेड़े का दाम माँगना चाहता है काली पांडे से। हिम्मत नहीं हो रही है माँगने की। कल से यहीं पड़ा है। मुझे मालूम होता कि अपने गाँव से लक्खन आने वाला है तो तुमको नहीं बुलाता।''

मैंने भेड़े के कटे हुए सिर की तरफ से आँखें हटाते हुए कहा, ''पीताम्बर आया है। लँगड़ू...। कल जुलूस आया था अपने गाँव से।''

''अच्छा! वो गंगा झील की जमीन वाला मामला।....''

''हाँ, वही।''

चाचा जी थोड़ी देर के लिए मुख्य भवन की तरफ गये। लौटे तो उनके हाथ में सौ-सौ के पन्द्रह नोट थे। मुझे देते हुए बोले, ''दे देना लँगड़ू को। कहना तुम्हारी चाची के हाथ में देगा।'' मेरी आँखें भेड़े के कटे हुए सिर पर टिकी थी। भुने जा रहे मांस की गन्ध से अब मुझे उबकाई आने लगी थी। लगा, कै हो जाएगी।

अजीब बेचैनी थी मेरे भीतर जैसा कै होने के पहले होती है। मैं बाहर आ गया। पंडाल की सजावट वाले दायरे को जल्दी से पार करना चाहता था। मेरा खटारा स्कूटर हाउस गार्ड के तम्बू के पास था। स्कूटर स्टार्ट कर रोड पर आया। तीसरे पहर की तीखी धूप थी। धूप और गर्मी लेकिन मुझे न धूप की फिक्र थी, न गर्मी की।

हड़ताली मोड़ के पास पहुँचा तो देखा, ट्रैफिक जाम। फिर कोई जुलूस गुजर रहा था सामने से। जुलूस में शामिल गाँव के काले-कलूटे-अधनंगे लोग और वैसी-ही मैली-कुचैली औरतें। हाथों में तख्तियाँ और बैनर। मैं जुलूस का मुद्दा जानना चाहता था। एक बैनर पढ़ने की कोशिश की। लिखा था—महर्षि (मुसहर) चेतना महासंघ। मुझे हँसी आयी। नेता टाइप एक काला-कलूटा नाटा-सा युवक जिसका सफेद कुर्ता घुटनों से काफी नीचे तक झूल रहा था, गला फाड़ कर नारे लगा रहा था।

अपने भीतर के मध्यग पुरुष से बातचीत करता मैं यह सोचकर हँसने लगा कि इसी जुलूस में कहीं कोई जे.जे.पॉल भी होगा।

# माहुर पानी

इधर कुछ दिनों से प्रमोद बाबू को दुःस्वप्न और वास्तविकता में कोई फर्क महसूस नहीं होता। दोनों एक-दूसरे के प्रतिरूप लगते हैं। कभी-कभी तो दोनों इस तरह गड्डमड्ड हो जाते हैं कि पता ही नहीं चलता कि यह दुःस्वप्न है या वास्तविकता! पहले ऐसा नहीं होता था। अव्वल तो ऐसे दुःस्वप्न आते ही नहीं थे। आते थे सुन्दर-मनोरम सपने जिनमें अतीत का अपना गाँव होता था और जब गाँव दिखता था तो दिख जाती थी गाँव की मौसमी कोका नदी! प्रमोद बाबू अपने इसी गाँव में सेवानिवृत्ति के बाद की जिन्दगी को उसके उपसंहार तक पहुँचाना चाहते थे। शान्त-अनुद्विग्न सुकून भरी जिन्दगी का उपसंहार! और तब उनके भीतर अतिरिक्त उत्साह भर आता था। गाँव की विलुप्त मौसमी नदी आँखों में उमड़ आती थी। उस नदी में सिर्फ बरसात के महीनों में ही पानी आता था। बाकी महीनों में पतली-सी उजली धारा बहती रहती थी। आश्विन-कार्तिक महीनों में कोका (कुमुदनी) के फूलों से भर जाती थी मन्द-मन्थर धारा वाली कोका नदी। दूर-दूर तक कोका के उजले फूल। बीच-बीच में कहीं-कहीं लाल कमल। गाँव के बच्चे नदी के स्थिर-से पानी में कँवलगट्टा खोजते थे। बनारसी सरसों जैसे कँवलगट्टे के दानों का स्वाद प्रमोद बाबू अभी तक भूले नहीं हैं।

नदी सूख गयी। अब नदी का छाड़न है और उसी बलुआही छाड़न में अपने आप एक तालाब-सा बन गया है। लोग इसे छाड़न तालाब कहते हैं। यहाँ नदी कुछ ज्यादा गहरी थी। थोड़ी सी दूरी पर भूतहा इमली का पेड़ था। इस पेड़ के विषय में गाँव में तरह-तरह की कहानियाँ हैं।

छाड़न के बाकी हिस्सों में अब रेत-ही-रेत है। वैशाख-जेठ की तेज पछिया हवा में नदी की रेत उड़-उड़कर दोनों किनारों के टोलों तक पहुँचती है। घर-आँगन दरवाजे चौपाल सब रेत से भर जाते हैं। आँखों में गड़ती है रेत। प्रमोद बाबू को लगता है रेत नहीं, नदी गड़ती है आँखों में! कोका नदी!...

आधी रात के इस निविड़ एकान्त में अपने नये मकान की छत पर बैठे प्रमोद बाबू यही सब सोच रहे हैं—अनाप-शनाप। इधर कुछ महीनों से जो कुछ घटित हो

रहा है उससे उनके विभ्रम का स्याह दायरा इतना फैल गया है कि पता नहीं चलता, वास्तविकता क्या है! या कि जो कुछ घट रहा है वह एक दु:स्वप्न है!

पूरा गाँव इस वक्त सोया हुआ है। रोशनी की बूँद तक नहीं है कहीं। वैसे कहने को गाँव में बिजली है, लेकिन बिजली कभी-कभार ही आती है।

जहाँ इमली का भूतहा पेड़ था, उसके पास के जंगल से तरह-तरह की आवाजें आ रही हैं। लोमड़ी की आवाज, उल्लुओं और बादुर पक्षी की आवाज। इन्हीं आवाजों के बीच प्रमोद बाबू को आज फिर झन-झन की आवाज सुनाई पड़ी—पायल की आवाज हो जैसे। बहुत दिनों से नदी किनारे के लोग यह आवाज सुन रहे हैं। कहते हैं कि यह आवाज बभनटोली की लड़की ललिता की पायल की आवाज है। इमली के पेड़ में फाँसी लगाकर मरी थी ललिता। यादव टोले के एक लड़के से उसका प्रेम था। लड़के को बभनटोली वालों ने जहर खिलाकर मार दिया था और लाश को इसी पेड़ के पास फेंक आये थे। कुछ हफ्तों बाद इसी पेड़ से लटकी हुई ललिता की लाश मिली थी। बहुत पहले की बात है। तब प्रमोद बाबू आठ-दस साल के थे। तब कोका नदी बहती थी और इमली के पेड़ पर गाँव के बच्चे दोल-पत्ता खेलते थे।

लेकिन ललिता की लाश जब इमली के पेड़ से लटकती हुई दिखी थी, तभी से यह पेड़ भूतहा पेड़ हो गया था और गाँव के बच्चों ने उधर जाना छोड़ दिया था। बाद में तरह-तरह की बातें उड़ने लगीं। कहा जाने लगा कि मलाहटोली की बुधिया डायन रात में इस पेड़ पर चढ़कर पूरे इलाके का चक्कर लगाती है।

प्रमोद बाबू उन दिनों की याद करते हैं तो हँसी आती है खुद पर। पेड़ पर चढ़कर आकाश में भ्रमण करनेवाली मलाहटोली की बुधिया डायन रहस्य-लोक की कथा वाली बुढ़िया लगती थी। गाँव में कई लोग थे जो कहते थे कि रात में सायँ-साँय की जो आवाज कभी-कभी सुनी जाती है वह आवाज हाँके गये पेड़ की होती है। और वर्षों बाद, इमली के पेड़ के गिर जाने के बाद भी यह जो झन-झन की आवाज रात के सन्नाटे में कभी-कभी सुनाई पड़ती है वह आवाज उसी ललिता के पैरों की पायल की आवाज है। प्रेतनी बनी ललिता रात में इधर-उधर बेचैन-सी दौड़ती रहती है जंगल में।

प्रमोद बाबू रात के इस सन्नाटे में अपने नये बने मकान की छत पर बैठे यही सब सोच रहे हैं—अलाय-बलाय! सच्ची-झूठी घटनाएँ....लोकप्रवाद.....स्वप्न-दु:स्वप्न और आज के समय की वास्तविकता।

सोचते हैं कि यही गाँव है। इसी गाँव में बभनटोली की लड़की से केवट टोले का डिप्टी कलेक्टर अशोक मंडल कोर्ट में शादी कर लेता है और बभनटोली में कोई चूँ तक नहीं करता। चमरटोली का एक लड़का डीएसपी हो गया है। अपने बबुआन टोले के बाबू साहब उसके दुआर पर पैरवी-पट्टा के लिए घंटों बैठे रहते हैं।

कितना बदल गया समय!

मकान की छत पर प्रमोद बाबू को कभी-कभी नीचे के कमरे में बैठे पहरेदार की बनावटी खाँसी की आवाज सुनाई पड़ती है। परशुराम सेना का यह रात्रि-प्रहरी सोते-जागते रात भर पहरा देता है। ग्रिल के अन्दर खाट पर देसी पिस्तौल लिए बैठा अपने ही गाँव की युवा-पीढ़ी का यह प्रतिनिधि बेकारी झेल रहा है। परशुराम सेना वालों ने पहरेदारी के काम पर लगा दिया है। दो हजार रुपये मासिक और रात का खाना!

दो-सवा दो साल पहले जब गाँव का यह मकान बनकर तैयार हुआ था, तब बरामदा खुला रखा गया था। गाँव में ग्रिल से घेराबन्दी करने की क्या जरूरत! यह कोई शहर तो है नहीं! लेकिन बाद में परिस्थितियाँ ऐसी बनीं कि बरामदे को भी मजबूत ग्रिल से घेरना पड़ा और इधर हाल ही में बरामदे और कमरों के बीच की जगह में भी ग्रिल से घेराबन्दी करानी पड़ी। प्रमोद बाबू ने स्वयं को आश्वस्त किया कि अब वे सुरक्षित हैं।

घर! मकान यानी एक जेल!

मतलब अपने घर में नहीं, अपनी बनाई जेल में रह रहे हैं। और अब तो स्थिति यहाँ तक आ गयी है कि रात में सशस्त्र पहरेदार भी रखना पड़ा है— अपनी आवश्यकता से नहीं, जबरन। परशुराम सेना के लोग आ गये असुरक्षा का भय लेकर। लाल सेना वालों की धमकियों से आखिर कैसे निपटा जाता!

लालसेना—जैसे किसी क्रान्तिकारी संगठन से जुड़े चार-पाँच लड़के आ धमके थे एक रात! थे तो सब इसी गाँव के, लेकिन प्रमोद बाबू किसी को पहचानते नहीं थे। लड़के अपनी पार्टी के लिए चन्दा माँग रहे थे, "आपको सर, पच्चीस हजार रुपये देने हैं।" "पच्चीस हजार? लेकिन मैं कहाँ से दूँगा इतने रुपये?"

"जहाँ से दें! रिटायरमेंट के बाद आपको लाखों रुपये मिले हैं। पाँच-सात लाख में आपने मकान बनवाया है। पेंशन मिलती है आपको। क्यों नहीं दे सकते आप पच्चीस हजार? आपको गाँव में रहना है या.... ?"

प्रमोद बाबू की समझ में कुछ नहीं आ रहा था कि क्या जवाब दें। लड़के चेतावनी देकर चले गये थे, "सोच लीजिए सर!"

इस 'सोच लीजिए सर' में भयावह उद्दंडता थी। साफ-साफ चेतावनी थी यह जिसे प्रमोद बाबू से ज्यादा बगल के कमरे में बैठी प्रमोद बाबू की पत्नी ने महसूस किया।

उसी रात प्रमोद बाबू बगल के अपने पुराने डीह पर गये थे और चचेरे भाई श्याम बाबू से इस घटना का जिक्र किया था। श्याम बाबू बोले थे कि गाँव में जो धनी-मानी लोग हैं, खासतौर से जो लोग नौकरी से रिटायर होकर आये हैं, वे सब

चन्दा देते हैं लालसेना को। सबसे ज्यादा चन्दा देते हैं डॉक्टर सी. एम. झा। न दें तो जान से हाथ धोएँ। कौने मोल ले आफत!

श्याम बाबू का ही करिश्मा था कि दूसरे दिन शाम में परशुराम सेना के लड़के आ गये। आखिर लालसेना का मुकाबला तो सवर्ण टोलों के लोग ही करेंगे। फिर परशुराम सेना तो अपने लोगों की सुरक्षा के लिए बनाई गयी है। यह सेना न होती तो सोलकन और दलित टोले के लोग अब तक कितने सवर्णों को छह इंच छोटा कर चुके होते!

अपने को परशुराम सेना का एरिया कमांडर कहने वाले सुनील पांडे ने कहा था, ''आपको डरने की जरूरत नहीं है सर। हम देख लेंगे लालसेना वालों को। सब साले दुसाधटोली, चमरटोली और मलाहटोली के हैं। खूनी, क्रिमिनल, डकैत सब आ गये हैं लालसेना में!..'' परशुराम सेना का एक लड़का बीच में बोल पड़ा था, ''अपनी रक्षा के लिए आप पिस्तौल रख लीजिए, सर! हम देते हैं पिस्तौल। वैसे बगल के गाँव मिरदौल की कमरसार में भी बनती हैं देसी बन्दूक और पिस्तौल। अपना वाला गया का है।''

प्रमोद बाबू को घबड़ाहट हो रही थी। जीवन में कभी ऐसे हथियारों की जरूरत उनको नहीं रही। कभी नहीं। कॉलेज में पढ़ाने वाले शिक्षक को भला क्या जरूरत बन्दूक पिस्तौल की! पिस्तौल रखने से उन्होंने इंकार कर दिया था। एरिया कमांडर सुनील पांडे ने विनयपूर्वक कहा था, ''आप हमारे आदमी हैं। हमारी जात के गौरव हैं। आप-जैसा विद्वान इलाके में तो क्या, पूरे जिले में नहीं है। आप पर किसी ने उँगली भी उठाई तो हम उसका हाथ काट लेंगे। लेकिन दिन-समय अच्छा नहीं है सर.....।''

प्रमोद बाबू बल्ब की मद्धिम पीली रोशनी में सुनील पांडे का चेहरा देखने लगे थे। उनकी आँखों में भय और संशय को पढ़ते हुए सुनील पांडे ने प्रमोद बाबू के सामने सुरक्षा का एक विकल्प रख दिया था, ''तब ऐसा कीजिए सर, हम लोगों में से कोई एक आपके यहाँ रात भर पहरा देगा। एक अपना आदमी मिल जाएगा आपको। आप अपनी मर्जी से रात का खाना और दो-तीन हजार रुपये दे दीजिएगा। आप विद्वान आदमी हैं सर। आपकी रक्षा करना हमारा कर्तव्य है।''

और तभी से, यानि पिछले चार-पाँच महीने से यह रात्रि-प्रहरी बन्दूक लेकर ग्रिल की भीतर वाली जगह में खाट पर कभी बैठकर, कभी लेटकर और कभी जागते हुए सोकर, घर की रखवाली कर रहा है। यह अहसास कराने के लिए कि वह जाग रहा है, कभी-कभी नकली खाँसी की आवाज निकालता रहता है।

लगभग पौने चार साल हो गये प्रमोद बाबू को गाँव आये। सेवानिवृत्ति के बाद मिले रुपए से सिर्फ डेढ़ साल में ही उन्होंने मकान बनवा लिया। इस रूप में उनके जीवन का एक सपना पूरा हो गया। बारह-तेरह एकड़ उपजाऊ जमीन कम नहीं होती

एक बहुत छोटे-से परिवार के लिए। अब तक भाई-भतीजों के कब्जे में रही जमीन। वे ही लोग जमीन की उपज खाते रहे। गाँव लौटकर प्रमोद बाबू ने अपनी जमीन को व्यवस्थित किया। आधी जमीन बटाई पर लगी थी। बाद बाकी जमीन उन्होंने गाँव के यादव टोले के दो लोगों को कूत (लीज) पर दे दी। जमीन से इतनी आय उनके लिए काफी थी। दोनों बेटे बाहर नौकरी पर हैं। वे लौटकर गाँव तो आएँगे नहीं। बड़ा बेटा हैदराबाद में कम्प्यूटर इंजीनियर है, दूसरा जयपुर में बैंक की नौकरी में है।

रिटायर होकर गाँव लौटने पर वे अपनी योजनाओं को कार्यरूप देने में लग गये थे। भूतहा इमली वाले मैदान में उन्होंने, लगभग एकान्त में अपना मकान खड़ा किया। मकान की उनकी परिकल्पना में एक पुस्तकालय भी था जो गाँव के लोगों के लिए था। उन्होंने सोच रखा था कि गाँव के बच्चों को बुलाकर अपने घर पर पढ़ाएँगे। उनकी योजना में छाड़न तालाब का पुनरुद्धार प्रमुखता से शामिल था। ऐसा उनके अतीत के प्रति सम्मोहन के कारण था। वे नदी को तो लौटा नहीं सकते थे, लेकिन नदी की स्मृति को जिन्दा कर सकते थे। उन्होंने सोच रखा था कि छाड़न तालाब को उड़ाह कर उसे नयी शक्ल देंगे। तालाब में रहेंगी मछलियाँ और मोहारों पर केले, अमरूद और पपीते लगाए जाएँगे। अपनी योजना की बावत उन्होंने बी. डी. ओ. जिला कृषि पदाधिकारी और मत्स्य पालन विभाग से बातचीत कर रखी थी। सोचा था, तालाब में कुमुदनी और कमल के फूल खिलाएँगे।

ऐसी ही सुखद कल्पनाएँ लेकर प्रमोद बाबू पूरे उत्साह से गाँव लौटे थे। तीस-बत्तीस वर्ष शहर के कॉलेज में पढ़ाते हुए उनके मन में शहर में बस जाने की बात कभी नहीं आयी। उनके कई साथियों ने सलाह दी थी—गाँव लौटना मूर्खतापूर्ण निर्णय है प्रमोद बाबू! आप वहाँ रह नहीं सकेंगे। सड़ चुका है गाँव। गन्हा रहा है। भले आदमी का जीना मुश्किल हो गया है गाँव में। लेकिन प्रमोद बाबू को लगता था कि जिस गाँव के विषय में उनको बताया जा रहा है, वह गाँव उनका नहीं है। कोई और गाँव होगा ऐसा!

प्रमोद बाबू अपने पुराने डीह से हटकर उधर इमली मैदान में मकान की नींव रख रहे थे। उसी दिन बड़े भतीजे अविनाश ने हँसते-हँसते कहा था, "आप शहर छोड़कर गाँव क्यों लौट आये चाचा जी! यहाँ क्या रखा है! गाँव से लोग शहर जा रहे हैं और आप हैं कि...." प्रमोद बाबू को भतीजे की बात में वह छिपा हुआ स्वार्थ दिख गया था जिसके तहत अपने चाचा की जमीन-जायदाद को हड़पने का षड्यन्त्र शामिल था! उन्होंने फीकी हँसी हँसते हुए अविनाश को जवाब दिया था, "उम्र के आखिरी पड़ाव पर आ रहा हूँ, अविनाश। सोचा कि आखिरी दिन तुम लोगों के साथ गुजरे। शहर में कौन किसका है!" चाचा की बात पर अविनाश मुस्कराने

लगा था।

मकान डेढ़ साल में ही बनकर तैयार हो गया था। आते-जाते लोगों को वे बड़ा-सा हॉल दिखाते जो प्रस्तावित पुस्तकालय था। उस हॉल के लिए अब अलमारियों की व्यवस्था करनी थी। वे अपनी योजनाओं पर सोचते रहते। रात का उनका ज्यादा वक्त मकान की छत पर बैठे हुए गुजरता था। प्रायः दिन में भी, जब धूप-छाँही समय रहता, वे छत पर जाकर बैठ जाते। वहाँ से छाड़न तालाब के किनारे का छोटा-सा जंगल दिख जाता था।

छड़ाव तालाब से जुड़ी हुई योजना पर अब वे काम करना चाह रहे थे। सरकारी महकमे में उनकी हैसियत को महत्त्व दिया जाता है, इस बात का उनको फख्र था। तालाब का पानी अब पशुओं के पीने लायक भी नहीं रहा। दुर्गन्ध उठती है सड़े हुए पानी से। काला-सा गन्दा पानी। मरे हुए पशुओं को उसी तालाब के पास फेंका जाता है। वे कई बार तालाब के पास गये हैं। जंगल के कारण और किनारे-किनारे की पटेर की झाड़ियों के कारण भयानक-सा लगता है छाड़न तालाब! नहीं, वे इसका उद्धार करेंगे। लोग आएँगे यहाँ। देखने आएँगे कि कितनी मनोरम जगह है यह!

मकान तैयार होने के बाद प्रमोद बाबू अपनी बाकी बची जिन्दगी के सुकून भरे सपने देख ही रहे थे कि एक भयानक समस्या में वे बुरी तरह उलझ गये। उलझन स्वयं उन्हीं के द्वारा आमन्त्रित थी, वरना गाँव में और भी तो लोग थे। यह सवाल तो पूरे गाँव के लिए था!

लेकिल कमली के बलात्कार के मामले से गाँव के लोगों को क्या लेना-देना! कमली तो प्रमोद बाबू के घर की नौकरानी है। चौदह-पन्द्रह साल की मासूम-सी लड़की। अत्यन्त गरीब परिवार की खवास टोली में उसका छोटा-सा घर। माँ गाँव में मालिकों के यहाँ कुटौनी-पिसौनी करती है। बाप अगमलाल पंजाब कमाने गया है।

कमली के सुनसान घर में घुसकर बालो यादव ने उसके साथ बलात्कार किया। उस समय न घर में उसकी माँ थी, न छोटा भाई। रोती-कलपती और खून से लथपथ साड़ी में बदहवास भागती कमली प्रमोद बाबू के घर आयी थी। बलात्कार करने वाले का नाम बता रही थी। प्रमोद बाबू उसी वक्त घर से निकले। पहले अपने चचेरे भाइयों और भतीजों को बताया, फिर गाँव के चौक पर सी. एम. झा डॉक्टर के पास गये। सबसे उन्होंने इस घटना का जिक्र किया, लेकिन एक भी व्यक्ति इस मामले को लेकर सामने नहीं आना चाहता था।

अपने बबुआन टोले के लोग ओर चचेरे भाई-भतीजों ने यही जवाब दिया कि जाने खवास टोली के लोग। कौन अदावत मोल ले बालो यादव से। कुख्यात अपराधी

है। न जाने कितने मर्डर कर चुका है। अभी हाल ही में जमानत पर जेल से बाहर आया है। विधायक दयाकान्त यादव का अपना आदमी है।

देर रात तक कमली के पक्ष में जमानत बटोरने में असफल होकर प्रमोद बाबू घर लौट आये थे। डॉ. सी. एम. झा की बात से तो प्रमोद बाबू तिलमिला गये थे, ''बलात्कार हो ही गया प्रोफेसर साहब, तो कौन-सी चौंकाने वाली बात हो गयी। आप क्या नहीं जानते कि खवास टोली हमेशा से बाबू-बबुआनों और यादव टोले के दबंगों का 'चरागाह' रही है?'' यह बात बभनटोली के डॉ. सी. एम. झा कह रहे थे। जो सरकारी सेवा से रिटायर होकर अपने गाँव के चौक पर अच्छा-सा क्लिनिक खोले हुए हैं। चचेरे भाई श्यामबाबू की टिप्पणी किसी तमाशा देखने वाले की टिप्पणी थी, ''रे प्रमोद, मत पड़ो इस झंझट में! देखते रहो, बस। हम लोग यही करते हैं। लोग देख लें कि अत्याचारी कौन है। पहले तो लोग कहते थे कि सामन्ती जात के लोग अत्याचार करते हैं—यानी हम लोग। हमीं लोग खवास टोली और मुसहर टोली को फोकट का वेश्यालय बनाए हुए हैं। अब तो हम कहीं नहीं हैं शासन-सत्ता में। राजपाट सोलकन लोगों के पास है। दुनिया देखे कि कौन कर रहा है अत्याचार।'' श्यामबाबू के भीतर वर्षों से जमा प्रतिशोध खुलकर सामने आ रहा था।

लेकिन प्रमोद बाबू की चेतना तिलमिला रही थी। कमली उनके घर की नौकरानी है, कमसिन लड़की है। उसका बाप बड़े विश्वास से कमली को उन पर छोड़कर परदेस गया है। पंजाब जाते समय उसने रुआँसा होकर कहा था, ''अपनी ही बेटी समझिएगा मालिक। आप ही को सौंप कर जा रहा हूँ।''

खून से दागदार साड़ी में लिपटी कमली को लेकर प्रमोद बाबू ढाई-तीन किलोमीटर दूर थाने पहुँचे थे। साथ में थी कमली की माँ और कमली का छोटा भाई। दरोगा रामप्रकाश पासवान ने एफ. आई. आर. दर्ज करने से इंकार कर दिया था। प्रमोद बाबू को एकान्त में ले जाकर दारोगा ने विनम्रता से समझाया था, ''आप विद्वान आदमी हैं सर। हम लोग आपकी बहुत इज्जत करते हैं। किस लफड़े में पड़ रहे हैं आप! अरे, यह सब तो होता ही रहता है। अभी परसों ही बी. डी. ओ. साहब आपकी विद्वत्ता की तारीफ कर रहे थे। कह रहे थे कि अर्थशास्त्र पर आपकी कोई किताब उन्होंने प्रतियोगिता-परीक्षा के दिनों में पढ़ी थी। आप विद्वान आदमी हैं सर! काहे पड़ते हैं इस झंझट में!'' दारोगा 'सर-सर' कहता रहा, लेकिन एफ.आई.आर. दर्ज नहीं किया।

दोपहर बाद कमली, उसकी माँ और उसके भाई को लेकर प्रमोद बाबू जब घर लौटे तो भतीजे अविनाश ने कहा, ''थाने गये थे न चाचाजी? दारोगा ने केस नहीं लिया होगा।''

''हाँ, नहीं लिया।''

''आपको पता नहीं है न चाचा जी! यह पासवान दरोगा ढाई-तीन साल से सस्पेंडेड था। अपने क्षेत्र के विधायक दयाकान्त यादव ने पैरवी के जोर से इसका सस्पेन्शन रद्द कराया और अपने गाँव के थाने में ले आया है। दरोगा विधायक के खास आदमी के खिलाफ एफ.आई.आर. दर्ज करेगा चाचा जी? वह भी रेप केस!''

प्रमोद बाबू अविनाश का चेहरा देखने लगे थे। पच्चीस-छब्बीस साल का यह लड़का कैसी अनुभव सिद्ध बातें कर रहा है! भुनभुनाकर कुछ बोलता हुआ अविनाश चला गया, लेकिन प्रमोद बाबू चिन्ता में डूबे अपने मकान की छत पर उतरती रात तक बैठे रहे।

सुबह कस्बे के लिए निकलते समय उनके मन में दृढ़ आशा थी कि डी एस पी सुरेन्द्र मंडल इस मामले में अपनी कारगर भूमिका निभाएगा। टी. एन. बी. कॉलेज में उनका विद्यार्थी रह चुका है सुरेन्द्र। पाँच-छह साल पहले प्रतियोगिता परीक्षा से डी एस पी बना है। वह जरूर मदद करेगा। उसी की जात की है कमली। दारोगा ने एफ. आई.आर. दर्ज नहीं किया, यह बात वे डी एस पी को बताएँगे।

डी एस पी कार्यालय में पता चला कि साहब चैम्बर में ही हैं। उन्होंने अपने नाम की पर्ची ड्यूटी पर तैनात सिपाही को दी और बरामदे पर लगी बेंच पर बैठ गये। दो मिनट में ही सुरेन्द्र झपटता हुआ बाहर निकला और अपने गुरु के पैरों पर झुक गया। पूरे सम्मान से उनको अपने कमरे में ले आया। सुरेन्द्र के चेहरे पर प्रसन्नता की दीप्ति आयी थी। गाड़ी में बिठाकर वह प्रमोद बाबू को अपने क्वार्टर में ले गया। खाना खाने के बाद सोफे पर बैठते हुए प्रमोद बाबू अपने यहाँ आने का मकसद बताने लगे। कमली के साथ हुए बलात्कार का पूरा मामला उन्होंने डी एस पी सुरेन्द्र को समझाया। बलात्कारी का नाम भी कहा—बालो यादव। बालो यादव का नाम सुनते ही डी एस पी सुरेन्द्र मंडल का चेहरा निष्प्रभ-सा हो गया। प्रमोद बाबू ने गौर से देखा सुरेन्द्र को, तेज धूप की चमक के बीच जैसे काले बादलों ने अचानक आसमान को ढक लिया हो। पता नहीं क्या बात हुई कि सुरेन्द्र गमगीन-सा हो गया। बोला, ''अच्छा होगा सर, किसी वकील के माध्यम से सी जे एम के कोर्ट में इस मामले को लाया जाए। मैं मदद करूँगा।''

प्रमोद बाबू के भीतर जो अध्यापक बैठा हुआ था, उसकी आवाज थी, ''क्यों, तुम दरोगा से नहीं पूछ सकते कि उसने यह केस क्यों नहीं लिया?''

सुरेन्द्र जवाब देने में लड़खड़ाने लगा था, ''ऐसा है सर.....दरोगा पासवान विधायक का आदमी है और यह मामला घुमा-फिरा कर विधायक का ही मामला बनता है। बालो यादव चार्ज शीटर है। अभी हाल ही में जमानत पर जेल से बाहर

आया है।''

प्रमोद बाबू ने देख लिया था कि उनका यह विद्यार्थी बगलें झाँक रहा है। साँप के बिल में हाथ देने से डर रहा है।

सबडिविजनल हेडक्वार्टर से घर लौटने के लिए वे जब बस-अड्डे पर पहुँचे तब दिन का तीसरा पहर था। वैसे गाँव के रेलवे स्टेशन तक रेलगाड़ी भी जाती है, लेकिन गाड़ी का समय छह बजे शाम है—छह बजकर कुछ मिनट पर। प्रमोद बाबू की चेतना में उद्वेग की पछाड़ खाती लहरें उठ रही थीं। किया क्या जाय आखिर! सोचा कि कल कमली और उसकी माँ को लेकर किसी अच्छे वकील से मिलेंगे और सी. जे. एम. के कोर्ट में केस करेंगे—यह दर्शाते हुए कि थाने के दरोगा ने एफ.आई. आर. से इंकार किया।

गाँव के बस-अड्डे पर आते-आते शाम हो गयी थी। अपने घर के लिए बस-अड्डे से रिक्शा भी ले सकते थे, लेकिन उन्होंने सोचा कि पैदल ही चला जाय।

थोड़ी दूर आगे कोका नदी के पुराने कठपुल्ला पर पहुँचे ही थे कि तीन-चार लोगों ने उनको रोका, ''जरा ठहरिए सर।'' उन्होंने मुड़कर देखा। सबने प्रणाम किया। वे किसी को पहचानते नहीं थे। थे तो सब गाँव के ही, लेकिन सिर्फ पौने चार साल में तीन पंचायतों वाले इस गाँव के सभी टोले के लोगों से पहचान कैसे बन सकती थी! वे चारों पच्चीस से पैंतीस-चालीस वर्ष की उम्र के दायरे में थे। एक ने पूछा, ''आप फारबिसगंज गये थे, सर? क्या हुआ? डी एस पी ने क्या कहा?'' प्रमोद बाबू पलक झपकते ही मन्तव्य जान गये। उन्होंने जवाब नहीं दिया और आगे बढ़ने लगे। फिर रोका गया उनको, ''आप अभी रुकिए सर!''

प्रमोद बाबू पहचानना चाहते थे, ये कौन लोग हैं, लेकिन शाम हो गयी थी और अँधेरा कुछ घना हो गया था जिसमें सिर्फ आकृति देखी जा सकती थी, चेहरे की पहचान मुश्किल थी।

एक व्यक्ति जिसकी आवाज फटे बाँस को पटकने-जैसी थी, थोड़ी अशिष्टता से बोला, ''आप किस पचड़े में पड़ रहे हैं सर! विद्वान आदमी हैं आप। आपको गाँव की पॉलिटिक्स में नहीं पड़ना चाहिए। बड़ी गन्दी चीज है यह।''

उनमें से किसी दूसरे ने कहा, ''आप बालो यादव को नहीं जानते हैं सर। बड़ा खतरनाक आदमी है। उसने कितनी हत्याएँ और कितने बलात्कार किये हैं, इसकी गिनती उसके पास भी नहीं है। आप इज्जतदार आदमी हैं। आपको इसमें नहीं पड़ना चाहिए।'' यह अप्रत्यक्ष रूप से दी जानेवाली धमकी थी। उन चार लोगों में जो एक पढ़ा-लिखा दिखता था, उद्दंड विनम्रता के लहजे में बोला, ''आप भले आदमी हैं सर, विद्वान आदमी हैं। आपके पढ़ाए हुए कितने ही विद्यार्थी

हैं इलाके में। फारबिसगंज का डी एस पी विधायक जी से कह रहा था कि आप उसके गुरु रह चुके हैं।''

इस व्याजस्तुति का अभिप्रेत समझ रहे थे प्रमोद बाबू! वे चुपचाप सुनते रहे। आगे बढ़ने लगे तो उन चारों में जो सबसे लम्बा अधेड़-सा व्यक्ति था और जिसका कुर्ता घुटनों से काफी नीचे तक लटक रहा था, उसने चेतावनी की भाषा में कहा, ''हम लोगों का काम था आपको चेताना। हम फिर कहते हैं सर कि आप जैसे विद्वान आदमी को गाँव की राजनीति में नहीं पड़ना चाहिए।''

प्रमोद बाबू पूछना चाहते थे—गाँव की दीन-हीन लड़की के साथ हुए बलात्कार के खिलाफ न्याय माँगना क्या राजनीति है? लेकिन उन्होंने चुप रहना ही बेहतर समझा। ये लोग पहले से योजनाबद्ध होकर और तय करके आये हैं कि उनको क्या कहना है।

वे चिन्तित-गम्भीर मुद्रा में घर लौटे। शाम गहरा गयी थी। आज भूलती-भटकती बिजली भी आ गयी थी। बल्ब की रोशनी में उनकी पत्नी, कमली की माँ और कमली बरामदे पर कुछ इस तरह निश्चल बैठी थीं कि प्रमोद बाबू को लगा वे माटी की मूर्तियाँ हैं।

सिर्फ प्रमोद बाबू का अपना बबुआन टोला ही नहीं, पूरा बभनटोली और कैथटोली के लोग बलात्कार वाली घटना से तटस्थ और निर्विकार थे। अपने गोतिया-दियाद से इस मामले को लेकर जो थोड़ी-बहुत बातचीत होती थी, उससे यह लगता था कि सवर्ण टोले के लोग खुश हैं कि मामला सोलकनों का है, वे क्यों पड़ें इसमें! अस्सी साल के नगीना पांडे ने तो हँसते हुए कहा था, ''अब आएगा मजा! बलात्कारी बालो यादव और लड़की खवास जात की।''

तीसरे दिन कमली और उसकी माँ को साथ लेकर प्रमोद बाबू जिला मुख्यालय गये। जिले के मशहूर वकील जी. एम. बनर्जी के माध्यम से सी. जे. एम. के कोर्ट में रेप केस दायर हुआ।

बलात्कारी बालो यादव गाँव में निश्चिन्त होकर घूम-टहल रहा था। गाँव के चौक पर डॉ. सी. एम. झा के क्लिनिक के सामने प्रमोद बाबू ने बालो यादव को देखा था। उस दिन प्रमोद बाबू को बहुत कुछ बदला-बदला नजर आया। सबसे बड़ी बात यह थी कि जो लोग उनको 'प्रणाम सर' कहकर आदर के साथ सामने खड़े होते थे, वे सब आँखे चुराने लगे थे। डॉ. सी. एम. झा अब तक उनको सम्मानपूर्वक क्लिनिक के अपने निजी कमरे में बिठाते थे। आज उन्होंने प्रमोद बाबू को बैठने का आग्रह नहीं किया। घर की तरफ लौटते हुए प्रमोद बाबू को ऐसा लग रहा था जैसे उन्होंने कोई अपराध किया है और लोग उनसे बचना चाह रहे हैं।

उदास और अपमानित से वे घर लौटे तो पत्नी की इस सूचना ने उनको चिन्ता

में डाल दिया कि तीन-चार लोग घर के आस-पास चक्कर लगाते रहते हैं। पता नहीं, कौन लोग हैं। उसी रात प्रखंड प्रमुख रामपदारथ राय उनसे मिलने आया। कुर्मी टोले का है रामपदारथ। टी. एन. बी. कॉलेज में उनका विद्यार्थी रह चुका है। असल में इस इलाके के लड़के प्रमोद बाबू के कारण प्रायः टी. एन. बी. कॉलेज जाना पसन्द करते थे। प्रमोद बाबू से कई तरह की मदद छात्रों को अनायास मिल जाया करती थी।

जीप से आया था रामपदारथ। आते ही उसने अपने गुरु के चरण-स्पर्श किये। इधर-उधर की बातों के बाद रामपदारथ अपने मकसद पर आ गया, "ऐसा है सर....आप बेकार इन्वाल्व हो रहे हैं रेप केस में! सुना है कि उस लड़की को आप अपने घर में रखे हुए हैं। गाँव को आप अभी नहीं जान पाये हैं सर। लोग क्या-से-क्या मतलब निकालने लगेंगे। अच्छा हो कि लड़की को आप उसके घर भेज दीजिए। और आपने तो बेकार ही रेप केस करवा दिया न! आप जानते हैं न कि केस से कुछ होगा-वोगा नहीं।"

रामपदारथ बार-बार यही कह रहा था, "आप विद्वान आदमी हैं सर! आपको गाँव की पॉलिटिक्स में नहीं पड़ना चाहिए। आप सर, मेरे गुरु हैं, इसलिए..."

"अच्छा, यह बताओ रामपदारथ कि क्या बलात्कार की शिकार किसी लड़की का पक्ष लेना पॉलिटिक्स है? यह काम तो तुम लोगों का था कि इस मामले को उठाते।"

"आप ठीक कह रहे हैं सर! यह काम हम लोगों का था। आपको इसमें नहीं पड़ना चाहिए। आप प्रतिष्ठित विद्वान हैं सर! आपको गाँव की गन्दी राजनीति से अलग रहना चाहिए।"

रामपदारथ अपने गुरु को गाँव का ज्ञान देकर तो चला गया, लेकिन अपनी वह छाया छोड़ गया जिसमें कठपुल्ला पर मिली उन चार छायाओं के साथ कुछ और भी छायाएँ थी—प्रेतों की तरह ये तमाम छायाएँ प्रमोद बाबू के इर्द-गिर्द घिर आयी थीं। उनको लग रहा था कि यह जो कुछ हो रहा है वह क्या सचमुच का कुछ होना है या कि विभ्रम है। दुःस्वप्न का प्रतिरूप यह क्या है।?

दूसरे दिन उन्होंने परशुराम सेना के अपने रात्रि-प्रहरी को बगल के कस्बे में भेजा। एक हफ्ते में ग्रिल से घिरे बरामदे में एक और ग्रिल लग गया।

अतिरिक्त रूप से सुरक्षित इस मकान में प्रमोद बाबू और उनकी पत्नी को कुछ ज्यादा सुकून मिलना चाहिए था, लेकिन हुआ इसके विपरीत। दोहरे ग्रिल के घेरे में, रात्रि-प्रहरी के बावजूद पति-पत्नी को आशंकाएँ घेरने लगीं और नींद कम आने लगी। अक्सर कच्ची नींद जब उचट जाती तो प्रमोद बाबू सोचने लगते कि उन्होंने अधकचरी नींद में अभी-अभी दुःस्वप्न के रूप में क्या देखा है! दुःस्वप्न जिसमें

गाँव का ही एक परिचित व्यक्ति हाथ में गड़ाँसा लिए उन पर वार कर रहा है...।

तभी से दु:स्वप्न और वास्तविकता एक-दूसरे में गड्डमड्ड होने लगे हैं और अब तो दोनों को अलग-अलग नाम या पहचान देना भी उनके लिए कठिन हो गया है।

अनिद्रा के कारण वे अक्सर रात में मकान की छत पर जाकर बैठ जाते। नीचे बरामदे पर परशुराम सेना का रात्रि-प्रहरी सोते-जागते पहरा देता रहता। वे प्राय: सोचते रहते कि इस सुरक्षा-दुर्ग की आखिर उनको जरूरत ही क्यों है! क्यों पड़े हुए हैं अपने गाँव में! यहाँ आये ही क्यों? निस्तब्ध रात्रि के अँधेरे में वे दक्षिण की तरफ देखते रहते जहाँ कुछ साल पहले तक भूतहा इमली का पेड़ था। उससे सटे छोटे-से जंगल में जब-तब विचित्र-विचित्र-सी आवाजें सुनाई पड़तीं। उन आवाजों में कभी-कभी वह झन-झन की आवाज भी शामिल हो जाती जिसके बारे में कहा जाता था कि यह प्रेतनी के पाँवों की पायल की आवाज है!

लेकिन प्रमोद बाबू को पता है कि वह आवाज शाही के काँटों की आवाज है—झन-झन-झन-झन!..... शाही का जोड़ा जंगल की किसी खोह में रहता है।

नीचे बरामदे की ग्रिल के अन्दर खाट पर लेटे रात्रि-प्रहरी की बनावटी खाँसी की आवाज आती है। प्रमोद बाबू घड़ी में समय देखते हैं—एक पचास। आहिस्ता-आहिस्ता वे सीढ़ियों से नीचे आते हैं। देखते हैं, पत्नी पलंग पर बैठी हैं सिर गड़ाए। दूसरे कमरे में कमली और उसकी माँ को रहने की जगह दी गयी है। कमली की माँ कई बार कह चुकी है, "हमको अपने घर जाने दीजिए, मालिक।" लेकिन प्रमोद बाबू ने रोके रखा है। जानते हैं, कमली की माँ बेटे-बेटी को लेकर अपने घर जाएगी तो कोई-न-कोई नया मामला खड़ा हो जाएगा।

दूसरे दिन पत्नी ने हृदय विदारक स्वर में पति से कहा, "बहुत निभा चुकी आपके गाँव से प्रेम को। अब बर्दाश्त नहीं होता। क्यों आप खुद घुट-घुटकर मर रहे हैं और मुझे मार रहे हैं! बेच दीजिए जमीन-जायदाद। मकान में किसी को रख दीजिए। हर पल खटका लगा रहता है कि जाने कौन आये और मार कर चला जाए।" पत्नी बोलकर जार-बेजार रोने लगी।

प्रमोद बाबू भीतर से हिल गये। लगा कि ठीक कहती है पत्नी। दरअसल उनके भीतर भी तो वही दहशत है। लेकिन कमली के मामले का क्या होगा। उसका मुकदमा तो उन्होंने अपने हाथ में लिया है। कमली की माँ के पास तो कुछ है नहीं। मजूरी करती है। कमली का बाप अगमलाल पंजाब कमाने गया है। कितना लाएगा कमा कर!

पत्नी से उन्होंने यह बात कही तो वे बोली, "आप भागलपुर में रहते हुए भी कमली का केस लड़ सकते है। इसके लिए गाँव में रहना तो जरूरी नहीं है!" प्रमोद

बाबू को बात जँच गयी और उन्होंने तय कर लिया कि जमीन वे बेच देंगे और भागलपुर में कोई अपार्टमेंट खरीदेंगे। इस मकान की रखवाली अगमलाल करेगा। पिछवाड़े की दस कट्ठे जमीन उपजाने-खाने के लिए अगमलाल को दे दी जाएगी।

मन ही मन उन्होंने पूरा मामला ही रफा-दफा कर दिया। उनको महसूस हुआ जैसे वे एकदम हल्के हो गये हैं। अपनी चिन्ताओं और परेशानियों को एक सिरे से खारिज करते किंचित प्रसन्न मुद्रा में वे सुबह-सुबह अपने पुश्तैनी मकान में पहुँचे जहाँ भाई-भतीजे रहते हैं। भतीजा अविनाश दरवाजे पर उनके लिए कुर्सी ले आया। कुर्सी पर बैठते हुए वे धीरे से मुस्कराये तो अविनाश उनका चेहरा देखने लगा। इधर कई महीनों से उसने अपने चाचा को उदास-उदास ही देखा है। अविनाश ने मुस्कारते हुए पूछा, "क्या चाचाजी, कोई खास बात!"

"हाँ, अविनाश, खास बात ही समझो। मैंने तय किया है कि अब नहीं रहूँगा यहाँ। जमीन बेचना चाहता हूँ। उसी पैसे से शहर में कोई अपार्टमेंट खरीद लूँगा। तुम्हारी चाची तो कहती हैं कि दोनों बेटों के यहाँ बारी-बारी से रहेंगी, लेकिन मैं सोचता हूँ कि बेटों की अपनी दुनिया है, हम उसमें खलल क्यों डालें।"

"तो जमीन बेचना चाहते हैं?"

"हाँ अविनाश, वाजिब कीमत मिल जाय तो बेच डालूँगा। बस पिछवाड़े की दस-बारह कट्ठे जमीन बचाकर रखूँगा ताकि लोग यह न कहें कि प्रमोद सिंह ने गाँव ही छोड़ दिया हमेशा-हमेशा के लिए!" अविनाश ने मन ही मन हिसाब लगाते हुए कहा, "ग्यारह-बारह एकड़ जमीन होगी!"

"हाँ, इसी के आस-पास! तुम तो सब जानते ही हो।"

"हाँ चाचा जी, आपकी एक-एक इंच जमीन का खाता-खेसरा सब मालूम है। चाय पीकर प्रमोद बाबू अपने घर लौटे तो उदास नहीं थे। मुस्कराते हुए पत्नी से बोले, "अविनाश को कह आया हूँ। अब पता करना है कि जमीन का रेट क्या है और खरीदार कौन हो सकता है?

दिन-भर चक्कर लगाने के बाद प्रमोद बाबू को कुछ सूत्रों से जानकारी मिल गयी कि बरमसिया उपज देने वाली जमीन का रेट इस इलाके के डेढ़ लाख से लेकर दो लाख प्रति एकड़ चल रहा है। यह भी पता चला कि उनकी पुरनचन बाँध वाली जमीन की 'आर' में पौने दो लाख रुपये प्रति एकड़ की दर से हाल ही में जमीन बिकी है। न सही पौने दो लाख, यदि डेढ़ लाख की दर से जमीन बिके तो कुल कीमत हुई बारह ड्योढ़े अठारह! अठारह लाख! अपार्टमेन्ट के लिए दस-बारह लाख और शेष राशि बैंक में रहेगी।

मन-ही-मन हिसाब जोड़कर प्रमोद बाबू ने अपने को तनावमुक्त मान लिया।

लेकिन यह सिर्फ मन को समझाने भर की बात थी। थोड़ी ही देर बाद भतीजा अविनाश आ गया। बरामदे की कुर्सी पर बैठते ही पूछा, ''जमीन के रेट का पता कर आये चाचा जी?'' प्रमोद बाबू ने मुस्कराते हुए कहा, ''हाँ अविनाश, कई लोगों से पूछ आया हूँ। डेढ़ से दो लाख का रेट चल रहा है।'' अविनाश थोड़ी देर चुप रहा। दरअसल कल से दियादी-पट्टीदारी में यहीं विचार-विमर्श चल रहा है कि प्रमोद सिंह की जमीन अपने कब्जे में ही रखनी है। मरते दम तक यह सम्भव नहीं है कि प्रमोद सिंह दर-दियाद को छोड़ किसी और को अपनी जमीन रजिस्ट्री करें। अपने पिता, चाचा, बड़े बाबा और सगे चचेरे भाइयों के संकल्प-निष्कर्ष का संवाहक बनकर प्रमोद बाबू से मिलने आया है अविनाश।

अविनाश की मुख-मुद्रा अचानक बदल गयी, ''ये बताइए चाचा जी, कि हम लोगों के 'अछैत' किसी की मजाल है जो आपकी जमीन खरीद ले? किसी में है हिम्मत?''

''तो तुम्हीं लोग ले लो। किसी और को कहाँ दे रहा हूँ। मैंने तो रेट की बात कही है।

''हाँ चाचा जी, अपने वंश की जायदाद अपने लोगों में ही रह जाय, इसका ख्याल रखिएगा। इसी में मान-मरजाद है, लेकिन हम लोग तो वह रेट दे नहीं सकेंगे जो आप सुनकर आए हैं। हरधर (औसतन) पचास हजार रुपए की दर से आपकी जमीन खरीदने की बात तय हुई है अपने परिवार में।''

प्रमोद बाबू को अपनी कुर्सी जमीन में धँसती हुई महसूस हुई। हतप्रभ से वे बोले, ''इतना फर्क! आखिर मुझे इसी पैसे से शहर में अपार्टमेंट खरीदना है। हम रहेंगे कहाँ? पूरी पूँजी तो यहाँ मकान बनाने में खर्च हो गयी। मैं कोई शौक से जमीन तो बेच नहीं रहा।''

''सो तो मैं भी जानता हूँ चाचा जी, मजबूरी में आप जमीन बेच रहे हैं। वैसे आप विचार कर लीजिए, मगर याद जरूर रखिए कि जमीन अपने परिवार में ही रहनी चाहिए।''

अविनाश सम्बन्ध की शालीनता को एक किनारे सरकाते हुए प्रच्छन्न चेतावनी-सी देकर गया था। देखते-देखते बबुआन टोले में ही नहीं, पूरे गाँव में खबर फैल गयी कि प्रमोद बाबू अपनी जमीन-जायदाद बेच रहे हैं। इसी सूचना पर प्रखंड प्रमुख रामपदारथ राय आ गया। उसके साथ उसका अंगरक्षक और तीन नेता टाइप लोग थे। कुर्सी पर बैठते ही रामपदारथ ने पूछा, ''सर, सुना है कि आप अपने हिस्से की जमीन बेचने जा रहे हैं?''

''हाँ रामपदारथ, ठीक ही सुना है तुमने।''

''क्या रेट रखा है, सर?

प्रमोद बाबू जमीन बेचने की बात के प्रचारित होने से अपमानित-सा महसूस कर रहे थे। वे नहीं जानते थे कि इलाके के नव धनाढ्य जमीन बिक्री की बात सुन 'मरी' पर गिद्धों की तरह टूट पड़ेंगे।

रामपदारथ चतुर खिलाड़ी की तरह बोला, ''जमीन की कोई वाजिब कीमत होती नहीं है। सर वैसे आप गुरु हैं। आप जो कीमत लगाइएगा, मैं देने को तैयार हूँ।'' रामपदारथ इलाके की जमीन के रेट की जानकारी देता रहा। अन्त में अपनी अर्थ-शक्ति की घोषणा करते हुए कहा, ''ऐसा है सर कि आपको तो एकमुश्त पैसे चाहिए और एकमुश्त पैसा मेरे अलावा कम-से-कम इस गाँव में दूसरा कोई देगा नहीं।'' हाथ जोड़ते हुए उसने कहा, ''सवा लाख की दर से पूरी जमीन मेरे नाम रजिस्ट्री कर दीजिए सर।'' उसके साथ लम्बे कुर्ते वाला नेता बोला, ''आप विद्वान आदमी हैं सर! कौन नहीं जानता आपको! आपका गाँव में नहीं रहने का फैसला एक विद्वान का फैसला है। वैसे भी रेप केस वाले मामले को जब से आप कोर्ट में ले गये हैं, तरह-तरह की बातें होने लगी हैं आपको लेकर।'' रामपदारथ ने अपने साथ आये नेता टाइप व्यक्ति को आँखें तरेर कर देखा जिसका अर्थ था कि वह क्या-क्या बके जा रहा है!

रामपदारथ गुरु के चरण-स्पर्श कर चलते-चलते बोला, ''तो सर, मैं आपके जवाब की प्रतीक्षा करूँगा।''

उधर रामपदारथ गया इधर अविनाश आ पहुँचा। रात हो गयी थी और अभी तक प्रमोद बाबू ने खाना नहीं खाया था। अविनाश का तेवर बदला हुआ था। ग्रिल के भीतर बरामदे पर लगी खाट पर रात्रि प्रहरी की बगल में बैठते ही उसने पूछा, ''प्रखण्ड प्रमुख आया था अभी रास्ते में उससे मुलाकात हुई। पता चला कि आप अपनी जमीन उसी को बेच रहे हैं।''

प्रमोद बाबू को लग ही नहीं रहा था कि उनका भतीजा है यह! उन्होंने लालटेन की मद्धिम रोशनी में भतीजे का बदला हुआ चेहरा देखता हुए कहा, ''हाँ, आया तो था, लेकिन जमीन बेचने की बात तय नहीं हुई है।''

''लेकिन वह तो कह रहा था!''

अविनाश जिरह पर उतर आया था और इस बात को प्रमोद बाबू समझ रहे थे। समझ रहे थे कि अविनाश को किस लहजे में क्या कहने के लिए भेजा गया है। वे चुप रहे। अविनाश कहने लगा, ''आप चाचा जी यही चाहते हैं कि आपकी जमीन को लेकर मार-काट हो। कुर्मी-कहार बाबू-बबुआन की जमीन खरीदे, वह भी जमींदार बाबू नरपत नारायण सिंह की जमीन खरीदे, इससे तो अच्छा है हम चुल्लू भर पानी में डूब मरें। हमारे दादा जमींदार थे, इसका आपको गर्व नहीं हैं, मगर

हम लोगों को अपनी इज्जत प्यारी है। हम अपनी जान दे देंगे चाचा जी और हम जानते हैं, आप यही चाहते हैं।''

प्रमोद बाबू भतीजे अविनाश की अपरिचित आक्रामक मुद्रा देख सहम गये। किवाड़ के पास बैठी पत्नी की तरफ प्रमोद बाबू ने देखा तो उनके चेहरे पर भी वही भाव था—भतीजे से डर जाने की दहशत...। ऐसी भाषा तो अविनाश बोलता नहीं था, फिर!...

प्रमोद बाबू को लगा, वे चारों ओर से घिर गये हैं। वे न गाँव छोड़ सकते हैं, न गाँव में रह सकते हैं। बिना कुछ खाए वे छत पर लगी कुर्सी पर जाकर बैठ गये और उतरती रात तक अँधेरे में डूबे जंगल के सन्नाटे और कभी-कभी सन्नाटे को तोड़ती विचित्र-विचित्र आवाजों को सुनते रहे। आज प्रेतनी की पायल नहीं बजी, सिर्फ सियार का 'हुआ-हुआ' सुनाई पड़ा। आज वे फिर प्रत्याभास की दुविधा में फँस गये। लगता ही नहीं था कि आज जो कुछ घटित हुआ, वह दुःस्वप्न था या वास्तविकता थी। दोनों फिर गड्डमड्ड होने लगे थे। छत पर बैठे-बैठे कभी-कभी झपकी-सी आ जाती। दुःस्वप्न का साया उनकी उचटी-उचटी नींद पर तारी हो जाता! आँखें खुलती तो सोचने लगते कि यह भयावह दृश्य जो अभी-अभी दिखा, वह क्या था! वास्तविकता थी या दुःस्वप्न था।

सुबह वे कमरे में देर तक सोए रहे। फागुनी सुबह की मादक हवा पहले तन-मन में जीवन को भरपूर जी लेने का उत्साह भरती थी। अब वही हवा आतंक बनकर बन्द खिड़कियों पर थपकी दे रही थी। पत्नी ने ही उनको जगाया, ''विधायक आये हैं।'' विधायक दयाकान्त यादव! प्रमोद बाबू को विधायक के आने की बात से मितली-सी आने लगी। इसी विधायक का रिश्तेदार वह बालो यादव! बलात्कारी! जरूर केस के सिलसिले में कुछ कहने आया होगा।

प्रमोद बाबू शंकाग्रस्त मनःस्थिति में बाहर बरामदे पर आये। विधायक दयाकान्त यादव ने कुर्सी से उठकर प्रणाम किया और खड़े-खड़े प्रमोद बाबू के बैठने की प्रतीक्षा करने लगा। फीकी-सी, कुम्हलायी हँसी-हँसते हुए प्रमोद बाबू ने पूछा, ''कैसे-कैसे आना हुआ?''

विधायक दोनों हथेलियों को आपस में रगड़ते हुए धीरे से बोला, ''जी, यों ही आ गया मिलने! आप जैसे विद्वान आदमी से मिलना पुण्य बटोरना है सर! हम लोग अपने को धन्य मानते हैं सर आप गाँव लौट आये और आपके दर्शन का सौभाग्य मिला।'' प्रमोद बाबू विधायक दयाकान्त यादव का चेहरा देखते रहे। पढ़ते रहे उसके चेहरे पर लिखे 'सौभाग्य' को। उस सौभाग्य को जिसे सुनने का उनको अभ्यास-सा हो गया है। वे मुस्कराते रहे—आन्तरिक प्रसन्नता से नहीं, विधायक के नाटकीय आचरण से। वे मुस्कराते रहे यह सोच कर कि इस मंगलाचरण के बाद अपनी असली जमीन

पर उतर आएगा विधायक।

दयाकान्त सामने बैठा था कुर्सी पर और प्रमोद बाबू एकटक उसे देखे जा रहे थे। प्रमोद बाबू ने मुस्कराते हुए पूछा, "आप आ कैसे गये, यही सोच रहा हूँ।" "जी, ऐसा है सर....कि ऊ जो रेप केस आपने कराया है..." इसके बाद विधायक कुछ बोलना ही चाहता था कि प्रमोद बाबू ने उसको बीच में रोक दिया, "तो क्या केस नहीं होना चाहिए?" विधायक अपनी राजनीतिक शैली पर उतर आया, "सर, ई बताइए कि खवास टोली में कब रेप नहीं हुआ है! कौन लड़की या औरत बची हुई है रेप से। एक्को आदमी अपने बाप का जन्मा हुआ है उस टोले में? कौन-सा अनर्थ हो गया!" प्रमोद बाबू तिलमिला रहे थे। उनका शरीर काँपने लगा। क्या जवाब दें इस व्यक्ति को जो सोचकर ही आया है कि उसे क्या कहना है। यह जनप्रतिनिधि बोल रहा था। प्रमोद बाबू को लगा, उनकी आँखों के आगे अँधेरा छा रहा है। विधायक कहने लगा, "सर, आप विद्वान आदमी हैं। आपको गाँव की पॉलिटिक्स में नहीं पड़ना चाहिए। विद्वान आदमी को पढ़ने-लिखने से मतलब होना चाहिए। आप हम लोगों के लिए आदर्श हैं। हम लोग बहुत इज्जत करते हैं आपकी। आपको गाँव की पॉलिटिक्स से अलग रहना चाहिए। यही कहना था सर कि रेप केस वाले मामले में आप न पड़ें और सुना है कि ऊ छौंड़ी को आप अपने घर में रखे हुए हैं! काहे आफत मोल ले रहे हैं सर!"

विधायक दयाकान्त यादव सीख देकर और प्रणाम कर चला गया था। उसकी टाटा सूमो गाड़ी की घर्र-घर्र आवाज प्रमोद बाबू के कानों में देर तक गूँजती रही।

विधायक के जाने के बाद प्रमोद बाबू का किसी काम में मन नहीं लगा। सोचा था, रामपदारथ से जमीन की बिक्री की बावत बात करेंगे। जी उचट गया है गाँव से। दहशत की काली छाया हमेशा पीछा करती महसूस होती है। पत्नी की हालत देखी नहीं जाती। हमेशा चुप रहती है। घर से बाहर निकलने लगते हैं तो ऐसी भयभीत आँखों से एकटक देखने लगती है जैसे आखिरी बार देख रही हो।

वे दिन भर घर में ही पड़े रहे। शाम में रात्रि-प्रहरी के आने के पहले ही रामपदारथ आ गया। उसके साथ तीन और लोग थे। तीनों जीप में ही रहे। सिर्फ रामपदारथ आया। प्रमोद बाबू बरामदे की कुर्सी पर बैठे थे। रामपदारथ ने अपने गुरु के पैर छुए। कुर्सी पर बैठते ही बोला, "तो सर, आपने क्या तय किया जमीन के विषय में! इधर से गुजर रहा था तो सोचा, आपसे मिलता चलूँ। वैसे सर, आप जो रेट उचित समझते हैं, बोल दीजिए। मैं दे दूँगा। और सर, मैं फिर कहता हूँ कि एक साथ दस-बीस लाख रुपये देनेवाला गाँव में कोई दूसरा नहीं है।"

प्रमोद बाबू को अपने फैसले के लिए दृढ़ता मिल गयी। उन्होंने इस दृढ़ता के बावजूद किंचित् संशय और संकोच के साथ कहा, "दो-चार दिनों में कहूँगा।"

रामपदारथ चरण-स्पर्श कर चला गया।

उधर प्रखंड प्रमुख की जीप गयी, इधर आ गये अपने गोतिया-दियाद। बड़े भाई श्याम बाबू, चचेरा भाई अमरेश और भतीजा अविनाश।

"तो आपने चाचा जी, तय कर ही लिया कि अपनी जमीन उस प्रखंड प्रमुख को देंगे।" प्रमोद बाबू ठीक यही वाक्य अविनाश से पहले भी सुन चुके है। इस बार उनकी आवाज थोड़ी धारदार थी, "तो क्या करूँ! जमीन पचास हजार की दर से बलात हड़पना चाहते हो! आखिर मुझे भी तो इसी पैसे से अपने रहने की व्यवस्था करनी है। तुम लोग क्या चाहते हो कि मैं सड़क पर आ जाऊँ? यही बर्ताव होना चाहिए अपने सगे चाचा के साथ? यही बर्ताव!....."

प्रमोद बाबू बोलते हुए तिलमिलाने लगे। ऐसा गुस्सा अपने भाइयों-भतीजों पर पहले कभी नहीं आया था। श्याम बाबू और चचेरा छोटा भाई अमरेश कुछ बोल नहीं रहे थे। उनका या सारे गोतिया-दियाद का मुखवाचक था अविनाश। चलते-चलते अविनाश ने धमकी दी, "ठीक है चाचाजी, बेचिए अपनी जमीन! देखते हैं कौन साला चढ़ता है जमीन पर! दो-चार लाशें तो गिरेंगी ही और चाचा जी, आप ही इसके जिम्मेवार होंगे। और फिर कौन जाने कि आप जमीन बेच सकिएगा भी...."

कमरे में बैठी प्रमोद बाबू की पत्नी सारी बातें सुन रही थी। सब चले गये तो उन्होंने पति से कहा, "सुन लिया न, क्या बोल कर गया है अविनाश!" प्रमोद बाबू कुर्सी पर बैठे फिर चिन्ता में डूब गये।

कमली और उसकी माँ बरामदे पर आ गयी। रात में प्रमोद बाबू खाना खाने बैठे तो खाने की इच्छा नहीं हुई। बस थोड़ा-सा खाकर आसनी से उठ गये और रोज़ की तरह छत पर चले गये। रात्रि-प्रहरी अपनी ड्यूटी पर आ चुका था। ग्रिल पर ताला लगा दिया गया था और इस तरह घर रात में सुरक्षित मान लिया गया था।

चैती पूर्णिमा से दो रात पहले का चाँद सिर पर चढ़ आया था। छाड़न तालाब का दायरा चाँदनी पर दाग की तरह दिख रहा था। जंगल आज रात शान्त था। कभी-कभी कोई जंगली आवाज निस्तब्ध रात्रि के सन्नाटे में सुनाई पड़ती थी। प्रेतनी की पायल की आवाज आज सुनाई नहीं पड़ी। प्रमोद बाबू उतरती रात में अपने कमरे में आये। अधकचरी नींद में फिर आने लगे भयावह सपने! जाने कैसे कोका नदी जवान हो गयी। नदी में बाढ़....बाढ़ में तैरते शव! उन्होंने एक शव को पहचाना तो चकित रह गये कि वे इस शव के रूप में स्वयं हैं। मलाहटोली की डायन बुधिया बुढ़िया इमली के पेड़ को उड़ाए लिए चली जा रही थी और उस पेड़ से एक लड़की की लाश लटक रही थी। प्रमोद बाबू की नींद उचट गयी। सुबह नींद का एक झोंका आया तो फिर वही दुःस्वप्न! कुछ अपरिचित लोग हथियार लिए उनको घेर कर खड़े हैं।

उनमें से एक ने उन पर गँड़ासे से वार किया। चीख के साथ वे जग गये। बगल के पलंग पर लेटी पत्नी हड़बड़ा गयी, ''क्या हुआ? कोई सपना देखा?.....''

प्रमोद बाबू पसीने-पसीने थे। साँस तेज चल रही थी जैसे नींद में दौड़ना पड़ा हो। कमरे में कमली झाड़ू लगाने आयी तो असहाय आँखों से उन्होंने उसको देखा। बलात्कार की शिकार इस लड़की के लिए वे कुछ नहीं कर पा रहे हैं। बलात्कारी गाँव में अकड़ता धूम रहा है और उसका संरक्षक विधायक दरवाजे पर आकर धमकी दे रहा है।

नहीं, वे पीछे नहीं हटेंगे, न धमकियों की परवाह करेंगे। उन्होंने सोचा, आज वह कोर्ट जाएँगे और अपने वकील से मिलेंगे। बरामदे पर यों ही टहलते हुए वे सोचते रहे—ये गाँव के लोग न गाँव में रहने देंगे, न गाँव से जाने देंगे। अजीब घेराबन्दी है। ''आप विद्वान आदमी हैं सर! आपको गाँव की पॉलिटिक्स में नहीं पड़ना चाहिए!'' यह जुमला सुनते-सुनते अब क्रोध आने लगा है प्रमोद बाबू को। बलात्कार के खिलाफ कोर्ट जाना भी गाँव के धन्धेबाजों के लिए पॉलिटिक्स है।

जिला शहर जाने के लिए उन्होंने अपना छोटा-सा बैग लिया। बरामदे पर आये तो कुर्सी पर बैठी पत्नी ने अजीब-सी आँखों से उनकी ओर देखा। उन आँखों में दशहत जैसा कुछ था। प्रमोद बाबू बराबर की कुर्सी पर बैठ गये।

तभी तीन लड़के मकान के पिछवाड़े वाले सँकरे रास्ते से आ गये। तीनों ने प्रणाम किया और बगल की खाट पर बैठ गये। प्रमोद बाबू ने पहचानने की कोशिश की। यही लड़के थे जो अपनी पार्टी के लिए पच्चीस हजार रुपए माँगने आये थे। यही लड़के थे—लालसेना वाले। प्रमोद बाबू के बिना पूछे उनमें जो ज्यादा उम्र का था, धीरे से बोला, ''सर, हमने सुना है कि आप जमीन बेच रहे हैं?''

''हाँ, सोच रहा हूँ।'' प्रमोद बाबू असमंजस में थे कि आखिर यह पूछने का मकसद क्या है।

पत्नी कुर्सी छोड़ कर अन्दर कमरे में चली गयी थी और वहीं से देख-सुन रही थी।

''आपकी पाँच-छह एकड़ जमीन जो बटाई पर लगी है, वह जमीन आप नहीं बेच सकते।'' उन तीनों में जो सबसे कम उम्र का था और जिसकी आँखें बाहर की तरफ कुछ निकली हुई थीं, उसने हथेलियों को आपस में रगड़ते हुए कहा, ''आप बटाईदारों को बेदखल नहीं कर सकते, सर दुसाध टोली, केवट टोली और धनुक टोली के चौदह-पन्द्रह परिवार उसी जमीन से जिन्दा हैं।'' तीनों में से बीच वाला बोल पड़ा, ''अनर्थ हो जाएगा, सर! अभी हम लोग सिर्फ कहने आये हैं। आप विद्वान आदमी है सर! खुद समझ लीजिए।''

उन तीनों लड़कों ने प्रमोद बाबू के उत्तर की प्रतीक्षा नहीं की और पिछवाड़े वाले रास्ते से चले गये।

प्रमोद बाबू के जिला शहर जाने का उत्साह बर्फ बन गया। थोड़ी देर पहले उन्होंने अपने भीतर जो एक किस्म की ऊर्जा एकत्र की थी, वह रेत की तरह बिखर गयी। कमरे की चौखट के पास खड़ी पत्नी एकटक देखती रहीं अपने पति को। प्रमोद बाबू बरामदे से नीचे उतरे तो लगता था, देह में ताकत ही नहीं है। फिर भी उन्होंने हिम्मत नहीं हारी और तिनके को फूँक से उड़ाने की कोशिश की, हालाँकि उनको इसका अहसास हो गया था कि जिसको उन्होंने तिनका समझा है, वह कोई भारी पत्थर है।

उन्होंने सोच रखा था कि आज वे अपने वकील से मिलेंगे। एस पी से मिलकर कहेंगे कि अभी तक बलात्कारी छुट्टा घूम रहा है और कोई कार्रवाई नहीं हुई है। कार्यक्रम का खाका बनाते हुए वे गाँव के चौक पर आये। यह चौक गाँव की तमाम तरह की गतिविधियों का केन्द्र है। यहाँ से रेलवे स्टेशन के लिए रिक्शे और टमटम मिलते हैं। इसी चौक पर डॉक्टर सी. एम. झा का क्लिनिक है—आरोग्यशाला क्लिनिक के सामने कई तरह की दुकानें हैं जहाँ खासतौर से शाम में अच्छी-खासी चहल-पहल रहती है।

जिस वक्त प्रमोद बाबू चौक पर पहुँचे, पछियारी ग्राम पंचायत के मुखिया रामजी चौधरी क्लिनिक के सामने की पान-दुकान पर दो-तीन लोगों के साथ खड़े थे। मुखिया जी ने प्रमोद बाबू को देखा तो प्रणाम किया, "परनाम पोरफेसर साहब, परनाम।" प्रमोद बाबू रुक गये तो मुखिया जी ने पूछा, "एतना हड़बड़ी में कहाँ जा रहे हैं पोरफेसर साहब! अररिया जा रहे हैं का?"

"हाँ मुखिया जी।"

मुखिया जी ने व्यंग्य में कहा, "ऐ पोरफेसर साहब, आप ई कौन लफड़ा में पड़ गये हैं। केतना चैन से आप रह रहे थे। कावलेज से रिटायर होकर सान्ती के लिए न आये थे अपन जनमभूमि! तब काहे पड़ गये आप केस-मुकदमा में! अरे आप बिदमान आदमी हैं। दूर-दूर तक आपका नाम है। आपको गाँव के पॉलिटिक्स में नहीं पड़ना चाहिए! है कि नहीं रामफल?" मुखिया जी ने अपने साथ आए रामफल नाम के व्यक्ति से कहा।

क्या जवाब देते प्रमोद बाबू! यही सलाह लगातार सुनने को मिल रही है। जब से बलात्कार वाले मामले को वे कोर्ट में ले गये हैं, गाँव के तमाम समझदार लोग यही सलाह दे रहे हैं। प्रमोद बाबू ने मर्माहत हँसी हँसते हुए धीरे से कहा, "आप लोग चुप हो गये तो मैं क्या करता मुखिया जी! बलात्कार हो गया और आप लोगों को लगता है कुछ नहीं हुआ है।"

मुखिया जी ने हँसते हुए कहा, "ये पोरफेसर साहब, ई खवास टोली की लड़की

के साथ जो हुआ, ई का कवनो नया बात है! खवास टोली में तो ई सब होते रहता है। कौन लड़की या मौगी ऊ टोला में जुठारी हुई नहीं है, सो बताइए। मुखिया जी प्रमोद बाबू के म्लान चेहरे को देखते हुए धीरे से बोले, ''हम एक्के बात बोलेंगे पोरफेसर साहब कि आप गाँव के पॉलिटिक्स में मत पड़िए।''

प्रमोद बाबू भीतर से उबल रहे थे, फिर भी अपने पर नियन्त्रण रखते हुए बोले, ''मुखिया जी, गाँव की लड़की के साथ बलात्कार हुआ। इसको कोर्ट में ले जाना क्या पॉलिटिक्स है? मैं पॉलिटिक्स कर रहा हूँ?''

मुखिया जी विचित्र-सी हँसी हँसने लगे, ''ई हो पोलटिसे है पोरफेसर साहब! आप बिदमान हैं जरूर, मगर गाँव में रहना नहीं आता है आपको।''

प्रमोद बाबू को देर हो रही थी। बेकार की बक-झक से मुक्त होकर वे रिक्शे की तरफ बढ़ गये। जिला मुख्यालय देर से पहुँचे, लेकिन अपने वकील से और एस पी से उनकी मुलाकात हो गयी। एस पी ने भरोसा दिलाया कि ''पुलिस सक्रिय है। आप इतमीनान रखिए। अपराधी की गिरफ्तारी जल्द हो जाएगी।''

इसके बाद की घटनाएँ रहस्य से भरी हुई हैं। प्रमोद बाबू घर लौटने के लिए शाम की गाड़ी की प्रतीक्षा जिला मुख्यालय के रेलवे स्टेशन पर कर रहे थे, इसके गवाह गाँव में हैं। इसके भी गवाह है कि वे गाँव लौटने के लिए रेलगाड़ी में सवार हुए थे।

लेकिन उस रात प्रमोद बाबू अपने घर नहीं लौटे। दूसरे दिन भी नहीं लौटे और शाम हो गयी। पत्नी सुबह से रात तक घर के आगे बैठी उनकी प्रतीक्षा करती रही। परशुराम सेना का रात्रि प्रहरी अपने तीन-चार साथियों के साथ पता लगाने के लिए निकला था, लेकिन अभी तक वापस नहीं आया था। तरह-तरह की आशंकाएँ! क्या हो सकता है, कहाँ जा सकते हैं! गोतिया-दियाद, भतीजे सब आये। भाभियाँ, बहुएँ और बिरादरी की कितनी ही औरतें आयीं प्रमोद बाबू की पत्नी से मिलने।

तीसरे दिन मैं पटने से गाँव पहुँचा तब तक प्रमोद बाबू की लाश मिल चुकी थी। लाश कोका नदी के छाड़न में जहाँ तालाब-सा बन गया है वहीं, पटेर की झाड़ियों में मिली थी। मैं अपने घर से भागता हुआ पहुँचा था प्रमोद बाबू के दरवाजे पर। उनकी पत्नी बेहोश पड़ी थी। गाँव की स्त्रियों से उनका हमेशा सूना-सा रहने वाला घर भरा हुआ था। बाहर सैकड़ों लोग थे।

उनकी शव यात्रा में हजारों लोग शामिल हुए। मैं भी शवदाह के समय उपस्थित था। तमाम लोग उनके विद्वान होने की चर्चा कर रहे थे। सबका कहना था कि प्रमोद

बाबू पर गाँव को गर्व है। शवयात्रा में प्रखंड प्रमुख, मुखिया जी और जिला परिषद् के उपाध्यक्ष भी सम्मिलित हुए थे। प्रमोद बाबू के दोनों बेटों को फोन से सूचना दे दी गयी थी। मुखाग्नि अविनाश ने दी, बेटों के आने की प्रतीक्षा नहीं की गयी। लाश कीचड़-पानी में रहने के कारण सड़ रही थी। पोस्टमॉर्टम के लिए जिला मुख्यालय तक शव को ले जाना सम्भव नहीं माना गया। यह प्रस्ताव मुखिया जी का था जिसका समर्थन प्रखंड प्रमुख और जिला परिषद् के उपाध्यक्ष ने किया। थाने को भी खबर नहीं की गयी। प्रखंड प्रमुख ने कहा कि तब तो लाश को पोस्टमॉर्टम के लिए भेजना ही पड़ेगा और तब तक लाश इतनी सड़ जाएगी कि श्मशान के लिए कन्धा देने वाला कोई आदमी नहीं मिलेगा।

लोग एक-दूसरे से यही पूछ रहे थे कि आखिर प्रमोद बाबू की हत्या किसने की। ऐसा सीधा-सरल विद्वान व्यक्ति किसी का क्या बिगाड़ सकता था।

प्रमोद बाबू की हत्या की सूचना पाकर पटना से विधायक दयाकान्त यादव भी आ गये थे। वे शवदाह के दूसरे दिन गाँव पहुँचे थे। उनकी ही पहल पर शोकसभा हुई। गाँव में यह पहली शोकसभा थी। गाँव के चौक यानी डॉक्टर सी. एम. झा के क्लिनिक के सामने की जगह में मंच बनाया गया था। हजारों लोग शोकसभा में शामिल हुए। विधायक दयाकान्त यादव ने उस शोकसभा में घोषणा की, ''प्रमोद बाबू की स्मृति को स्थायी बनाने के लिए उनकी आदमकद मूर्ति इसी चौक पर लगाई जाएगी।'' विधायक जी और दूसरे वक्ताओं ने प्रमोद बाबू को समाजकर्मी और विद्वान व्यक्ति के रूप में याद किया। विधायक जी ने यह भी कहा कि प्रमोद बाबू के हत्यारे को बख्शा नहीं जाएगा।

प्रमोद बाबू की पत्नी ने अपने दोनों बेटों को उस शोकसभा में जाने से मना कर दिया था। उनके बूढ़े-झुर्रीदार चेहरे पर आँसुओं का गीलापन अब नहीं था। एक अजीब किस्म की दृढ़ता आ गयी थी उनमें। अपनी माँ में यह आकस्मिक परिवर्तन उनके बेटों के लिए अप्रत्याशित था। दोनों बेटे माँ को अपने साथ ले चलना चाहते थे। अब यहाँ गाँव में रखा ही क्या था। लेकिन माँ अपनी जिद्द पर अड़ी थीं, ''मैं अब गाँव छोड़कर नहीं जाऊँगी।''

''लेकिन माँ, यहाँ गाँव में अकेली!''

''अकेली कहाँ हूँ रे! यह जो कमली की माँ का परिवार है। और मैं यहाँ से चली गयी तो कमली का मुकदमा कौन लड़ेगा? तुम्हारे पापा का संकल्प था, उसे पूरा करना है न!'' बोलकर माँ विचित्र-सी हँसी हँसने लगी थी। दोनों बेटे माँ का चेहरा देखने लगे थे।

प्रमोद बाबू की विधवा का यह संकल्प गाँव में चर्चा का विषय बन गया था।

मैं इधर वर्षों से छाड़न तालाब की तरफ नहीं गया था। उधर अब कोई जाता भी नहीं, लेकिन मैं वह जगह देखना चाहता था जहाँ प्रमोद बाबू की लाश पड़ी मिली थी। गाँव के एक पुराने साथी को लेकर मैं सुबह-सुबह छाड़न तालाब के पास गया। बगल में छोटे-से जंगल का दायरा था। किनारे पर बबूल के ढेर-सारे पेड़ थे। मरी हुई कोका नदी में रेत के ढूह दिख रहे थे। बबूल के पेड़ों के पास छाड़न तालाब के कीचड़-पानी में जहाँ पटेर की सघन झाड़ियाँ थीं, मेरे साथी ने बताया कि यहीं प्रमोद बाबू की लाश मिली थी। बबूल के पेड़ों के पास पशुओं की हड्डियाँ थी। गाँव में मवेशी मरते हैं तो यहीं इसी छाड़न तालाब के पास उनको फेंका जाता है। अब तो गाँव के चमार मरे हुए पशुओं को 'खालते' भी नहीं। चमरटोली का घटरा मोची और उसके परिवार के लोग 'मरी' को 'खालने' का काम करते थे। अब उसके परिवार के लड़के सरकारी नौकरियों में हैं। घटरा कहता है, यह काम वह नहीं करेगा। खुशामद करने पर मरे हुए पशु को ठेले पर लादकर छाड़न तालाब के किनारे फेंक आता है।

मैं तालाब किनारे गया। कीचड़ में पैर डाल कर पानी को गौर से देखा। पानी गन्दा काला था। पानी से दुर्गन्ध आ रही थी। मेरे साथी ने कहा, ''माहुर पानी है। मत छुओ। एकदम जहरीला...।'' लेकिन हथेलियों में मैंने कीचड़ भरा गन्दा पानी ले लिया। धागों की तरह छोटे-छोटे कीड़े पानी में रेंग रहे थे। मेरे साथी ने कहा, ''जानते हो अजय, प्रमोद बाबू कहते थे कि वे इस तालाब को उड़ाहेंगे और इसको नया तालाब बनाएँगे। कहते थे, इसमें मछलियों का 'जीरा' गिराएँगे। इसमें कमल और कुमुदनी के फूल लगाएँगे। बीडीओ और मत्स्य पालन विभाग से उनकी बात भी हो चुकी थी।

मैं तालाब में विलुप्त हो गयी नदी देख रहा था—कोका नदी! आश्विन-कार्तिक महीनों में कुमुदनी और कमल के फूलों से भरी रहने वाली नदी! अब नदी नहीं थी, नदी का अवशेष था छाड़न तालाब।

नाक पर रूमाल रखकर पटेर की झाड़ियों में मैं रास्ता बना ही रहा था कि तालाब के माहुर पानी में पुरइन (कमल) के पत्ते दिख गये। मैंने खुशी से उछलते हुए अपने साथी से कहा, ''रे सीताशरण, देखो, देखो! कमल के दो लाल-लाल फूल!...''

# पब्लिक

गाड़ी ही तीन-चार घंटे लेट पहुँची नहीं तो सात-साढ़े सात बजे शाम में ही पहुँच गये होते पटना जंक्शन। अब इतनी रात को कैसे जाया जाय डायमंड बाबू के निवास पर! बौधू और बनारसी टेकन गुरुजी को इस तरह टकटकी लगाए देखने लगे जैसे आप ही हैं खेवनहार! पार लगाइए!

गुरुजी रेलवे स्टेशन के सामने महावीर मन्दिर के पास रोड के किनारे चुपचाप खड़े रहे। कलाई में बँधी घड़ी में समय देखा। बौधू ने पूछा, ''केतना टैम हुआ गुरुजी?'' घड़ी ग्यारह चालीस बता रही थी, लेकिन गुरुजी ने दस मिनट का समय अपने पास रख लिया और बोले, ''साढ़े एगारह।''

बनारसी महावीर मन्दिर के आसपास नदी में आयी बाढ़—जैसी रोशनी को निमग्न भाव से देख रहा था। एकदम चकाचक! अधरतिया को भी दिन बना देने वाली बिजली की ऐसी रोशनी कि कोई चाहे तो जमीन पर गिरी हुई सुई खोज ले।

मन्दिर के गुम्बद पर लाल-नीली पन्नियों की तरह रोशनी सटी हुई थी। बनारसी उस प्रकाश लीला को सिर उठाकर देखता रहा। वह यह भी भूल गया कि वह दुख का मारा हुआ है और अपने विधायक डायमंड बाबू के बुलाने पर पहली बार पटना आया है। बौधू के लिए यह कोई नयी बात नहीं थी। तीन-चार साल तक वह पंजाब कमा चुका है। देखे हैं उसने बड़े-बड़े शहर! यह पटना क्या है उसके सामने। वह गम्भीर बना टेकन गुरुजी को देखता रहा कि आखिर क्या फैसला करते हैं गुरुजी! डायमंड बाबू के निवास पर इस बख्त जाना ठीक रहेगा या नहीं।

''केतना दूर होगा यहाँ से?'' सामने की सड़क पर आँख गड़ाए बौधू ने गुरुजी से पूछा तो गुरुजी मन-ही-मन गणित करते हुए धीरे से बोले, ''है तो नजदीक! यही कोई डेढ़-दो किलोमीटर।'' ''तब चल चलिए गुरुजी! एक-आध घंटे में तो पहुँचिए जाएँगे।'' बनारसी ने प्लास्टिक के जिस झोले को दोनों पैरों के बीच फँसा कर जमीन पर रखा था उसे दाहिने हाथ में उठाते हुए गुरुजी से कहा, ''आपके साढ़ू का घर

भी तो पटने में है। चलिए न, रात में वहीं रह जाएँगे। केतना दूर है यहाँ से? गुरुजी बोले, 'साढ़ू का घर तो यहाँ से दूर है। मन्दिरी मुहल्ले में बाँसघाट के पास! फिर रात में कौन जाएगा उस श्मशान इलाके में।''

''अब आप ही पार-घाट लगाइए गुरुजी। यहाँ तक लाए हैं तो वहाँ तक पहुँचाइए। और तो कोई है नहीं!'' बौधू ने निस्सहाय आँखों से गुरुजी को देखा।

असल बात यह थी कि टेकन गुरुजी के अलावा पूरे गाँव में कोई था नहीं जो बौधू और बनारसी को पटना लाकर विधायक डायमंड से मिलवाता। गाँव में जितने मुँह पुरूख लोग थे, सब लापता थे। कुर्की-जब्ती....वारंट, धर-पकड़, थाना, कोर्ट-कचहरी.....बस यही सब चल रहा था गाँव में। बभनटोली, रजपुताही और भूमिहार टोले के चालू-चलती वाले सारे लोग छिप गये थे पुलिस के डर से। बस बचे थे एक टेकन गुरुजी। वे भी इसलिए बचे रह गये कि वे किसी पक्ष में नहीं थे। उनको कभी मतलब नहीं रहा भुदनियाँ जमीन के मामले से। सिन्हुरिया जात के टेकन गुरुजी के बारे में बभनटोली के लोगों का कहना था कि 'कानी गाय के भिन्ने बथान!' चार-पाँच परिवारों का छोटा-सा सिन्हुरिया टोला जो यादव टोले के छोर पर पूँछ की तरह सटा है, गाँव के उत्तर-पश्चिम कोने में है। उसके बाद शुरू होते हैं सवर्णों के टोले। टेकन गुरुजी अपने टोले के प्रधान थे। उम्र साठ पार की थी, लेकिन देखने से पचपन से भी कम के लगते थे। दो बेटे। दोनों खरीद-बिक्री करते हैं। पूँजी टेकन गुरुजी के पटना वाले साढ़ू ने दी थी। अब अपने पैरों पर खड़े हैं दोनों। गाँव में माल खरीद कर बगल के शहर में बेचते हैं। बहुत पहले जब टेकन गुरुजी इस गाँव में आये थे, यादव टोले में खानगी स्कूल चलाना शुरू किया था। तभी से नाम पड़ गया टेकन गुरुजी! टेकन सिन्हुरिया नहीं, टेकन गुरुजी।

भुदनिया जमीन पर मार-काट के बाद लोग फरार हो गये। गाँव एकदम वीरान जैसा। उधर गाँव के पत्रकार बी.पी अकेला ने विधायक डायमंड से फोन पर बात की। बौधू और बनारसी को उसने कहा कि जल्दी जाइए पटना। अपने विधायक जी ने मुख्यमन्त्री से बात की है। भुदनिया जमीन पर जो दो लोग मारे गये हैं उनके परिवार को एक-एक लाख रुपये देने की घोषणा मुख्यमन्त्री ने विधानसभा में की है।

पत्रकार बी.पी. अकेला पटना से प्रकाशित होने वाले एक हिन्दी दैनिक का रिपोर्टर है। गाँव के लोग बी.पी. अकेला को बिपिया कहते हैं। बिपिया का असली नाम बैजनाथ प्रसाद 'अकेला' है, लेकिन उसने अपने नाम का संक्षेपण कर लिया है—बी.पी. अकेला। गाँव के लोगों ने मुख-सुख के लिए उसके नाम को कुछ ज्यादा ही संक्षिप्त कर दिया—बिपिया।

भुदनिया जमीन पर हुई मार-काट में दो लोग मारे गये थे। बौधू का बड़ा भाई गोनर मोची और बनारसी का बाप अजोधी पासवान। मामला हरिजन उत्पीड़न का

था, इसलिए प्रशासन ने इसे बहुत गम्भीरता से लिया। पूरे बड़का गाँव में पुलिस-छावनी का दृश्य बन गया। मामले को शान्त करने के लिए मुख्यमन्त्री को मुआवजे की घोषणा करनी पड़ी। लेकिन सवाल था कि मुआवजे की राशि मृत गोनर मोची और अजोधी पासवान के परिवार को मिले कैसे! इसके लिए पटना जाकर विधायक डायमंड से मिलना था। गाँव में ऐसा कोई व्यक्ति था नहीं जो बौधू और बनारसी को पटना ले जाए। बस बचे थे एक टेकन गुरुजी। बिपिया ने खुद जाकर कहा टेकन गुरुजी से। बौधू और बनारसी ने गुरुजी के पैर पकड़े, तब जाकर राजी हुए टेकन गुरुजी। गुरुजी को अपने साढ़ू से मिले दो-ढाई साल हो गये थे। उन्होंने भी सोचा कि चलो इसी बहाने साढ़ू से भी मिल लेंगे। साढ़ू की अच्छी-सी किराने की दुकान है पटने की मन्दिरी मुहल्ले में। उन्हीं की दी हुई पूँजी से टेकन गुरुजी का परिवार आगे बढ़ा है।

बड़ा-सा गाँव है बड़का गाँव। बड़े लोगों का गाँव। लेकिन पिछले पन्द्रह-बीस वर्षों में जो लोग बड़े कहे जाते थे, वे धीरे-धीरे छोटे होते चले गये और जो छोटे थे वे हर क्षेत्र में बड़े होने लगे। रजपुताही के अस्सी साल के बाबू घूरन सिंह माथा पीटते हुए कहने लगे कि ठीक ही कहा है गोसाईं जी ने! ऐसा कलजुग आएगा कि सुद्दर राज करेगा। देख लीजिए, कैसे बिला गये राजपूत, ब्राह्मण, भूमिहार! राड़-सोलकन का राज आ गया!

इन्हीं बाबू घूरन सिंह के दोनों बेटे बाबू सूरज सिंह और बाबू चन्दरमा सिंह ने सन् पचपन में पन्द्रह एकड़ बलुआही जमीन भूदान यज्ञ में दान में दे दी थी। पाँच सौ एकड़ से भी ज्यादा जमीन के मालिक बाबू घूरन सिंह की पन्द्रह एकड़ जमीन दान में दे दी गयी तो कौन-सा अनर्थ हो गया! कहते थे बाबू सूरज सिंह, "गनगुआर का एगो टाँग टूटिए गया तो कौन-सा अनर्थ हो गया?" बाबा बिनोवा खुद आये थे जिला शहर पूर्णिया। इलाके के कितने ही किसानों ने जमीन दी और यश कमाया। फिर क्या बाबा बिनोवा अपने लिए भीख माँग रहे थे? कितना महान उद्देश्य था उनका!...."सर्वे भवन्तु सुखिनः सर्वे सन्तु निरामयाः"

लेकिन इसी बड़का गाँव का जोगी भाँट बाबू घूरन सिंह के इस भूदान पर खूब हँसा था। सुरसर नदी के पलार की पन्द्रह एकड़ ऊसर-बलुआही जमीन भूदान में! जोगी भाँट ने एक तुकबन्दी गढ़ी थी—

*सन्त बिनोवा को करें भूदान।*
*बूढ़ गाय बाभन को दान!*

समय ने पलटा खाया। ऐसा समय आया कि बाबू-बबुआनों की जमीन बिकने लगी। मजदूरों का मिलना मुहाल हो गया। नौकर-चाकर-खवास सब छोड़ने लगे

बाबू-बबुआनों की चाकरी। हलवाहे-चरवाहे ऐंठने लगे। भागने लगे दिल्ली-पंजाब— हरियाणा। बड़का गाँव के छोटे लोग राजनीति में आने लगे और हर मोर्चे पर पछाड़ने लगे रजपुताही, बभनटोली और भूमिहार टोले को। सवर्ण लोग हल के लागन तो पकड़ नहीं सकते थे। सो बिकने लगी उनकी जमीन। बेटियों-पोतियों की शादी में लाखों-लाख के तिलक-दहेज आते कहाँ से! ले-दे कर जमीन। बाबू घूरन सिंह अपनी उजड़ी हवेली की टूटी चारदीवारी के पास खड़े मन-ही-मन रोते रहते थे, "हे बाबा भोले नाथ, यह कैसा समय दिखा रहे हैं बाबा! सोलकन के बेटे हाकिम-हुक्काम, विधायक-मन्त्री बनने लगे। बभनटोली के पंडित विष्णुकान्त झा की बेटी से खवास टोली के फेंकन मंडल के बी.डी.ओ. बेटे ने कोर्ट में शादी कर ली और एक पत्ता तक नहीं डोला। अपनी रजपुताही की लड़की दिल्ली में नौकरी करने वाले दुसाधटोली के लड़के के साथ भाग गयी और कोई चूँ-चाँ तक नहीं हुई।

करते क्या! सब तरफ तो राड़-सोलका भरे हुए हैं। उन्हीं लोगों की चलती-बनती है। यादव टोले का वह दल्लो यादव! मर्डर, डकैती और अफीम-गाँजे की तस्करी करता था। अब नेता हो गया। जीत गया विधान सभा का चुनाव। दल्लो यादव से डायमंड हो गया! डायमंड बाबू! बड़का गाँव से लेकर पटना तक उसकी तूती बोलती है। पूरा इलाका काँपता है उसके नाम से!

सवर्णों को अपनी इज्जत-आबरू बचाना मुश्किल। धन्य बैजनाथ सिंह जो सवर्णों का रक्षक बनकर सामने आया। ये छोटका जात के लोग जीने देते भला! आग मूतने लगे थे। कौन करता है बाभन-राजपूत को परनाम-पाती। वह तो बैजनाथ सिंह ने लोहा लिया दल्लो से तब जाकर मुकाबला बराबर का हुआ। दल्लो यादव डायमंड बना तो बैजनाथ सिंह बना बैताल सिंह। बैताल सिंह भी जेल काट कर आया था। ऊपर से पचासों केस-मुकदमे! किसी क्षेत्र में डायमंड से उन्नीस नहीं। सबसे बड़ी बात तो यह कि बैताल सिंह बाबू घूरन सिंह का अपना नाती। दसवीं श्रेणी तक उसकी पढ़ाई-लिखाई बड़का गाँव में हुई। जान में जान आयी। बाबू घूरन सिंह ने बड़ी-बड़ी उजली मूँछों पर उँगलियाँ फेरी। जमीन-जायदाद बिक गयी तो क्या राजपूती शान तो नहीं बिकी है! जेल में रहते हुए बैताल सिंह ने चुनाव का पर्चा भरा और विधान सभा का चुनाव जीत गया।

पन्द्रह एकड़ जमीन जो सन् पचपन में बाबू घूरन सिंह ने भूदान-यज्ञ में दी थी, सरकार ने बड़का गाँव के गरीब-दलितों में बाँट दी। मेहनत ने रंग दिखाया और कुछ ही वर्षों में सुरसर नदी के पलार की बलुआही जमीन में फसलें लहलहाने लगीं। वंशीवट केले की खेती के लिए पलार की जमीन अनुकूल साबित हुई। भूखे-अधनंगे

दलित-मजदूरों की दशा में थोड़ा-सा सुधार आया कि बाबू सूरज सिंह और बाबू चन्दरमा सिंह की छाती पर साँप लोटने लगे। उनकी लगभग सारी धनहर उपजाऊ जमीन तो सात बेटियों की शादी में बिक चुकी थी। बची थी अगुआर-पिछुआर की थोड़ी-सी जमीन और आम के बगान। सो दोनों भाइयों की नजर में भुदनिया जमीन बेतरह गड़ने लगी।

पिछले पाँच-छह वर्षों से फसल कटाई और छठ पर्व के समय केले के 'घौर' काटने को लेकर भुदनिया जमीन के जोतदारों और घूरन सिंह के परिवार के बीच तीन-चार बार मार-पीट हो चुकी थी। भुदनिया जमीन अब खूनियाँ जमीन कही जाने लगी थी। कपड़फुटौवल देख कर लोग बाबा बिनोवा को गरियाने लगे थे। जोगी भाँट ने एक फकड़ा गढ़ा था जो इलाके में लोगों की जबान पर चढ़ गया था—

*कारी कुतवा भुँकैवो कचहरिया में*
*बहुत सतौले बाबू बहुत रोवावले*
*बहुत खटौले तू बेगरिया में*
*कारी कुतवा भुँकैबो कचहरिया में...*

और सचमुच बाबू घूरन सिंह की 'कचहरी' में काले कुत्ते भूँकने लगे थे।

अब इधर जब से नाती बैताल सिंह राजनीति के क्षेत्र का आतंक बन कर उभरा है, बाबू घूरन सिंह का जी जुड़ाया है। कभी-कभी बैताल सिंह पूरे लाव-लश्कर के साथ अपने नाना के गाँव आता है। गरीबी के बावजूद रजपुताही के लोगों की रगों में राजपूती खून गरमाने लगता है। जिस कार में बैठकर बैताल सिंह आता है उस कार के आगे-पीछे जीपों-कारों का काफिला रहता है। आधुनिक हथियारों से लैश अंगरक्षक रहते हैं जीप में।

उधर विधायक डायमंड भी कुछ इसी रूप में आता है। बड़का गाँव लोग कहते हैं दोनों में कौन उन्नीस है, कौन बीस, कहना मुश्किल है। कई बार दोनों के बीच हिंसात्मक मुठभेड़ें भी हो चुकी हैं। कुछ लोग इधर घायल हुए हैं, कुछ लोग उधर। अभी तक दोनों पक्षों से दो-दो लोग मारे जा चुके हैं। मुठभेड़ की असली जगह होती है टेंडर भरने का सरकारी दफ्तर। पी.डब्ल्यू.डी. के टेंडर, पुल, रेलवे के ठेके—ये ही खास मुद्दे होते हैं मुठभेड़ के। उन्हीं टेंडरों के लिए चलती हैं गोलियाँ, बम फेंके जाते हैं। दोनों नेताओं की दहशत ऐसी कि जिले के अफसर कुर्सी छोड़ कर खड़े हो जाते हैं—जी सर, जी हुजूर....कोई हुकुम सर!....पूरा प्रदेश जानता है—पिछड़ों का नेता डायमंड और अगड़ों का नेता बैताल सिंह। बैताल सिंह का अपना चुनाव-क्षेत्र हालाँकि कोशी नदी के पूरब में है, लेकिन नाना-मामा जब किसी मुसीबत में फँसते हैं तो बैताल

सिंह को आना ही पड़ता है।

अभी इसी हफ्ते भुदनिया जमीन पर जो मार-काट हुई सो क्या अचानक हो गयी? आग तो हालाँकि चार-पाँच साल से धुआँ रही थी, लेकिन धधकी इधर आकर। घटना के दस-बारह दिन पहले बैताल सिंह बड़का गाँव आया था नाना के घर। बभनटोली, भूमिहार टोले और रजपुताही के लोगों ने हाई स्कूल के मैदान में बैताल सिंह का भव्य स्वागत किया था। भुदनिया जमीन के जोतदारों को बेदखल करने का उपाय सुझाया था बैताल सिंह ने। इसी काम के लिए बैताल सिंह ने दागी क्रिमिनल राजो सिंह को जमानत पर जेल से छुड़ाया था। राजो सिंह पहले डायमंड के लिए काम करता था। बूथ कैपचरिंग और मर्डर करने के ठेके लेता था। पिछले दो आम चुनावों में वह डायमंड के लिए काम कर चुका था। बाद में जतियारी के कारण वह बैताल सिंह का आदमी बन गया।

गेहूँ की दौनी-ओसौनी के समय बाबू घूरन सिंह की तरफ से मार-काट करने के लिए राजो सिंह को ही आठ-दस 'हँसेरी' के साथ भेजा गया था। उसके हाथ में बाबू घूरन सिंह की दुनाली बन्दूक थी। और लोग भी हथियार लिए हुए थे, लेकिन गोली चलाने का जिम्मा राजो सिंह पर था। तैयारी तो भुदनिया जमीन के जोतदारों ने भी की थी, लेकिन बन्दूक कहाँ से मिलती उन लोगों को? राजो सिंह की बन्दूक से बौधू का बड़ा भाई गोनर मोची और बनारसी के पिता अजोधी पासवान मारे गये थे। दोनों पक्षों के कुछ लोग घायल हुए थे जिनको कस्बे के अस्पताल में पहुँचाया गया था। उसके बाद से गाँव में पुलिसिया सरगर्मी शुरू हुई थी। एस.पी., डी.एस.पी. से लेकर आई.जी, डी.आई.जी. सब आये थे।

उधर पटने में बैताल सिंह और डायमंड ने मुख्यमन्त्री से अलग-अलग मुलाकात की। विधान मंडल का सत्र चल रहा था। बैताल सिंह और डायमंड ने विधान सभा में ऐसा हंगामा मचाया कि सभाध्यक्ष को कार्रवाई रोकनी पड़ी। डायमंड हाथ भाँजते और तूफानी भाषण देते हुए 'वेल' में चला गया और अनशन पर बैठ गया। मुख्यमन्त्री को मृत व्यक्तियों के परिवार वालों को एक-एक लाख रुपये मुआवजा देने की घोषणा करनी पड़ी।

सारा समाचार पटने के दैनिक पत्रों में प्रकाशित हुआ। लोगों ने अलग-अलग ढंग से समाचार की व्याख्या की। स्पष्ट संकेत मिल गया कि डायमंड और बैताल सिंह में अब कभी-भी खूनी जंग हो सकती है। कोई एक मारा जाएगा या दोनों मरेंगे। भुदनिया जमीन पर दो लोगों की हत्या कर राजो सिंह लापता हो गया था। विधान सभा में डायमंड ने राजो सिंह की गिरफ्तारी के लिए जो हंगामा मचाया वह अभूतपूर्व था। एक प्रमुख अखबार ने तो इस समाचार को 'बॉक्स' में प्रकाशित किया था।

"क्या किया जाय बौधू? रात के बारह बज रहे हैं।" टेकन गुरुजी ने घड़ी में समय देखते हुए पूछा। महावीर मन्दिर के आसपास चहल-पहल बहुत कम हो गयी थी। बौधू और बनारसी को असहाय की तरह खड़े देख आत्मालाप-सा करते हुए गुरुजी ने कहा, "वैसे ज्यादा दूर तो नहीं है, लेकिन इतनी रात को!.....कहीं गेट नहीं खुला तब!" बौधू रास्ते की तरफ देखता बोला "अपने आदमी हैं डायमंड बाबू! गाँव के हैं। फिर उनके बुलाने पर आये हैं, हम लोग। गेट खुलेगा।"

गुरुजी ने मन-ही-मन हिसाब लगाया, आर ब्लॉक यहाँ से डेढ़ किलोमीटर, वहाँ से डायमंड का बँगला लगभग आधा किलोमीटर। वे भुनभुनाते हुए बोले, "बड़े लोग देर रात तक जगे रहते हैं।" बनारसी को कुछ याद आया। बीड़ी का सोंट लगाते हुए पहले तो वह तीन-चार बार खाँसा, फिर हाँफता हुआ बोला, "हौ गुरुजी, रामसुखित अपने नेताजी के यहाँ झाड़ू-बुहारू करता है। हम लोग उसका नाम लेकर पुकारेंगे तो वह गेट खोल देगा।" गुरुजी को याद आया, हाँ, खवासटोली का रामसुखित तो है डायमंड के यहाँ।

आधी रात के बाद महावीर मन्दिर से पश्चिम की तरफ जाने वाला रास्ता लगभग सुनसान हो चला था। जब तब ऑटो रिक्शा या कोई गाड़ी सामने से गुजर जाती थी। गुरुजी ने कोई रिक्शा लेने की बात सोची, लेकिन तीन जन और एक रिक्शा! फिर कोई रिक्शा वाला चलने के लिए इस वक्त तैयार भी नहीं होगा। किराए के लिए कच-कच होगी सो अलग।

तीनों महावीर मन्दिर से पश्चिम वाले रास्ते पर आ गये। सुनसान रास्ते पर चलते हुए बातचीत करना जरूरी था। बौधू ने ही शुरुआत की, "सुनते हैं कि डायमंड बाबू को बड़ा सा बँगला मिला हुआ है। आप तो गये होंगे गुरुजी?" गुरुजी ने मुस्कराते हुए कहा, "हाँ, दो-तीन बार गया हूँ। सच में, बड़ा-सा बँगला है। ऐसा बँगला पुराने मन्त्री को मिलता है।" "लेकिन डायमंड बाबू तो मन्त्री हैं नहीं!" "अरे जबरदस्ती कैपचर कर लिया है डायमंड ने। पहले यह बँगला किसी मन्त्री को ही मिला था। डायमंड ने मन्त्री का सामान बाहर फेंकवा दिया।" गुरुजी की इस जानकारी पर बनारसी ने कहा, "वह मन्त्री जरूर हम ही लोगों की जात-बिरादरी का रहा होगा, नहीं तो क्या मजाल कि....।" गुरु जी हँसने लगे, "अरे जात क्या करेगी। अपने डायमंड से सब डरते हैं।" बौधू ने कुछ सोचते हुए कहा, "अब भले आदमी का जुग नहीं रहा। पोलटिस में भी उसकी चलती-बनती है जो क्रिमिनल है।" बौधू जैसे अनपढ़ गँवार के मुँह से ऐसी बात सुनकर गुरुजी मुस्कराए। बनारसी ने प्लास्टिक का झोला कन्धे से लटका लिया। सामने से कोई गाड़ी आ रही थी।

गाड़ी के हेड लाइट में तीनों की आँखें चौंधियाने लगी तो तीनों सड़क के एकदम किनारे चले आये। बनारसी ने रहस्य की बात पूछी, "अच्छा गुरुजी, आप तो सब बात जानते हैं। सुनते हैं कि अपने डायमंड बाबू तीन बियाह किये हुए हैं। गाँव वाली के अलावा दू गो और!" गुरुजी हँसने लगे। यह सोच कर हँसने लगे कि ये जन-मजूर भी सब कुछ जानते हैं। साथ चलते हुए उन्होंने बनारसी की तरफ देखा, "बात तो सही है बनारसी। पटना वाली बंगालिन है और जो दिल्ली में है वह पंजाबिन है।"

"खूब मौज मार रहे हैं अपने नेता जी! तीन-तीन गो बियाह! धन भी खूब कमाया। सुनते हैं कि पटना में कोई होटल है अपने नेता जी का। आठ-दस गो बस चलती हैं सो अलग।" बनारसी जैसे बुड़बक आदमी के मुँह से यह जानकारी पाकर गुरुजी चकित थे। सोचने लगे कि बात खुलने पर ही बात खुलती है, नहीं तो कोई सोच भी सकता है कि ये गाँव के मजूर अपने नेता जी के बारे में इतनी बातें जानते होंगे!

बौधू से रहा नहीं गया। उसने बनारसी की तरफ देखते हुए कहा, "रे बनरसिया, तू ई मत समझ लेना कि धन कमाने में बैताल सिंह अपने नेता जी से कम है। उसकी भी कोई फैक्टरी है लुधियाने में। दिल्ली में अपना मकान है। गाजियाबाद के पास कहीं अढ़ाई एकड़ जमीन है। जाकर पूछ लो बिपिया से। ऊ तो सब जानकारी रखता है!" "काहे नहीं होगी धन-दौलत! बड़का-बड़का ठेका है लाखों-लाख का।" बनारसी मायूस होकर बोला तो टेकन गुरुजी ने राह चलते हुए बनारसी को एकबार गौर से देख लिया।

"आपको तो सब पता होगा गुरुजी" बौधू सामने से आती गाड़ी की तेज रोशनी से बचते हुए गुरुजी से सट गया, "सुनने में आया है कि रेलवई का दू-तीन कड़ोर का ठेका डायमंड बाबू और बैताल सिंह ने मिलकर लिया है अपने-अपने लोगों के नाम से! रजपुताही का बलराम कह रहा था।" गुरुजी चलते-चलते रुक गये। हल्की रोशनी थी वहाँ। फ्लड लाइट सामने के चौराहे पर था। बीच रास्ते पर खड़े गुरुजी सोचने लगे। कैसी-कैसी सूचनाएँ रखते हैं ये लोग! "नहीं, विश्वास के लायक नहीं है ई बात। ई होइए नहीं सकता है। दुनिया जानती है कि दूनो नेता में भारी दुश्मनी है। कई बार बम चले हैं दोनों के बीच। कुछ लोग मरे हैं, घायल हुए हैं। ई कैसे हो सकता है?" बनारसी के लिए बौधू की सूचना असहनीय बन गयी थी।

टेकन गुरुजी श्रोता बने हुए थे। बौधू और बनारसी की बातचीत से पहली बार उनको लगा कि जिन लोगों को मूर्ख गँवार समझा जाता है उनको भी गलत या सही

का पता रहता है। इन दोनों की बातचीत ने गुरुजी को भँवर में फँसा दिया था। उनको भी इसकी जानकारी नहीं थी कि रेलवे के करोड़ों का ठेका बैताल सिंह और डायमंड ने मिलकर लिया है अपने-अपने लोगों के नाम से।

बौधू से उन्होंने पूछा, ''तुमको कैसे पता चला कि रेलवे के ठेके में दोनों की साझेदारी है?'' ''फिफ्टी-फिफ्टी है गुरुजी! सुनने में आया है। पूछिएगा बभनटोली में किसी से या रजपुताही के बलराम सिंह से पूछिएगा।''

मुदा डायमंड बाबू तो हम लोगों के नेता हैं और बैताल सिंह ऊँची जात वालों का नेता हैं। दोनों की दुश्मनी किसी से छिपी है क्या?'' बनारसी जैसा बोका आदमी इतना बोल सकता है, गुरुजी ने कभी सोचा नहीं था।

''लेकिन भुदनिया जमीन को लेकर विधान सभा में जो हंगामा करने की बात है और दोनों नेताओं में हाथापाई होने की बात अखबारों में छपी है, वह क्या है?'' गुरुजी ने फ्लड लाइट में बौधू के चेहरे को देखते और बिल्कुल समानान्तर चलते हुए पूछा तो बौधू लड़खड़ा गया, ''यही बात तो मेल नहीं खाती गुरुजी लेकिन सुना है गाँव में। सही बात तो आप ही बताएँगे। आप बिदमान आदमी हैं। अखबार भी पढ़ते हैं।'' अपने को विद्वान कहे जाने पर गुरुजी प्रसन्न हुए। मुस्कराते हुए बोले, ''अखबार में तो छपा है कि डायमंड और बैताल सिंह में मारपीट की नौबत आ गयी थी विधान सभा में।''

''अखबार झूठ नहीं कहेगा।'' बनारसी ने विश्वासपूर्वक कहा। ''तो फिर रेलवे की ठेकेवाली बात? दोनों की साझेदारी?'' बौधू के इस तर्क से बनारसी गड़बड़ाने लगा। फिर सँभलता हुआ धीमी आवाज में जैसे खुद से कहने लगा, ''बभनपेंच होगा ई सब। बभनटोली और रजपुताही के लोगों ने उड़ाई होगी यह मनगढ़न्त बात।'' बौधू ने मन मार कर स्वीकार कर लिया, ''हो सकता है बनारसी। ऊँची जात वालों के पास बहुत अक्किल होती है।''

आ गया अपने विधायक डायमंड का बँगला। इसके आगे विधायक क्लब है। गुरुजी ने बौधू की बाँह छूते हुए कहा, ''देखते हो, कितना बड़ा अहाता है बँगले का! सामने का गेट देखो।''

''लेकिन गेट तो लगता है खुला है। कोई है भी नहीं गेट पर।'' बौधू ने गेट की तरफ गौर से देखते हुए कहा। गुरुजी गेट के बाहर अमलतास के पेड़ के नीचे खड़े हो गये। हल्की रोशनी थी वहाँ गेट के भीतर के अहाते में तीन कारें लगी हुई थीं। वहाँ रोशनी थी, लेकिन कोई दिख नहीं रहा था। गुरुजी ने घड़ी में समय देखा। एक बजकर दस मिनट। बौधू और बनारसी गुरुजी के नजदीक आकर खड़े हो गये। बनारसी ने कहा, ''चलिए अन्दर डर किस बात का, हम तो बुलाने पर आये हैं।

चलिए, रामसुखित का नाम लेकर पुकारते हैं।''

''तू हम लोगों को बेइज्जत कराएगा रे बनरसिया! चिंचियाने का समय है एक बजे रात?'' गुरुजी ने बनारसी को डाँट दिया। फिर मन-ही-मन तर्क-वितर्क करने लगे। गेट खुला है। गेट पर कोई है नहीं। तीन-तीन गाड़ियाँ लगी हुई हैं। उन्होंने सोचा कि अन्दर चला जाए बौधू और बनारसी को लेकर।

तीनों जहाँ खड़े थे, वहाँ नीम रोशनी थी। वे देखे तो जा सकते थे, लेकिन इतनी रोशनी नहीं थी कि पहचाने भी जा सकें। बनारसी के मन में यहाँ आने का उद्देश्य घुमड़ रहा था। नहीं रहा गया तो बोला, ''बस मुआवजा दिलवा दें डायमंड बाबू और राजो सिंह को जेल भेजवा दें। इसी पर अब सन्तोष करना पड़ेगा।''

बौधू ने बनारसी का समर्थन किया, ''हाँ, जो चले गये वे तो लौटकर आएँगे नहीं। मुआवजा ही दिलवा दें।'' गुरुजी की आँखें अहाते के अन्दर किसी भी व्यक्ति को खोज रही थीं, लेकिन आश्चर्य था कि कोई दिख नहीं रहा था गेट खुला था। यदि सब सो गये हैं तो गेट खुला क्यों है? उन्होंने अहाते की तरफ देखते हुए बौधू और बनारसी को आश्वस्त किया, ''डायमंड ने तो बुलाया ही है। मुआवजा दिलवा ही देगा। विधान सभा में राजो सिंह को गिरफ्तार करने के लिए जो हंगामा मचाया डायमंड ने। वह सब तो अखबार में छप ही चुका है। मुख्यमन्त्री ने ऐसे ही मुआवजा देने की घोषणा नहीं कर दी।''

''मुख्यमन्त्री हम लोगों के आदमी हैं।'' बनारसी बोला तो बौधू धीरे से हँसा, ''तू एक नम्बर का बुड़बक हो बनारसी। अरे मुख्यमन्त्री किसी का होता है? बिपिया पत्रकार कह रहा था न कि बैताल सिंह भी मिला है मुख्यमन्त्री से। अखबार में भी छपा है यह सब।''

टेकन गुरुजी का ध्यान अब बौधू और बनारसी की बातचीत पर नहीं था। वे अहाते की उलझन में थे। कोई दिख क्यों नहीं रहा।.....और गेट खुला क्यों है?

कि तभी बँगले के अन्दर से कुछ लोग बाहर निकल कर बरामदे पर आये और सीढ़ी से नीचे उतरने लगे। सबसे पीछे एक स्त्री थी जो कोट—जैसा कुछ पहने हुए थी। गुरुजी ने बौधू से फुसफुसाते हुए कहा, ''देखो, देखो! वही है डायमंड की बंगालिन पत्नी। और वह रहा अपना डायमंड। बनारसी और बौधू की जान-में-जान आयी। अपने डायमंड बाबू मिल गये। एक तगड़ा आदमी जो डायमंड के सामने खड़ा धीरे-धीरे कुछ बतिया रहा था, उसकी पीठ दिख रही थी, चेहरा दूसरी तरफ था। उसकी ओट में खड़ा एक आदमी हाथ में स्टेनगन लिए हुए था। ठीक उसकी बगल में जो आदमी खड़ा था उसका चेहरा भी विपरीत दिशा में था। वे सब बातचीत करते हुए जब गाड़ी की तरफ आने के लिए मुड़े तो गुरुजी के मुँह से अकस्मात् हल्की

सी चीख निकली, "अरे, यह तो बैताल सिंह है। और वह.....वह जो कन्धे पर तौलिया रखे लम्बा आदमी हैं, वह.....वह है...." गुरुजी के मुँह की आवाज मुँह में ही रह गयी। बौधू के मुँह से अचानक निकला, "बाप रे!.....राजो सिंह!" गुरुजी, बौधू और बनारसी माटी की मूरत बने अहाते में खड़े लोगों को देखते रहे। अहाते में खड़े लोग एक बड़ी-सी उजली कार के गेट के पास आ गये। जो आदमी हाथ में स्टेनगन लिए हुए था, उसकी कड़कड़ाती आवाज आयी, "कौन है गेट पर? यही आवाज फिर दोहराई गयी तो अमलतास के पेड़ के नीचे खड़े तीनों दहल गये। टेकन गुरुजी घिघियाती आवाज में कुछ बोलने को हुए, लेकिन आवाज गले में अटक गयी। बनारसी ने हिम्मत की "हम हैं हजूर, हम....।"

बौधू ने डरी हुई आवाज में काँपते हुए कहा, "हम हैं हजूर....हम....पब्लिक।"

# यहाँ एक बागीचा था

पहचान के स्मृति-चिह्नों को न देख मैंने रिक्शेवाले से कहा, "अरे, तुम मुझे ले कहाँ जा रहे हो?" रिक्शवाले ने रिक्शा रोकते हुए पलट कर मेरी तरफ देखा, "आपको बड़का टोला जाना है न हजूर?" "हाँ, बड़का टोला, मगर तुम कहाँ ले आये हो? किस रास्ते से जा रहे हो?" "रास्ता त एक्के गो है हजूर? उसी से तो जो रहे हैं!" रिक्शे पर बैठा मैं फिर अपनी पहले की पहचान ढूँढ़ने लगा। दरअसल अपने टोले तक जाने के लिए जो पुख्ता पहचान थी यानी मैनेजर साहब का बगीचा, वह था ही नहीं। ग़ौर से देखा तो बगीचों की जगह तीन ऊँचे-ऊँचे मोबाइल टावर थे। रिक्शा रोकने के लिए कहा। रिक्शेवाले से पूछा, "यहाँ बगीचा था न? मैनेजर साहब का बागीचा! "जी, था बागीचा। कुछ साल पहले अपने एमेले सम्राट सिंह ने खरीद लिया।" मैं हरावत इस्टेट के मैनेजर भुवनमोहन चटर्जी पर सोचने लगा। चटर्जी साहब के बारे में लोग कहते थे कि वे अँग्रेजी हुकूमत के जबरदस्त समर्थक थे। जमींदारी के दिनों में उन्होंने किसानों पर कैसे-कैसे जुल्म ढाये इसकी कहानियाँ बूढ़े-पुराने लोग हाल तक सुनाते आये हैं। सुराजियों को पकड़वाने और यातना देने में वे अँग्रेज अफसरों से भी आगे थे। जमींदारी उन्मूलन के बाद जब वर्षों के सताये लोग चटर्जी साहब दुर्गति करने लगे तब अपमानित होकर वे कलकत्ता चले गये। लोगों ने कहा कि चलो, अपना बागीचा तो उठा कर नहीं ले जाएँगे कलकत्ता! एक अनमोल चीज तो वे यहीं छोड़ कर जा रहे हैं। पूरा इलाका फल खाएगा और इमारती लकड़ियाँ लोगों के घर की शोभा बढ़ाएँगी।...

अब रिक्शवाला कह रहा है—सम्राट सिंह ने बागीचा खरीद लिया। लेकिन बागीचा है कहाँ? यह पूरा दायरा तो काँटेदार तारों से घेर दिया गया है और कहीं एक भी पेड़ नहीं है। देखा, लकड़ी की पतली-पतली ढेर-सारी तख्तियाँ सूखने के लिए जमीन पर फैला दी गयी हैं। रिक्शेवाले से पूछा, "यह क्या है? क्या सूख रहा है?" "ई सेमर का तख्ता है हजूर। इसीसे पलाई बनता है। सूख जाएगा तो ट्रक में भर कर शहर के कारखाने में भेज दिया जाएगा।"

रिक्शा खड़ा करवा कर मैं उस पूरे दायरे को देखता रहा। मोटी-मोटी लकड़ियों का अम्बार लगा हुआ था। एस्बेसटस के तीन खुले हुए शेड बने हुए थे। दो में मोटी-मोटी लकड़ियाँ इस तरह रखी हुई थीं जैसे गोदाम में बोरे रखे जाते हैं। एक शेड में आरा मशीन थी जो बन्द पड़ी थी। थोड़ी दूरी पर काँटेदार घेरे के पास कटे हुए तीन- चार विशाल पेड़ इस तरह जमीन पड़े थे कि मुझे अकस्मात् कुरूक्षेत्र में शरशय्या पर पड़े भीष्म पितामह की याद आ गयी। लगभग बीच में कई बिल्डिंग नींव से ऊपर आयी दिख रही थीं। रिक्शेवाले ने बताया—कोल्डस्टोरेज बना रहा है।

चढ़त वैशाख के तीसरे पहर में बगीचे की जगह का पूरा दायरा एकदम सुनसान और सच कहूँ तो पेड़ों का श्मशान-जैसे लगा रहा था। मैं गमगीन आँखों से तीन ऊँचे-ऊँचे मोबाइल टावरों को देखता रहा। सोचने लगा कि मेरे भतीजे ठीक ही कहते थे कि अपना गाँव अब काफी तरक्की कर गया है।

बारह-तेरह साल बाद भतीजी की शादी में हैदराबाद से गाँव आया हूँ? सब-कुठ एकदम बदला-बदला सा लग रहा है। पक्की सड़क और फारबिसगंज कस्बे तक गाँव की बगल से गुजरने वाली फोर लेन हाईवे। ओटो रिक्शे, जीप-कारें-बसें। गाँव इतनी तरक्की कर गया है, ऐसा सोचा नहीं था। भतीजे अमित ने बताया, मोबाइल फोन के बारे में तो पूछिए मत। ऐसा कोई मजदूर-परिवार शायद ही मिलेगा जिसमें मोबाइल न हो। उसने हँसते-हँसते कहा, ''मुसहर टोले में मजदूर को काम करने के लिए बुलाने गया तो मजदूर ने कहा—मौजेल (मोबाइल) पर मुसकैल (मिस्ड कॉल) कर दीजिएगा। बता देंगे कि काम करने आएँगे कि नहीं!

मैं खूब हँसा भतीजे की बात पर। मौजेल! मुसकैल!...मेरी हँसी थम नहीं रही थी। अब समझ में आया कि मैनेजर साहब के उजड़ गये बगीचे में तीन-तीन मोबाइल कम्पनियों के टावर क्यों खड़े हैं।

बागीचे का पूरा नक्शा मेरी आँखों में स्थिर था और आँखें बन्द किये मैं उस बगीचे को देख रहा था। बागीचे के चारों तरफ काँटेदार तार और कँटीली झाड़ियाँ लगी थीं। चारों तरफ किनारे-किनारे सेमल, शिरीष, महोगनी, शीशम वगैरह पेड़ों की कतारें थीं। बाहर से अन्दर तक कुछ दिखता नहीं था। अन्दर फलदार पेड़ लगे थे। ठीक बीच में एक पोखर था जिसमें मछलियाँ पाली जाती थीं। जमींदारी जाने के बाद भी मैनेजर साहब का परिवार जब-तब घूमने आया करता था बगीचे में। एक बड़ा-सा गेट था बागीचे का। गेट के सामने करमू माली का परिवार रहता था। उसका पूरा परिवार बागीचे के काम में लगा रहता था। उसके बेटे रामलाल से मेरा अच्छा परिचय था। दो-तीन साल वह मिडिल स्कूल में मेरे साथ पढ़ चुका था। रामलाल के कारण ही मेरा बागीचे में प्रवेश सम्भव

हुआ था। उसी कारण मैंने बागीचे के गछपक्कू आम, अमरूद, पीले-पीले केले, सपाटू वगैरह फल खाये थे।

बी.एस-सी. तक गाँव में मेरा आना-आना निरन्तर जारी रहा। रामलाल कहता था कि दूर-दूर देशों के अजीबोगरीब पक्षी आते हैं इस बागीचे में। पक्षियों का कोलाहल इतना प्यारा लगता है कि क्या बताएँ। गाँव के कुछ लोग एकदम सुबह पक्षियों का कोलाहल सुनने के लिए आ जाते हैं।

बाद में जब मैंने एम.एस-सी. किया और नौकरी के सिलसिले में पहले बंगलूरू और बाद में हैदराबाद में रहने लगा, गाँव का यह बागीचा कभी विस्मृत नहीं हुआ। कभी-कभी सपने में भी दिखता था यह बागीचा।

और अब बारह-तेरह साल बाद गाँव आया हूँ तो मालूम हुआ, इलाके के बाहुबली विधायक सम्राट सिंह ने यह बागीचा खरीद लिया और लाखों रुपये की कीमती लकड़ियों के लोभ से बगीचा ही उजाड़ दिया। अब आरा मशीन है यहाँ और कोल्ड स्टोरेज की नींव जमीन से ऊपर आयी दिख रही है। गाँव के लोगों ने सोचा था कि आततायी अँग्रेज के पिट्ठू मैनेजर साहब जाते-जाते अनमोल चीज दे गये हैं। लेकिन बाहुबली विधायक सम्राट सिंह ने सब उजाड़ दिया। कौन बोलता सम्राट के सामने?

दूसरे दिन सुबह अमित से कहा, ''अपनी बाइक निकालो, अमित। बहुत दिनों बाद गाँव आया हूँ, ज़रा नदी किनारे से हो आऊँ।'' अमित ने मुस्कराते हुए कहा, ''कौन-सी नदी चाचाजी?'' ''सुरसर नदी और कौन-सी?'' ''चाचाजी, आप कहाँ हैं! सुरसर नदी सूख गयी, रेत ही रेत है नदी में। सिर्फ यही नदी नहीं, फारबिसगंज से लेकर अपने गाँव तक जो छह-सात छोटी-छोटी बरसाती नदियाँ थीं, सब सूख गयीं। एक चुल्लू पानी नहीं मिलेगा किसी नदी में। वैसे उन नदियों की 'रेह' पर नैशनल हाईवे के मजबूत पुल आपको जरूर मिल जाएँगे। पुल देखने हैं तो कहिए, ले चलता हूँ आपको।''

मैं एकटक अमित का चेहरा देखता रहा। धीरे से पूछा, ''आखिर इस बीच क्या हो गया अमित? कैसे सूख गयीं सारी नदियाँ?'' अमित को मेरी व्यथा का अहसास शायद हो गया था। कहने लगा, ''पता नहीं क्या हो गया चाचाजी! अपना जो पोखर है न पिछवाड़े में, जा कर देखिए न! पूरा सूख गया है। वैशाख-जेठ में भी कभी नहीं सूखता था पोखर। इलाके के सारे कुएँ सूख रहे हैं। अपने ट्यूबवेल में बीस फीट का पाइप जोड़ना पड़ा है। पता नहीं क्या हो गया है कि पानी का लेवेल नीचे गिरता ही जा रहा है।''

मुझे ऐसा महसूस हो रहा था जैसे अचानक बहुत कमजोर हो गया हूँ। दरवाजे पर बिछी खाट पर लेट गया और दाहिनी बाँह आँखों पर रख ली। पता नहीं, अमित

कब तक खड़ा रहा।

शाम से पहले बाज़ार की तरफ़ जाते हुए मन में आया कि एक बार उजड़े हुए बगीचे में बचपन के अपने साथी रामलाल के विषय में पता करूँ। वह है भी या कहीं चला गया!

काँटेदार घेरे की एक तरफ़ बड़ा-सा गेट था। सामने ही एस्बेसटस का बड़ा-सा शेड था जिसमें लकड़ियों के मोटे-मोटे तने काटे या चीरे जाने के लिए रखे हुए थे। एक मजदूर से रामलाल के विषय में पूछा तो उसने जवाब दिया, ''हाँ है।'' उँगली से उसने इशारा करके बताया। देखा, दो आदमी एक गिरे हुए मोटे-से पेड़ के तने पर बैठे आरे से कोई मोटी-सी शाख काट रहे हैं। आरे की घर्रघर्र आवाज़ आ रही थी और दोनों आदमी विचित्र-सी आवाज़ में हाँफ रहे थे। मैं जिस व्यक्ति की पीठ के पीछे जा कर खड़ा हुआ, वह रामलाल था। उसका हाँफना जो एक तरह से कराहने-जैसे था, एक क्षण के लिए मुझे लगा, कहीं यह पेड़ का कराहना तो नहीं है?

रामलाल ने मुझे देखा और कूद कर मेरे पास आ गया, ''अरे आप नरेन्दर भाय!'' पसीने से भींगी उसकी एक हथेली मैंने अपनी मुट्ठी में ले ली। पूछा, ''यह सब क्या हो गया रामलाल?'' मूर्च्छा में डूबी करुणा मुस्कान में रामलाल ने कहा, ''इन हाथों से जिन पेड़ों को सींचा उन्हीं पेड़ों को आरे से खंड-खंड काट रहा हूँ। क्या करूँ नरेन्दर भाय, पेट के लिए...। सम्राट बाबू बोले हैं— कोल्ड स्टोरेज में नौकरी दे देंगे। तब से लकड़ी काटे जा रहा हूँ।'' बोलते-बोलते रामलाल फफककर रोने लगा।

# विस्थापन

उस सरकारी आवास पर पहुँचते ही मेरी नजर बरामदे पर गुमसुम बैठे उस देहाती आदमी पर पड़ी जो बीमार-जैसा दिख रहा था। वह एक खाट पर बैठा था और उसकी बगल में कुछ मुड़े-तुड़े गन्दे कपड़े रखे थे। उसकी गोद में प्लास्टिक का एक अधखुला झोला था। उस आदमी ने करुणा दृष्टि से मेरी ओर देखा, फिर आँखें झुका लीं। मैं थोड़ी देर बाहर रखी कुर्सी पर बैठना चाहता था, लेकिन पार्वती ने मुझे अन्दर ड्राइंग रूम में बुला लिया। थोड़ी ही देर में मुझे इस आवास का बहुत-कुछ देखने से ज्यादा समझने के दायरे में आ गया। नरेन्द्र जी से कोर्ट मैरेज करने के बाद पार्वती की जीवन-शैली ही नहीं, बात-विचार भी इतने बदल चुके थे कि मन को लाख समझाने के बावजूद यक़ीन नहीं हो रहा था कि पार्वती मेरे मामा के गाँव की पिरिया नाम की लड़की है।

जिला मुख्यालय के छोटे-से शहर में पार्वती के पति नरेन्द्र सिंह का यह सरकारी आवास है जिसमें बड़े शहर की तमाम सम्भव सुविधाएँ अस्वाभाविक रूप से एकत्र कर ली गयी है। बड़े-बड़े तीन कमरे हैं और तीनों में एसी लगे हैं। कीमती सोफे पर बैठा मैं यही सोच रहा था कि बाहर बरामदे पर जो बीमार-सा आदमी बैठा है वह कौन है। नरेन्द्र जी अपनी गाड़ी से मुझे स्टेशन से लाने गये थे। वे कलक्टेरिएट में अफसर हैं। दफ्तर में जरूरी काम था, सो हड़बड़ी में नाश्ता कर चले गये। पार्वती मुझे अपने घर की एक-एक नायाब चीजें दिखाती रही। उसके दो बेटे हैं आदर्श और अभिषेक। बड़े की उम्र ग्यारह-बारह साल। दूसरा साल-डेढ़ साल छोटा लग रहा था। छुट्टी का दिन था। दोनों घर में थे। पार्वती ने उन दोनों का कमरा दिखाया। कमरे में कम्प्यूटर, टीवी और कई तरह के इलेक्ट्रॉनिक खिलौने थे। पार्वती जब मुझे उनके कमरे में ले गयी, दोनों कम्प्यूटर पर गेम खेल रहे थे। दोनों को मुझे प्रणाम करने को कहा गया तो यन्त्रवत् दोनों ने प्रणाम किया और फिर गेम खेलने में व्यस्त हो गये। स्वस्थ गोरे-चिट्टे इन बेटों के खाने-पीने की जो फेहरिश्त मुझे सुनाई गयी, वह मुझ-जैसे मामूली सरकारी कर्मचारी को चमत्कृत करनेवाली थी। बताया गया कि

यहाँ के सबसे अच्छे अँग्रेजी माध्यम के स्कूल में ये पढ़ते हैं। दो ट्यूटर पढ़ाने आते हैं। ड्राइवर गाड़ी से इन्हें स्कूल पहुँचाता और ले आता है।

मैं बरामदे पर बैठे बीमार-जैसे आदमी पर सोच रहा था। पता नहीं क्यों, इस पूरे तामझाम में वह आदमी ऐसा लग रहा था जैसे सुन्दर गोरे शरीर पर एग्ज़ीमा का बजबजाता हुआ घाव हो। मेरे लिए पहले कॉफी आयी, फिर नाश्ता-चाय, लेकिन बाहर बैठे आदमी के लिए कुछ भेजा नहीं गया, हालाँकि एक नौकरानी भी थी जो घर के काम कर रही थी।

आखिर मैंने पूछ ही लिया, ''वह आदमी जो बाहर बैठा हुआ है वह कौन है?'' पार्वती का चेहरा एकाएक तमतमा गया। बोली, ''इन्ही के यानि पति के बड़े भाई हैं। पाँच-छह दिन से यहीं पड़े हैं, बीमार हैं। फेफड़े में पानी भर गया है। आदर्श के पापा इनको सदर अस्पताल में भर्ती करा आये थे। पाँच-छह दिन रह कर भाग आये कि वहाँ डॉक्टर देखने नहीं आते। खाना नहीं मिलता। अब कहते है कि प्राइवेट में डॉक्टर से दिखा दो।'' मैंने पूछा, ''नरेन्द्र से सगे भाई हैं?''

''हाँ सगे हैं। एक तो हिस्से की जमीन-जायदाद सब हड़प गये। अब बीमार होकर आये हैं और कहते हैं, इलाज करा दो।''

स्थिति मैं समझ गया। प्रसंग बदलते हुए पूछा, ''यहाँ से निकलना कब है? धनश्यामपुर गाँव तो आठ-दस किलोमीटर होगा!'' पार्वती की आवाज़ अभी तक पहले वाली थी, ''वे आ जाएँ दफ्तर से! मैं तैयार हो रही हूँ। ड्राइवर तो है ही।''

मै अपने ममेरे बड़े भाई अवधेश की बेटी की शादी में शामिल होने के लिए दिल्ली से आया हूँ। अवधेश ने सारी व्यवस्था कर ली थी। इसी व्यवस्था के तहत नरेन्द्र जी गाड़ी लेकर मुझे स्टेशन से लाने गये थे। अवधेश का और पार्वती का गाँव एक ही है। बस टोले का फर्क है। अवधेश की पुश्तैनी हवेली बबुआन टोले में है और पार्वती का मायका बगल की खवास टोली में है। अवधेश ने फोन पर बताया था कि उनकी बेटी की शादी के एक दिन पहले पार्वती की भतीजी की शादी है। शादी में शामिल होने पार्वती गाँव जाएगी तो मुझे भी अपने साथ गाड़ी से ले जाएगी।

मैंने पार्वती से पूछा, ''नरेन्द्र जी भी साथ चलेंगे?'' ''नहीं! वे घनश्यामपुर जाते कहाँ हैं!''

घनश्यामपुर नहीं जाने के पीछे जो कारण है, वह मैं जानता हूँ, शायद इसीलिए पार्वती ने कुछ छिपाया नहीं। मुझे पता था कि कोर्ट मैरेज करने के बाद नरेन्द्र जी ने घनश्यामपुर जाना छोड़ दिया। मुझे याद है, नरेन्द्रजी जब बगल के कस्बे के कॉलेज में बी.एस-सी. में पढ़ते थे, मेरे नाना के नाम से एक चिट्ठी लाये थे। नाना के किसी रिश्तेदार की चिट्ठी थी। उसी चिट्ठी के कारण नाना ने नरेन्द्र जी के रहने-खाने की

व्यवस्था खवास टोली के हीरालाल महतो के यहाँ कर दी। नरेन्द्र जी का काम था हीरालाल महतो की मैट्रिकुलेशन की परीक्षा की तैयारी करनेवाली पिरिया को पढ़ाना। मैं नाना के परिवार में उनकी हवेली कही जानेवाली खपरैल में रहता था। माँ के देहान्त के बाद जब बाबूजी ने दूसरी शादी कर ली, नाना हमेशा के लिए मुझे अपने घर ले आये थे। वहीं रह कर मैंने पढ़ाई-लिखाई की।

पिरिया को मैंने बकरी चराते, गायों-बैलों का सानी-पानी करते और ऐसे ही कई खेती-किसानी के काम करते देखा। इन सबके साथ गाँव के स्कूल में टाट की बोरी ले जाते और स्कूल में पढ़ते हुए देखा। याद है, हीरालाल महतो जब पिरिया को साथ लेकर स्कूल में नाम लिखवाने गये थे तो प्रधानाध्यापक ने पिरिया नाम सुनकर कहा था, ''यह भी कोई नाम है! पिरिया नहीं, पार्वती नाम रहेगा इसका!''

पढ़ने-लिखने में अपने स्कूल में सबसे आगे थी पार्वती। इसी कारण जब मिडिल स्कूल की परीक्षा में उसने सर्वोच्य अंक प्राप्त किये, स्कूल के शिक्षकों ने हीरा लाल महतो से इस लड़की को आगे पढ़ाने के लिए कहा। गाँव में हाई स्कूल था, सो कोई ऐसी बड़ी समस्या भी नहीं थी।

मैट्रिकुलेशन की तैयारी के समय संयोग से नरेन्द्र सिंह आ गये। वे रोज साइकिल से आठ-दस किलोमीटर की दूरी तय कर कॉलेज जाते। सुबह-शाम पार्वती को पढ़ाते। पार्वती ने प्रथम श्रेणी में मैट्रिकुलेशन किया और पिता की इच्छा के खिलाफ नरेन्द्र के प्रोत्साहन पर उसी कॉलेज में नामांकन करा लिया जिससे उन्होंने बी.एस-सी. किया था। नरेन्द्र जी ने हीरालाल महतो के घर में रह कर प्रतियोगिता परीक्षा की तैयारी की और बी.पी.एस.सी. की परीक्षा में सफल होकर डिप्टीकलेक्टर बन गये। फिर एक दिन गाँव में खबर फैली कि उन्होंने पार्वती से कोर्ट मैरेज कर ली है।

इस घटना को चौदह-पन्द्रह साल हो गये हैं। मैं दिल्ली में नौकरी करने लगा। कभी-कभार मामा के गाँव आता। पार्वती के विषय में जानकारी मिलती रहती, लेकिन मुलाकात नहीं हुई कभी। इतने वर्षों बाद आज देख रहा हूँ पार्वती को एकदम बदले हुए रूप में।

ड्राइंग रूम से बाहर छोटा-सा पार्क दिख रहा था। मैंने से पूछा, ''यह पार्क तो अच्छी जगह है बच्चों के खेलने की! तुम्हारे बच्चे तो यहाँ खेलने जाते होंगे! पार्वती ने नाक सिकोड़ते हुए कहा, ''नहीं! असल में क्या है कि यहाँ बस पाँच अफसर ग्रेड के लोग हैं, बाकी किरानी-चपरासी हैं। उनके बच्चों के साथ कैसे खेलने भेजूँ!''

मुझे हँसी आयी, लेकिन जाहिर नहीं होने दिया। शाम होने को थी। नरेन्द्र भी ऑफिस से आ गये। पार्वती अपने मायके जाने की तैयारी कर चुकी थी। उसके दोनों बच्चे भी तैयार थे। बड़ा बेटा आदर्श कार की चाबी लेकर गैरेज में गया। गाड़ी निकाली और गेट के पास लगा दी। पार्वती ने मुस्कुराते हुए मेरी तरफ़ देखा, ''देखते हैं न!

इस उम्र में ही गाड़ी चलाना सीख गया है।''

नरेन्द्र जी को जाना नहीं था। हमलोग गाड़ी में बैठे। ड्राइवर ने गाड़ी स्टार्ट की तो बरामदे पर बैठे उस बीमार आदमी ने खड़े होकर हमें देखा। मैं गाड़ी के शीशे से उस आदमी को अगले मोड़ तक देखता रहा।

नौ-दस किलोमीटर की दूरी। शाम होते-होते हम घनश्यामपुर गाँव पहुँच गये। पार्वती हालाँकि अपनी भतीजी की शादी में शामिल होने आयी थी, लेकिन उसके ठहरने की व्यवस्था हवेली में ही की गयी थी। उसके मायके में फूस-खपरैल के घर थे। बिजली की लाईन भी नहीं पहुँची थी उस टोले में।

मेरे आने की खबर पार्वती के पिता हीरालाल महतो को मिली तो वह मिलने आये। हाथ जोड़ कर बोले, ''कल बियाह है पोती का। आइएगा जरूर।'' अपनी बेटी से घर चलने का आग्रह उन्होंने शायद नहीं किया।

पार्वती और उसके दोनों बच्चों के रहने की व्यवस्था आँगन वाले एक कमरे में की गयी थी। वहीं उनका खाना-नाश्ता-चाय वगैरह भेज दिया जाता था। दूसरे दिन तीसरे पहर पार्वती गाड़ी से अपने मायके चली गयी। रात में बारात आनेवाली थी और विवाह की विधियाँ, गीत-नाद चल रहे थे। शाम होते-होते मैं भी जा पहुँचा। महतो जी मुझे आंगन में ले गये जहाँ मड़वा बन रहा था। औरतें गीत गा रही थीं। पार्वती को देखा। वह शिफॉन की साड़ी पहने और गहनों से लदी एक किनारे अकेली खड़ी थी। मैंने पूछा, ''पार्वती, बच्चे कहाँ हैं?'' देख नहीं रहा हूँ। पार्वती ने धीरे से कहा, ''क्या लाऊँ बच्चों को! वे बाहर गाड़ी में बैठे हैं। देखते हैं न! कैसे काले-कलूटे, भूखे-नंगे-अधनंगे बच्चे उछल-कूद कर रहे हैं यहाँ! इस टोले के बच्चों के साथ मुसहर टोली, दुसाध टोली और चमार टोली की औरतों-बच्चे भी खाने के लोभ से आ गये हैं। देखते हैं न!...'' मैं थोड़ी देर वहाँ खड़ा रहा और महतो जी से विदा लेकर हवेली लौट आया।

उसके दूसरे दिन अवधेश की बेटी की शादी थी। पार्वती शहर लौटने की तैयारी कर रही थी। मैंने और अवधेश ने एक दिन और रुक जाने को कहा तो वह मान गयी। थालीनुमा पत्तल में नौकरानी पार्वती और उसके दोनों बच्चों के लिए उसके कमरे में नाश्ता-पानी पहुँचा आयी थी।

कॉफी हमलोगों ने साथ-साथ पी। फिर पार्वती बच्चों को लेकर गाँव की बभनटोली की तरफ चली गयी—रमाकान्त पाठक के घर। पाठक जी कलेक्टेरिएट में नरेन्द्र जी के मातहत कर्मचारी हैं। दोपहर बाद अपनी गाड़ी से वह लौटी और अन्दर आँगन की तरफ जाने लगी तो मैं भी उसके साथ हो गया। कमरा खुला था। देखा, तीन जूठी पत्तलें मेंज पर पड़ी हैं। मक्खियाँ भिनभना रही हैं। थोड़ी दुर्गन्ध भी है। साफ-सुथरे कमरे में अधखाया खाना पत्तलों पर पड़ा था। पार्वती

कुछ क्षणों तक पत्तलों को देखती रही। मैं कमरे से बाहर आया और कुर्सी पर बैठी मामी से बोला, ''उस कमरे में सुबह से ही जूठी पत्तलें पड़ी हैं मामी!'' मामी ने झुँझलाते हुए जवाब दिया, ''तो क्या मैं उठाऊँ जूठी पत्तलें? खुद उठा कर आँगन के कोने में रख सकती थीं। नौकर-नौकरानी सब काम में लगे हैं। खवास टोली की पिरिया की पत्तल मैं उठाऊँ? क्या सोचती है कि बाबू साहब से बियाह कर बबुआइन बन गयी? अरे जात तो वही रहेगी।...''

कमरे में खड़ी पार्वती मामी की जहरीली बातें सुन रही थी। मैं दुखी होकर बाहर चला आया। थोड़ी देर बाद देखा, पार्वती अपने दोनों बच्चों को साथ लिये खवास टोली की तरफ जा रही है। रास्ता धूल से भरा था और गर्म पछिया हवा में छोटे-छोटे बगूले उठ रहे थे।

# हैसियत

कव्वे के घोंसले जैसी बैठक में झोलंगी खाट पर बैठे बाबू चन्द्रदेव सिंह पुरहितिया पंडित गुणानन्द झा को गोलगंजी पहनते हुए देखते रहे। हैंडलूम की मुड़ी-तुड़ी मटमैली गंजी का कई बार अवलोकन किया पंडित जी ने। कोई विकल्प नहीं था, सो वही गोलगंजी पहन ली। कई बार अपने को नीचे से ऊपर तक देखा। चन्द्रदेव बाबू हड़बड़ी में थे, ''अब निकलिए पंडित जी, केतना देखिएगा अपने को! बरतुहारी में तो जा नहीं रहे हैं! जाना है दक्षिण टोले की चमरटोली!

बरतुहारी वाली मीठी बात पर पंडी जी मुस्कुराये, फिर खैनी की छोटी-सी पोटली गोलगंजी की जेब में डालते हुए बोले, ''कैसा समय आ गया है बाबू साहब, कि हमलोगों को पैरवी के लिए चमरटोली जाना पड़ रहा है।'' ''काम आ पड़ा है न पंडी जी! नहीं तो कौन जाता! समय बदला गया। चैतूराम का बेटा डी.एस.पी. है और उसी से काम है, तो जाना तो पड़ेगा ही! पंडित गुणानन्द झा अपनी बैठक की फटी छप्पर देखने लगे। चन्द्रदेव बाबू ने पूछा, ''अच्छा ई पता चला कि कृष्णानन्द ने डी.एस.पी. से पैरवी की या नहीं? आपका बेटा है तो बात तो होती ही होगी आपकी! डी.एस.पी. की पत्नी की गाड़ी का ड्राइवर है। कोई बड़ी बात तो है नहीं उसके लिए पैरवी करना! मैडम एक बार बोल दे पति से, बस हो गयाा काम! मजाल है कि डी.एस.पी. मैडम की बात न माने? अरे करना क्या है पंडी जी! डी.एस.पी. को फेवर में रिपार्ट लिखकर भेजा देना है।...कलम को बस इधर से उधर घुमा देना है!

पंडी जी असमंजस में थे, क्या जवाब देते! बोले, ''अपने पास तो मोबाइल-ओबाइल है नहीं बाबू साहब! बस आपके मोबाइल से आपके सामने ही जो बात हुई सो हुई। आज तो आ ही रहा है कृष्णानन्द। पूछ लेंगे।''

''हाँ, पूछ लेंगे। मगर असली बात तो है पंडी जी—डी.एस.पी. के बाप चैतूराम को पैरवी के लिए पकड़ना। चैतूराम एक बार बोल दे अपने बेटे से तो मेरा नाती जेल से छूट जाएगा। चौदह-पन्द्रह दिन से पूर्णिया जेल में पड़ा है। सुना कि थाने में दरोगा ने बहुत पीटा था।''

"हाँ, कृष्णानन्द भी कह रहा था उस दिन, जिस दिन आपके मोबाइल से बात हुई थी।"

बाबू चन्द्रदेव सिंह कसमसा कर रह गये, "अपना समय नहीं रह पंडी जी, नहीं तो साले कुर्मी जात के दरोगा को एक दिन में लाइन हाज़िर करवा देता।"

बाबू चन्द्रदेव सिंह और पंडित गुणानन्द झा दक्षिण टोला जाने के लिए निकले तब दोपहर ढल रही थी। चढ़ते कार्तिक महीने की धूप में वैसी कोई खास तुर्शी नहीं थी। सत्तर पार के बाबू चन्द्रदेव सिंह और उनसे आठ-दस साल छोटे पंडित गुणानन्द झा का आपसी मेल-जोल पुराना है। इसी मेल-जोल के कारण पंडित जी ने अपने ड्राइवर बेटे कृष्णानन्द से पैरवी के लिए कहा और इसी मेल-जोल के कारण वे चैतूराम के घर जा रहे हैं। डी.एस.पी. तुलमोहन राम आज अपने घर आने वाला है। बड़े भाई लालमोहन को शादी के उन्नीस-बीस साल बाद सन्तान-सुख मिला है। चैतूराम की खुशी की सीमा नहीं है। पोता हुआ है कितनी मन्नतों के बाद!

राह चलते हुए चन्द्रदेव बाबू ने एक प्रसंग छेड़ दिया, "कल के अखबार में एक खबर छपी थी पंडी जी। एक बड़े नेता ने कहा कि बिहार का मुख्यमन्त्री अब कोई सवर्ण नहीं हो सकता। कल के अखबार में छपा है।" पंडित जी अविचलित भाव से बोले, "बात तो ठीक है, बाबू साहब। लक्षण तो ऐसे ही हैं। संख्या-बल है शूद्रों के पास तो मुख्यमन्त्री कौन बनेगा! बाबू साहब, अब खुशामद से ही आमद होगी। चेत गये हैं शूद्र! गया जमाना सवर्णों का! देख रहे हैं न! ब्राह्मण-राजपूत जा रहे हैं दक्षिण टोला!..."

चन्द्रदेव बाबू राह चलते-चलते हँसने लगे, तभी तो अपने जगन्नाथ मिश्र मुख्यमन्त्री नीतीश का लल्लो-चप्पो कर रहे हैं कि कुछ मिल जाय! ज़रा सोचिए पंडी जी! जो आदमी तीन बार मुख्यमन्त्री रहा बिहार का वो भला नीतीश कुमार के सामने दाँत निपोरकर ही—ही करेगा कि कुछ दे दीजिए कृष्णानन्द पंडित जी ने समस्या-पूर्ति की!" कुछ-न-कुछ तो मिलिए गया न! मेरा भतीजा कह रहा था, किसी संस्था के अध्यक्ष बना दिये गये हैं। दो-तीन साल से इसी के लिए पैरवी कर रहे थे। चन्द्रदेव बाबू हँसने लगे, बताइए पंडी जी, आपके तो जात-भाई हैं।...बताइए। तीन-तीन बार मुख्यमन्त्री रह चुके मिश्र जी को इतना नीचे गिरने की क्या जरूरत थी?" पंडित जी खिसियानी हँसी हँसते बोले, "मैथिलि में एक कहावत है बाबू साहब! कनहा कुकुर माड़े तिरपित!" इस अनोखी कहावत पर बाबू चन्द्रदेव सिंह ठठा कर हँसे।

पंडित जी भीतरी कुंठा का नीमपानी पीते हुए आत्मालाप-जैसा करने लगे, 'हर तरफ अपमान ही अपमान है। आरक्षण-दर-आरक्षण। इस बार ग्रामपंचायत चुनाव में भी आरक्षण हो गया। बाईस साल तक पंडित जनार्दन पाठक मुखिया रहे। अब उसी पंचायत की मुखिया हो गयी मलाहटोली की सनीचरी देवी। पावर भी बढ़ गया मुखिया

का। जवाहर रोजगार योजना, इन्दिरा आवास, मनरेगा, पंचायत शिक्षक-नियुक्ति! पहले कुछ नहीं था मुखिया के पास!

चन्द्रदेव बाबू ने मधुमक्खी की तरह पंडित जी का भनभनाना सुना तो मुस्कराने लगे। हालाँकि कच्ची सड़क पर दोनों साथ-साथ ही चल रहे थे। लेकिन चन्द्रदेव बाबू पंडित जी का चेहरा ठीक से देख नहीं पा रहे थे। बहुत दिनों से उनकी गर्दन थोड़ी झुकी हुई है, इसीलिए जमीन तो देखते है, आसमान नहीं देख पाते। सायास गर्दन उठाकर उन्होंने पंडित जी को देखा। पंडित जी के दुख में अपना दुख जोड़ते हुए बोले, ''जानते हैं पंडी जी, मेरे गोतिया दियाद हैं न बाबू बुझावन सिंह! आप तो जानते हैं कि उनके घर के सामने बरसाती नदी पर एक पुलिया है। पुलिया कई साल से टूटी पड़ी है। मरम्मत की जरूरत है। इस काम के लिए बुझावन सिंह मलाह टोली गये मुखिया के यहाँ। जानते है क्या हुआ?...मुखिया सनीचरी देवी बैठी कुर्सी पर और बुझावन बाबू को एक मोढ़ा दिया गया बैठने के लिए। सनीचरी देवी की सास बुझावरन बाबू के लिए पैरवी करती रही कि ई मालिक हैं बहू। जानते हैं पंडी जी, क्या बोली मुखिया? बोली कि मालिक थे, हैं नहीं। अब पंचायत की मुखिया मैं हूँ। मैं...सनीचरी देवी।''

बोलते-बोलते बाबू चन्द्रदेव सिंह उदास हो गये। टेढ़े-मेढ़े कच्चे रास्ते पर आँखें गड़ाये आत्मालाप-जैसा करते रहे—दुर्दिन ही है न! कि चमार के घर जा रहे हैं पैरवी के लिए।

बभनटोली से चमरटोली बमुश्किल एक किलोमीटर। अपना-अपना सवर्णवर्गीय दुख बतियाते पंडित जी और बाबू चन्द्रदेव सिंह चैतूराम के दरवाजे के पास पहुँचे तो देखा, शामियाना तना है और कुर्सियाँ सजाई जा रही हैं। पता तो था ही, आज छठी का भोज है। और इसी भोज में आने वाला है डी.एस.पी. तुलमोहन राम। छठी की तैयारी देखकर पंडित जी के मन में आया चैतूराम ने निमन्त्रण दिया होता तो वह अवश्य आते। बेटा कृष्णानन्द चैतूराम की बहू का ड्राइवर है, इस नाते भी निमन्त्रण मिलना चाहिए था!

नीमपेड़ के पास अहाते से बाहर खड़े चन्द्रदेव बाबू से पंडित जी ने पूछा, ''आपको छठी के भोज का निमन्त्रण मिला है?'' चन्द्रदेव बाबू हँसने लगे, ''आप भी हद करते हैं पंडी जी! चमार भला निमन्त्रण देगा ब्राह्मण-राजपूत को! यह कोई शहर तो है नहीं, गाँव है और चैतू जानता है, बाबू-बबुआन और ब्राह्मण—भुइंहार तो उसके यहाँ भोज खाने आएँगे नहीं!'' पंडित जी के मन में प्रच्छन्न अभिलाषा कुलबुला रही थी, ''फिर भी बाबू साहब...मन में आता है कि डी.एस.पी. बुलाता खाने के लिए! काहे कि कृष्णानन्द को सिपाही में बहाल करने की बात है। भोज में निमन्त्रित करता तो नजदीकी साबित होती!

दोनों अहाते के भीतर गये। अच्छा-खासा पक्के का दुमंजिला मकान। चारदिवारी और भीतरी भाग में फूल-पौधों की क्यारियाँ। उजले रंग के मकान की छत पर पानी की टंकी ऐसी दिखती थी जैसे अँग्रेज कप्तान का हैट रख हो।

चैतूराम बरामदे पर दोनों पंजों को कुर्सी पर रखे बैठे थे। बड़ा बेटा लालमोहन शामियाने में सजाई जा रही कुर्सियों और खाने की मेजों का मुआयना कर रहा था। एक कोने में, शामियाने के दायरे के बाहर हलवाई खाना बना रहे थे। पंडित गुणानन्द झा को मिठाई बनाये जाने की मीठी सुगन्ध लगी तो वे अभिभूत-से उधर ही देखने लगे।

चैतूराम ने दोनों को सामने देखा तो खड़े हो गये। "आइए बाबू साहब!" पंडित जी की ओर उन्होंने न ध्यान दिया न प्रणाम किया। यह बात पंडित जी को चुभी लेकिन करते क्या! चन्द्रदेव बाबू ने गौर किया—भाषा बदल गयी है चैतूराम की। पहले मालिक कहता था, अब कहने लगा है बाबू साहब। वो भी चवनियाँ मुस्कान के साथ! चैतूराम ने बेटे लालमोहन को आवाज दी, "दू गो कुर्सी भेजना लालमोहन!" कुर्सियाँ आ गयीं। बरामदे पर चैतूराम के सामने बैठ गये दोनों। चैतूराम मुस्करा रहे थे। बाबू चन्द्रदेव सिंह ने चैतू राम को मुस्कराते देखा तो शंका हुई कि कहीं नाती के जेल जाने वाली बात तो नहीं है इसके मन में! चैतूराम ने रहस्यमयी मुस्कान में पूछा, "कुछ हुआ बाबू साहब आपके नाती का? छूटा जेल से?" चन्द्रदेव बाबू खिसियाकर रह गये कि इसी को पैरवी के लिए कहा गया है और यही पूछ रहा है कि छूटा जेल से? उन्होंने धीरे से जवाब दिया, "कहाँ छूटा! उसी बात को लेकर तो आया हूँ चैतू बाबू कि डी.एस.पी. साहब से मुँहामुँही कुछ बात हो जाय। उन्हीं को मामले की जाँच कर रिपोर्ट भेजनी है। वे चाहें तो चुटकी बजाते मेरा नाती जेल से बाहर आ जाएगा।

"मुदा आपकी नाती है गुंडा।"

चन्द्रदेव बाबू को दिन में तारे दिखने लगे। सामने दीवार पर टँगी अम्बेडकर की तसवीर घूमने-सी लगी।

"पता लगा है कि गुलाब बाग पूर्णिया में ट्रक, बस, टेम्पो, रिक्शा यहाँ तक कि ठेलेवालों-खोमचेवालें से भी वह हफ्ता वसूलता है। वहीं का एक व्यापारी हरिहर साव कह रहा था कि आपके नाती की रंगदारी से लोग तंग आ चुके। हैं।"

चन्द्रदेव बाबू को ऐसा महसूस हुआ जैसे चैतूराम ने उल्टी हथेली से थप्पड़ मारा हो गाल पर। वे भौंचक देखते रहे चैतूराम को। पंडित गुणानन्द झा भी अवाक्। हे ई लो।...क्या बक रहा है चैतुआ! आये थे पैरवी के लिए और...।

चन्द्रदेव बाबू की समझ में नहीं आ रहा था कि डी.एस.पी. से पैरवी कराने वाली बात कैसे शुरू करें। इसी दरवाजे पर वे खुद अपने भतीजे साथ पैरवी के लिए आये थे—दस दिन पहले। हाँ-ना कुछ नहीं बोला था चैतू। और आज डी.एस.पी. तुलमोहन आने वाला है तो टेढ़ी बतिया रहा है चैतुआ।

समय का फेर है। चन्द्रदेव बाबू ने अपने अशान्त चित्त को सान्त्वना दी और तल्ख़ी को पीते हुए मखमली आवाज़ में बोले, "आप ही बचा सकते हैं चैतू बाबू। तुलमोहन बाबू यहाँ कब पहुँच रहे हैं?"

"यहाँ पहुँचते-पहुँचते रात हो जाएगी। मुख्यमन्त्री आये हैं आज पुर्णिया। इसलिए देरी से पहुँचेगा यहाँ। हाँ, बहू बस पहुँचने ही वाली है। मोबाइल पर बात हुई है।"

बहू आ रही है, मतलब कृष्णानन्द आ रहा है। पंडित गुणानन्द झा का मन खिल गया। चार महीने से गाँव नहीं आया है कृष्णानन्द। उसकी माँ बाट जोह रही है।

गेट पर कार का हार्न सुनाई पड़ा तो चैतूराम कुर्सी छोड़ कर खड़े हो गये, "आ गयी, बहू!" कार गेट के भीतर आयी। ड्राइवर कृष्णानन्द ने फुर्ती से कार का दरवाजा खोला और तमीज से खड़ा रहा। मैडम कन्धे से बैग लटकाये बाहर आयी। घर के प्रवेश-द्वार के सामने ही कुर्सियों पर बैठे थे बाबू चन्द्रदेव सिंह और पंडित गुणानन्द झा। चैतूराम ने दोनों को अपनी-अपनी कुर्सी खिसका लेने का इशारा किया। कमरे में पिस्तौल लटकाये ए.एस.आई. रैंक का पुलिसकर्मी मैडम को बरामदे तक पहुँचाने आया। चैतूराम के साथ पंडित जी और चन्द्रदेव बाबू भी खड़े थे बरामदे पर। मैडम ने श्वसुर के पैर छुए। घर के अंदर से औरतों का झुंड मैडम की अगवानी के लिए बाहर निकल आया था। पंडित जी और चन्द्रदेव बाबू बरामदे से उतर आये और टहलते हुए अहाते से बाहर नीमपेड़ के पास चले गये। कृष्णानन्द गाड़ी के गेट वगैरह बन्द कर और गाड़ी में रखे सामान घर के अन्दर पहुँचाकर नीमपेड़ के पास आ गया। पिता के पैर छुए और हाथ जोड़कर बाबू चन्द्रदेव सिंह से बोला, "प्रणाम बाबू साहब।"

चन्द्रदेव बाबू कुछ बोलते इसके पहले ही कृष्णानन्द ने पूछ लिया :

"इस समय यहाँ कैसे बाबू?"

"आना पड़ा", चन्द्रदेव बाबू में पहले वाला उत्साह नहीं था। चैतूराम ने तल्ख बातों से इतना आहत कर दिया था कि चन्द्रदेव बाबू बुझ-से गये थे। उन्होंने कृष्णानन्द से पूछा, "आपकी बात हुई थी डी.एस.पी साहब से? कृष्णानन्द बगलें झाँकने लगा, "हौ बाबू साहब!...डी.एस.पी. साहब का मूंड गरम रहता है। कारण ई जे आपका नाती विजय हुंड टाइप का है। उसने दरोगा को धकिया दिया था। इसी बात पर डी.एस.पी एकदम अगियाबैताल हो गये थे। कैसे कहता उनसे आप तो जानबे करते हैं बाबू साहब, मेरा अपना कवनो ठौर-ठिकाना हइए नहीं है। बस एक्के आदमी की बात मानेंगे डी.एस.पी. साहब! अपने बाबूजी की। साहब को रिपोर्ट लिखकर एस.पी. को देना है। वैसे थाने का मुंशी कह रहा था कि आपके नाती विजय सिंह पर बड़ा कड़गर दफा सब लगाया गया है। सब निर्भर है डी.एस.पी. साहब की रिपोर्ट पर।"

चन्द्रदेव बाबू का हौसला पस्त हो गया था। पूरा दारोमदार था चैतूराम पर और

ऊ ससुरा सिर्फ मुस्करा रहा है—रहस्यमयी मुस्कान। उन्होंने पंडित जी से कहा, "चलिए पंडी जी, चैतूराम से कहते हैं। देखिए क्या करता है चैतुआ! ऊ ससुरा तो पता नहीं काहे मुस्करा रहा है शुरू से जब से हम दोनों यहाँ पहुँचे हैं।"

"उसके मन में शायद कुछ है बाबू साहब! माल चाह रहा है क्या? चन्द्रदेव बाबू पंडित जी की बाँह छूते हुए बोले, "चलिए बात करते हैं चैतुआ से।"

चैतूराम अब बरामदा छोड़कर शामियाने के आखिरी छोर पर लगी कुर्सी पर बैठे हलवाइयों के काम देख रहे थे। चन्द्रदेव बाबू और पंडित जी वहीं पहुँच गये। चैतूराम ने कुर्सी पर बैठे-बैठे कहा, "बैठिए उधर, कुर्सी है।" दोनों शामियाने के नीचे सजी कुर्सियों में से दो कुर्सियाँ अपनी-अपनी कमर से सटाये चैतूराम के पास आ गये। चन्द्रदेव बाबू दोनों हथेलियों को अप्रस्तुत प्रणाम की मुद्रा में उलझाते हुए पूरी विनम्रता से बोले, "आप ही बचा सकते हैं चीतूबाबू। तुलमोहन बाबू से कृपा कर कह दीजिए कि रिपोर्ट फेवर में लिख दें। सब कुछ रिपोर्ट पर निर्भर है।" चैतूराम मुस्कराये—अजीब-सी रहस्यमयी मुस्कान। धीरे से पूछा, "अच्छा बाबू साहब, एक बात बताइए। कहने को तो मैं कह दूँगा तुलमोहन से और वह मेरी बात काटेगा भी नहीं, मुदा एक बात बाबू साहब! एक बात...।" चन्द्रदेव बाबू का असमंजस बढ़ता ही जा रहा था। चैतू एक ही बात को रबर की तरह क्यों खींचकर फैला रहा है? हक्का-बक्का वे चैतूराम के काले भभूक चेहरे पर आँखें गड़ाये रहे।

"आपको याद होगा बाबू साहब।...बीस-बाईस साल पहले आपके बबुआन टोले के लोगों ने लालमोहन को डकैती केस में फँसाया था। दरोगा लालमोहन को घर से पकड़कर थाने ले गया था और हाजत में बन्द कर दिया था। दरोगा आपका खास भांजा था। मैं दौड़ता-पड़ता आपके घर पहुँचा था और पैर पकड़कर आपसे कहा था—मेरे बेटे को हाजत से निकलवा दीजिए। मेरा बेटा डकैत नहीं है। थोड़ा अकड़ कर बोलता है बाबू-बबुआनों से यही कमी है। सुधर जाएगा। बचा लीजिए उसको, नहीं तो दरोगा जेल भेज देगा। आप बोले थे—दरोगा ले गया है पकड़ के तो बिना कुछ लिए छोड़ेगा नहीं। मैं हाथ जोड़े आपके सामने रो रहा था। कि मालिक, दरोगा आपका भांजा है, क्यों लेगा गरीब आदमी से पैसे! आप एक्के बात पर अड़े थे कि दरोगा का मतलब होता है—द—अ! रो के चाहे गा के। मैं गरीब आदमी कहाँ से लाता रुपये-पैसे! आपने कहा था कि अरे चैतुआ, गाय है न तुम्हारे पास! बस, वही बाँध आओ मेरे दुआर पर!...और अपने दुआर की शोभा और शान अपनी चितकबरी गाय का पगहा खोलकर आपकी बथान में बाँध आया था।..."

पंडित गुणानन्द झा को इस घटना की कोई जानाकारी नहीं थी। बाबू चन्द्रदेव सिंह ने इतनी निकटता के बावजूद कभी बताया नहीं कि ऐसा कभी हुआ था। पंडित

जी कभी चन्द्रदेव बाबू का विवर्ण पीला चेहरा देखते थे, कभी चैतूराम का जमुनिया चेहरा। चैतूराम की स्मृति से वैसे ही शब्द निकल रहे थे, ''मेरा बेटा तो डकैत नहीं था लेकिन आपका नाती विजय सिंह तो रंगबाज है। पहले भी दो बार जेल जा चुका है।'' बोल कर वे बाबू चन्द्रदेव सिंह का चेहरा देखने लगे। चेहरे पर हवाइयाँ उड़ रही थीं। चैतूराम का अन्तिम वाक्य था, बोलिए अपने नाती को जेल से छुड़वाने के लिए क्या दीजिएगा?

बाबू चन्द्रदेव सिंह के मुँह में आवाज नहीं थी। वे एकटक चमरटोली के चैतूराम का कुरूप काला चेहरा देखते रहे।

लगता था, उनके पैरों तले की जमीन खिसक रही है।

# रंडियाँ

घुटनों को बारी-बारी से दबाते और तापरीन के तेल से मालिश करते लाली यादव दरवाजे की चहल-पहल देखते रहे। ठेकेदार बेटे रमानन्द की बोलेरो गाड़ी लगी थी। इसी गाड़ी से अपने समर्थक-प्रचारकों को लेकर निकलने वाली है रमानन्द की बहुरिया पुरैनियाँ वाली।

दोपहर से ही पंडित बटेश झा दालान में आकर बैठे हैं। लाली यादव समझ नहीं पा रहे हैं कि पंडीजी बेमतलब क्यों टाइम बर्बाद कर रहे हैं। इधर पन्द्रह-बीस दिन से देख रहे हैं लाली यादव अपनी छोटी बहू पुरैनियाँ वाली को—लगता है, पैरों में चक्की बँधी है।

पंचायती चुनाव की घोषणा और उम्मीदवारी का पर्चा भरे जाने के पहले लाली यादव ने कभी अपनी इस छोटी बहू का चेहरा ठीक से देखा नहीं था। हमेशा घूँघट काढ़े रहती थी। मुँहा-मुँही कुछ बोलती तक नहीं थी ससुर से। वही वहू सिर पर नाममात्र का घूँघट दिये जाने-अनजाने लोगों से बतिया रही है, हँसी-ठट्ठा कर रही है। जिला-परिषद की सदस्यता के लिए उम्मीदवार बनी है पंचायती चुनाव में। पन्द्रह-बीस दिन से पूरे प्रखंड में प्रचार के लिए जा रही है—कभी अकेली, कभी रमानन्द के साथ, कभी समर्थकों को लेकर। अभी दरवाजे पर आठ-दस लड़के हैं और इसी टोले की तीन-चार औरतें और ये सब बोलेरो से निकलेंगे प्रचार के लिए।

कन्धे से झोला लटकाये पुरैनियाँ वाली बहू आँगन से निकाल कर सीधे गाड़ी के पास गयी, फिर कुछ सोचती हुई श्वसुर के पास दालान में आयी। बोली, "बाबूजी, अब पाँचे दिन बचा है प्रचार के लिए। ठेहुना पकड़ कर बैठे मत रहिए। निकलिए घर से। जाइए आज बड़का टोला। चुनाच चिन्ह याद है न? कुर्सी छाप।..." बोलती हुई बहू बोलेरो की अगली सीट पर जाकर बैठ गयी। रमानन्द सबेरे ही मोटरसाइकिल से निकल गया है। चढ़ते फागुन का तीसरा पहर है। अभी निकलने का मतलब है रात के बारह-एक बजे तक लौटेगी बहू।

बोलेरो को दरवाजे से आगे निकलते देख पंडित बटेश झा ने लाली यादव से

कहा, ''सुन लिया यादव जी? क्या बोल कर चली गयी पुरैनियाँ वाली बहू! एक्को जरा मन में आया कि ससुर गिरहबात के कारण ठेहुन पकड़ कर बैठा हुआ है?''

लाली यादव ने एक नज़र पंडित जी को देखा, फिर गोहाल में बैलों को सानी-पानी देते नौकर को देखने लगे। थोड़े असहाय भाव से आत्मालाप-सा करते बोले, ''किसी को चाय भी कैसे पिलायें! घरवाली बुढ़िया चाय बनाना जानबे नहीं करती है और बड़ी बहू रिसिया कर नैहर चली गयी है।''

पंडित बटेश झा साकांक्ष हुए, अयँ, श्यामानन्द की बहुरिया नैहर चली गयी रिसिया कर? काहे? क्या बात हुई?''

''अब क्या बताएँ पंडी जी! वह मुखिया-पद के लिए चुनाव लड़ना चाहती थी। आप ही बताइए, एक्के परिवार से दू-दू महिला उम्मीदवार? मना किया गया तो रिसिया कर नैहर चली गयी—ले लुगरी चल गुजरी!''

एक दोपहर से बैठे पंडित बटेश झा अब जाकर मतलब की बात पर आये, ''ई बताइए यादवजी, आप जाइएगा बड़का टोला प्रचार के लिए?'' चौकी पर दोनों पैरों को फैला कर बैठे लाली यादव ने आसन बदला, ''हमको क्या बतहा कुकुर काटे हुए है पंडी जी कि प्रचार करने बड़का टोला जाएँगे!'' पंडित बटेश झा सामने के दो टूटे दाँतो के बीच फँसी खैनी जीभ से चलाते हुए मुस्कराये, ''हमरो त स्याह हाल है यादवजी! बड़की बहू समझिए कि धकिया कर भेजी है कि जाइए बड़का टोले में प्रचार के लिए! मुखिया-पद के लिए कोई महिला बड़का टोले से खड़ी नहीं है। सवर्ण टोला है। ब्राह्मणी को वोट जरूर देंगे।...'' बोलते हुए पंडित बटेश झा लकड़ी की कुर्सी को आरामकुर्सी समझ कर पसर गये। लाली यादव की तरफ बिना देखे बोले, ''मुदा यादवजी, बड़का टोले के बलंठ बबुआन लोग भूले नहीं हैं। फिर यह भी सुना है कि जयमाला देवी पटना से आ गयी है। लाली यादव सावधान-जैसे हो गये, ''अयँ जयमाला देवी यहीं है?'' बोलते हुए वे सामने की सड़क की ओर देखने लगे। तीन-चार औरतों का झुँड इधर ही आ रहा था। पंडित जी ने भी उधर देखा। बोले, ''हे ई देखिए यादवजी! उलटे बाँस बरेली! लगता है, कोई महिला उम्मीदवार आ रही है।''

महिला उम्मीदवार ही थी—चमारटोली की सुगिया माय। साथ में उसी टोले की तीन औरतें। सुगिया माय पहले खेत-खलिहान में मजूरी करती थी। बेटे को सरकारी नौकरी मिल गयी तो मजूरी छोड़ दी। अब पंचायती चुनाव में मुखिया-पद की उम्मीदवार है। दालान के सामने आयीं चारों औरतें। सुगिया माय ने हाथ जोड़ते हुए कहा, ''मुखिया-पद के लिए खड़ी हूँ मालिक। आसिरबाद दीजिए। पुरैनियाँ वाली छोटकी मालकिन को हमलोग भेंट देंगे।'' लाली यादव को चुहल सूझी, ''और ई पंडी जी की बहू भी

तो मुखिया-पद के लिए खड़ी है, इनका क्या होगा?'' सुगिया माय हँसी तो पीले गन्दे दाँत दिख गये। बोली, ई पंडीजी लोग तो राज करते आइए रहे हैं। अब हमलोगों को भी मोका देंगे पंडी जी।

''पंडित बटेश झा कुम्हलायी-सी हँसी हँसने लगे। कि तभी सुगिया और किसी को अपना मोबाइल नम्बर लिखाने लगी, ''हाँ लिखिए: नैन-नैन, सेभुन-फैब...। आशीर्वाद लेकर चली गयी सुगिया माय, तो पंडित बटेश झा हँसते हुए बोले, ''देखा न यादवजी, नैन-नैन, सेभुन-फैब...।''

लाली यादव हँसने लगे। चौकी पर बैठे-बैठे पैर ''भर'' गया था। खड़े हो गये और सड़क की तरफ जाती चारों औरतों को देखते हुए बोले, ''ई सब तमाशा पंडी जी, पंचायती चुनाव में महिलाओं को आरक्षण देने के कारण है। भेड़ियाधसान खड़ी हो गयी है औरतें। जिला परिषद, मुखिया-सरपंच में जोगाड़ नहीं बैठा तो वार्ड-सदस्य ही सही। पंडित बटेश झा ने प्रसंग को मोड़ दिया, ''मुदा एक बात जानते हैं यादवजी? बड़का टोले से एक भी महिला उम्मीदवार नहीं है।''

''हाँ, पंडी जी ई बात तो आप ठीक कहते हैं। पूरे ग्राम पंचायत-क्षेत्र में बस दो ही टोले हैं जहाँ से कोई महिला उम्मीदवार नहीं है। एक तो अपने को बड़ा कहने वालों का बड़का टोला है, दूसरा है मुसलमानों का टोला फकीर टोला। पंडित बटेश के मन में एक ही शंका घुमड़ रही थी, ''मुदा यादवजी, इसी बड़का टोले की थी जयमाला देवी।''

यादवजी चुप रह गये। कोई जवाब देते नहीं बना। जिस परिवार की ''जनी-जात'' इज्जत के कारण पोलिंग बूथ तक नहीं जाती थीं कि कोई देख लेगा, उसी परिवार में जयमाला देवी बहू बन कर आयी और सीधे सम्राट सिंह से मुकाबला करने विधानसभा चुनाव में खड़ी हो गयी। पंडित बटेश झा ने इधर-उधर कुछ इस तरह देखा जैसे जयमाला देवी के आदमी आसपास कहीं छुपे बैठे हों। फुसफुसाते हुए धीरे से बोले, ''जयमाला देवी तो जीत ही रही थी। हमी लोगों ने हरा दिया न!'' जयमाला देवी का प्रेत पंडित बटेश झा के कन्धो पर आकर बैठ गया था। लाली यादव चिन्ता में थे कि शाम होने वाली है, और घुटनों में दर्द है, बड़का टोला जाएँ तो कैसे! पंडित जी का भी वही हाल। बहू ममता झा ने धकिया कर भेजा है पंडित जी को बड़का टोला जाइए। सवर्ण टोला है। वोट मिलेगा।

आश्चर्य है, बड़का टोले कें लोग अभी तक जयमाला देवी की शर्मनाक हार को भूले नहीं हैं। 1927 के चुनाव में फारबिसगंज विधान-सभा क्षेत्र से विख्यात कथाकार फणीश्वरनाथ रेणु ''नाव'' छाप को लेकर खड़े थे। उसी क्षेत्र की सीमा से सटे बड़का गाँव विधान सभा क्षेत्र से सी.पी.आई. के टिकट पर उम्मीदवार बनी थी

जयमाला देवी। बड़का टोले के बाबू नन्देश्वर शर्मा की बहू। ढाई-तीन साल पहले ही दुल्हन बन कर आयी थी। बेगूसराय के कम्युनिस्ट परिवार की थी। पिता सी.पी. आई. के होल टाइमर और पार्टी के मुख्यपत्र ''जनशक्ति'' के सहायक सम्पादक।

जयमाला देवी ने वीमेंस कॉलेज पटना से अँग्रेजी ऑनर्स के साथ बी.ए. किया था। पटना विश्वविद्यालय छात्र-संघ के चुनाव में अहम भूमिका निभा चुकी थी। गोरी, लम्बी, दबंग शहरी लड़की बड़का गाँव के हवा-पानी में पच नहीं पा रही थी। वह तो बाबू नन्देश्वर शर्मा के इंजिनियर पुत्र सुकान्त शर्मा से जयमाला का पूर्व परिचय और पचास-साठ एकड़ जमीन के साथ बड़े अहाते वाली पुरानी हवेली का आकर्षण ही था कि पिता ने जयमाला का विवाह इस गाँव में कर दिया। नयी ऊर्जा से दीप्त जयमाला देवी का बहू बन कर इस गाँव में आना दूर-दराज के इलाकों तक चर्चा का विषय रहा।

तब इस विधान सभा-क्षेत्र पर बाहुबली विधायक विक्रम सिंह उर्फ सम्राट सिंह का निर्विरोध कब्जा था। रंगदारी और हफ्ते वसूले जाते थे। बड़का गाँव के बाज़ार के व्यापार त्रस्त। सम्राट सिंह के गुंडों द्वारा दुकानों से सामान उठा लेना और यह कहना कि 'लिख लेना' आम घटनाएँ थीं। इस आतंकराज के खिलाफ बाबू नन्देश्वर शर्मा की बहू ने विधान सभा चुनाव में उम्मीदवारी का पर्चा भरा तो लोग चकित रह गये। पूरे कोसी क्षेत्र में आज तक कोई महिला चुनाव में खड़ी नहीं हुई थी।

जयमाला देवी! जयमाला दवी! पूरे बड़का गाँव विधान-सभा क्षेत्र में बस यही चर्चा। वह भी नन्दू बाबू की बहू? बड़का गाँव के लोग सबसे अधिक चकित-स्तंभित थे। इस परिवार की किसी औरत को गाँव के किसी आदमी ने शायद ही देखा हो! और उसी परिवार की नयी-नवेली दुल्हन चुनाव में खड़ी हो गयी? नन्दू बाबू के परिवार का पुश्तैनी खवास फलेसर अभी जिन्दा है। कहता है—पति-पत्नी के बीच भी हजारों कोस की दूरी रहती थी। नन्दू बाबू के पिता राघो बाबू जब बीमार थे और एकदम 'अब-तब' पर थे, तब घर और आस-पड़ोस की औरतों ने जाकर नन्दू बाबू की माँ से कहा था—मालिक के अन्तिम समय आ गेलई ह। भर आँख देख लेल जाउ बड़की मालकिन!...नन्दू बाबू की माँ दालान में गयी। आखिरी साँसें ले रहे अपने पति को पहली बार दिन के उजाले में देखा। जीवन में कभी दिन के उजाले में पति को भर आँख नहीं देखा था। उसी परिवार की तीसरी पीढ़ी में जयमाला देवी बहू बन कर आती है और विधान-सभा चुनाव में उम्मीदवार बनती है।

बड़का गाँव के बाज़ार का 'राज कचहरी' चौक जो पूरे प्रखंड की हलचलों का केन्द्र रहता है, अचानक गर्मा गया। सारे उम्मीदवार चर्चा से बाहर। चर्चा के केन्द्र में सिर्फ जयमाला देवी।

राज कचहरी चौक पर हर दूसरे-तीसरे दिन शाम को जयमालन देवी का भाषणा

होता। बाहुबली सम्राट सिंह को चुनौती देती जयमाला देवी का धुआँधार भाषण और आश्वस्त करने वाली निर्भीक मुद्रा लोगों को रोमांचित कर जाती। पहली बार कोसी क्षेत्र के इस पिछड़े इलाके में लोगों ने किसी दबंग युवती को ऐसा धाराप्रवाह भाषण देते देखा। सम्राट सिंह की हार तय हो गयी।

लेकिन मतदान के चार दिन पहले हवा अचानक बदल गयी। यादव टोले के प्रभावशाली युवा लाली यादव, बभनटोली के पंडित बटेश झा, केवट के बिसुन लाल, कुर्मी टोले के पुलकित राय और बड़का गाँव बाज़ार के रघुनाथ भगत की नरपतनाथ मन्दिर के बरामदे पर मीटिंग हुई। तय हुआ कि जयमाला देवी अगर जीत गयी तो औरतों मन्दिर का मन बढ़ जाएगा। पूरी रंडी बन गयी है जयमाला देवी। लफुआ-लफंगों के साथ कोसी की अतिथिशाला में रंगरेलियाँ मनाती है। दारू, मीट मछली...क्या नहीं चल रहा है कोसी अतिथिशाला में! जाकर पूछे न कोई अतिथिशाला के खानसामे से! कोई नेता आया था जिसको अतिथिशाला में ठहराया गया था।...रात भर उसी के साथ पड़ी रही जयमाला देवी। पति सुकांत शर्मा तो एकदम मउगा है। सारा कुकर्म देख रहा है, मगर बाग-बाग है कि पत्नी एम.एल.ए. बन रही है। जा रे नामर्द! ...पूरी रंडी हो गयी जयमाला देवी। लाज-लिहाज घोल कर दारू के साथ पी गयी।

और जयमाला देवी के दुश्चरित्र-कुलटा होने के ऐसे काल्पनिक साक्ष्यों को लेकर एक बेनामी पर्चा छप कर रात पूरे प्रखंड में विपरित हो गया है।

मतगणना शुरु हुई। सम्राट सिंह के अपने भरिगामा प्रखंड से भी लीड करने वाली जयमाला देवी अपने ही बड़का गाँव प्रखंड में पिछड़ गयी और मात्र हज़ार मतों से पराजित हो गयी। गाँव की लाज बची, मर्दों की लाज बची। तिरिया राज से बच गया अपना बड़का गाँव।

विधानसभा चुनाव में पराजय के बाद जयमाला देवी को किसी सार्वजनिक स्थान में नहीं देखा गया। पटने में रहने लगी। श्वसुर नन्देश्वर शर्मा की मृत्यु और पति के जहाँ-तहाँ होते तबादले के कारण जयमाला देवी को गाँव की खेती-बाड़ी भी देखनी पड़ती थी। बाल-बच्चे थे, उनकी देख-रेख का भार अलग। पटने से गाँव आती थी, लेकिन मुख्य सड़क से नहीं, फत्तेपुर-पिठौरा वाली सड़क से।

लोग धीरे-धीरे भूल गये जयमाला देवी को। सन् 1972 के आसपास जनमी पीढ़ी क्या जानने गयी कि कौन थी जयमाला देवी! चुनाव दर चुनाव होते रहे, लेकिन जयमाला देवी कभी नमूदार नहीं हुई। जयमाला देवी को रंडी साबित करने वाली पीढ़ी भी अब बूढ़ी हो चली थी—बूढ़ी, फालतू और उठल्लू। समय तेजी से बदल रहा था। ये बूढ़े, ठूंठ—पुराने झाड़ू की तरह दवराजे के किसी गलीज कोने में पड़े थे। ऐसी हालत न होती तो भला लाली यादव को उनकी बहू पुरैनियाँ वाली इस तरह आदेश करती? और क्या जयमाला देवी को रंडी कह कर हराने वालों में एक पंडित बटेश झा को

उनकी बहू ममता झा धकिया कर प्रचार करने के लिए घर से बाहर निकालती?

बड़का गाँव बाज़ार के रघुनाथ भगत और केवट के नेता बिसुनलाल तो चले गये दुनिया से, मगर उनके चले जाने से उनकी करतूतें तो नहीं चली गयीं! कहते हैं न! सात पुश्त तक पाप न चावै। बचे हैं लाली यादव, पंडित बटेश झा, कुर्मी टोले के पुलकित राय, जो मुख्यमन्त्री नीतिश कुमार को अपना रिश्तेदार बताते हैं।

सन् 2005 के इस ग्राम पंचायत से सन् 1972 के आम चुनाव के बीच तैंतीस साल का फासला है। सोचा जाय तो किसी घटना-दुर्घटना को भूलने के लिए इतना लम्बा काल-खंड काफी होता है। इस त्रिस्तरीय पंचायती चुनाव में महिलाओं को पहली बार आरक्षण मिला है और इसी अप्रत्याशित सुविधा के कारण गाँव की औरतें दहलीज लाँघ कर बाहर निकल आयी हैं। मर्द भी चाहते हैं उनके परिवार की औरतें मुखिया-सरपंच, जिला-परिषद-सदस्य बनें, कुछ नहीं तो वार्ड सदस्य ही सही! ग्राम विकास के सारे काम पंचायत के माध्यम से ही तो हो रहे हैं। पैसा ही पैसा गाँव में! जवाहर रोजगार योजना, इन्दिरा आवास योजना, पंचायत शिक्षक नियुक्ति... ढेर सारी योजनाओं का ढेर-सारा पैसा अब गाँव में आ रहा है। बगल की नाथपुर पंचायत की दलित मुखिया मनसा देवी का फूस का घर था पहले। पाँच साल मुखिया रही। अब पक्का मकान है और दरवाजे पर खड़ी है स्कार्पियो गाड़ी।

आज बुधवार है—हाट का दिन और आज ही शाम पाँच बजे के बाद चुनाव-प्रचार बन्द होने वाला है। बड़का गाँव राज कचहरी चौक पर इसी कारण लोगों का जुटान भी जबर्दश्त है। चाय-पान-नाश्ते की दुकानों में अच्छी-खासी भीड़-भाड़ है। चौक पर, सड़क पर अस्पताल के मैदान में भीड़ ही भीड़। लाली यादव, पंडित बटेश झा, अपने को मुख्यमन्त्री नीतीश कुमार का रिश्तेदार बताने वाले पुलकित राय और ऐसे कई बूढ़े-बुजुर्ग चुनाव की सरगर्मी में शामिल हैं। अमूमन हर खाते-पीते परिवार की कोई-न-कोई महिला किसी-न-किसी पद की प्रत्याशी है। महिलाओं का जामवड़ा कचहरी की दूसरी तरफ है। अलग-अलग गोठ बना कर महिला उम्मीदवार अपनी-अपनी जीत का गणित कर रही हैं।

ठीक चार बजे एक रिक्शा चौक पर आकर रुकता है। रिक्शे के हैंडिल से लाउडीस्पीकर का हॉर्न बँधा हुआ है। रिक्शवाले रमज़ान मियाँ को लोग पहचानते हैं। फकीरटोली का है। चालीस-पैंतालीस की उम्र होगी। कुछ सालों तक पुरानी दिल्ली और अलीगढ़ में रह चुका है। सब जगहों से हार-हार कर आखिर अपने गाँव लौट आया। कमाया तो कुछ खास नहीं, लेकिन तहजीब जरूर सीख आया। फिलहाल नरपतनाथ रेलवे स्टेशन से बड़का गाँव के टोलों तक उसका रिक्शा चलता है।

आज हाट के दिन पता नहीं किस टोले की महिला-सवारी मिली है रमजान

मियाँ को! हॉर्न क्यों बाँध हुआ है रिक्शे के हैंडिल से! रिक्शे पर अधेड़ उम्र की सम्भ्रात-सी जो सुदर्शन महिला बैठी हुई है, उसे कोई नहीं पहचानता। फिर रिक्शा ठीक चौक पर क्यों रुका हुआ है?

चौक पर खड़े लोगों का ध्यान रिक्शे की ओर गया। गौर वर्ण, लम्बी गठीली काया, अधपके बँधे केश, शिफॉन की साड़ी, सिर बिल्कुल खुला। कोई घूँघट-ऊँघट नहीं। महिला रमजान मियाँ को इशारे से कुछ कहती है। स्पीकर ऑन। चूँ-चाँ, गू-गाँ...और महिला रिक्शे पर खड़ी हो जाती है। बायें हाथ में कोई सफेद-सा काग़ज़ है, दाहिने हाथ में माइक्रोफोन। बोलने लगती है:

''भाइयो और बहनो।...आपलोग मुझे नहीं पहचानते होंगे। मैं हूँ जयमाला देवी! बड़का टोले के स्वर्गीय नन्देश्वर शर्मा की बहू और रिटायर्ड इंजीनियर सुकांत शर्मा की पत्नी/तैंतीस साल पहले विधान सभा चुनाव में मैं इस क्षेत्र से उम्मीदवार बनी थी। जीत भी रही थी, मगर इसी गाँव के कुछ लोगों ने एक औरत की विजय के भय से भयभीत हो मुझे हरा दिया। कहा गया कि जयमाला देवी रंडी हो गयी। कहा ही नहीं गया, बेनामी पर्चा भी छपा। वह पर्चा इस वक्त मेरे हाथ में है। गाँव के जातियारी टोले के मालिकों को लगा, जयमाला रंडी होकर जीत गयी तो गाँव की कितनी ही लड़कियाँ-बहुएँ रंडी हो जाएँगी। और मैं चुनाव जीतते-जीतते हार गयी। और देखिए आज का दृश्य। आज इस बड़का गाँव में रंडियाँ ही रंडियाँ हैं। कहाँ हैं लाली यादव, पंडित बटेश झा, पुलकित राय? रघुनाथ भगत और बिसुनलाल तो चले गये दुनिया से, मगर उनके परिवारों से भी रंडियाँ पंचायत का चुनाव लड़ रही हैं। लाली यादव की पुरैनियाँ वाली बहू राधिका यादव, पंडित बटेश झा की बहू ममता झा, पुलकित राय की पोती चन्द्रकला राय...रंडियाँ ही रंडियाँ हैं गाँव में। हर उम्र की रंडियाँ। मेरे पास रंडियों की पूरी सूची है। यह देखिए...।'' बायें हाथ में लम्बा-सा कागज लहराती और मुस्कराती हुई जयमाला देवी पूछने लगी, ''एक-एक नाम पढ़ूँ?''

देखते-देखते राज कचहरी चौक सूना होने लगा। गोठ बना कर अपनी जीत का गणित करती औरतें किधर बिला गयीं, कुछ पता नहीं चला। रह गये दुकानदार और छह-सात आवारा कुत्ते जो अकस्मात् सूने हो गये चौक के रहस्य को इधर-उधर मड़राते हुए सूँघ रहे थे। जयमाला देवी जो अब तक रिक्शे पर खड़ी थी, सीट पर बैठ गयी और स्पीकर का स्विच ऑफ कर दिया।

रमजान मियाँ रिक्शे का हैंडिल थामे बुत बना खड़ा था। वह एकटक खाली हो गये चौक को देखता रहा। अचानक बदल गये तिलिस्मी माहौल के इतिहास से वह वाकिफ नहीं था। अजीब-सी मासूमियत में जयमाला देवी के चेहरे को देखते हुए उसने कहा, ''मैडम, आपके साथ में जो कागज है और उसमें इलेक्शन में खड़ी औरतों के नामों की जो फेहरिश्त है उसमें मेरे मुस्लिम टोले की एक भी औरत का

नाम नहीं है। ''बीस-बाईस परिवारों का है मेरा टोला, लेकिन आपकी फेहरिश्त में एक भी नाम नहीं है मेरे टोले की किसी औरत का। जयमाला देवी ने मुस्कराते हुए कहा, यह तो अच्छी बात हुई न रमजान मियाँ कि तुम्हारे टोले की औरतें गन्दी गाली से बच गयीं?'' ''नहीं मैडम...'', रमजान मियाँ ने बड़ी मायूसी से जयमाला देवी की ओर देखा, ''हसरत थी मैडम कि इस फेहरिश्त में मेरे टोले की औरतें भी होतीं, कम-से-कम एक भी!''

जयमाला देवी फटी-फटी आँखों से रमजान मियाँ को देखती रही। मुँह में आवाज ही नहीं रह गयी थी जैसे। महिला-उम्मीदवारों की फेहरिश्त वाला कागज जो उसने प्रखंड कार्यालय से प्राप्त किया था, हाथ से गिर कर रिक्शे के चक्के के पास आ गया। फिर पता नहीं किधर से फागुनी शाम की हवा का झोंका आया और कागज सूने वीरान रास्ते पर घिसट-घिसट कर उड़ने लगा।

❑❑❑